I0823438

# Un verano en NY

ALEX ASTER

# Un verano en NY

Traducción de
Victoria Simó

ALFAGUARA

Papel certificado por el Forest Stewardship Council®

Título original: *Summer in the City*

Primera edición: marzo de 2025



*Printed in Spain* – Impreso en España

ISBN: 978-84-10190-32-0
Depósito legal: B-1.462-2025

Compuesto en Punktokomo, S. L.
Impreso en Rodesa, S. L.
Villatuerta (Navarra)

AL 9 0 3 2 0

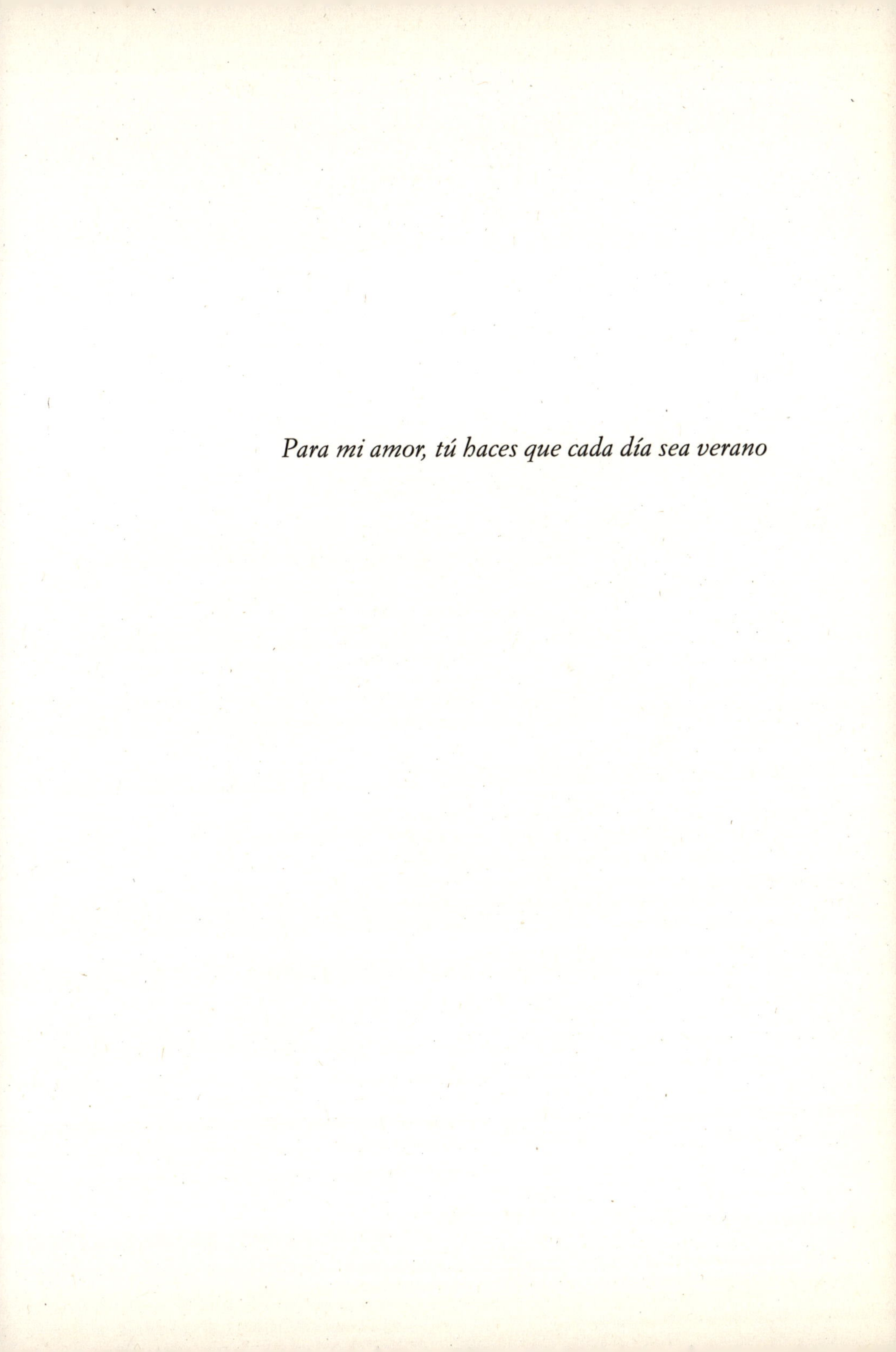

*Para mi amor, tú haces que cada día sea verano*

# 1

Nueva York, cada fin de semana, ofrece una oportunidad para vivir una escena de película. Tomar algo en una azotea a la sombra de un horizonte urbano cuyo brillo y perfil parecen hechos a medida para esa foto sobresaturada y editada al milímetro que estás a punto de publicar. Cenar cerca de un famoso que no toca su comida y que comenta de viva voz cotilleos de una estrella de cine tan jugosos que te atragantas con el *gin-tonic.* Asistir a fiestas en las que hay drogas parecidas a gominolas esparcidas por la mesa de mármol en un ático con habitaciones para el servicio y un estudio de pilates tan grande como tu apartamento.

A menos, claro está, que seas como yo, y para ti una noche de viernes perfecta tenga poco que ver con abrirte paso hasta una mesa en la periferia del Marquee y mucho con ponerte a ver Netflix enfundada en una camiseta raída que un día perteneció al exnovio de tu compañera de piso. Una camiseta que quizá le robaste en un momento de debilidad porque suspirabas por él casi tanto como suspiras por esa tarrina que te zampas cada semana de Ben & Jerry's de la que juras que solo te comerás unas pocas cucharadas, confiando por completo en tu autocontrol, hasta que la cuchara rasca el fondo.

—¡Perdón!

Aspiro entre dientes como si me hubieran atizado un puñetazo porque una chica calzada con unos zapatos de tacón finos como agujas acaba de pisarme el dedo gordo del pie.

Una estudiante de odontología, en la que mi madre nunca debió confiar, me arrancó las muelas del juicio sin anestesia.

Pero esto duele más.

Justo cuando estoy a punto de farfullar una retahíla de palabrotas y mientras me pregunto si es posible denunciar a un tacón, una mano se posa en mi hombro con suavidad.

Penelope, mi mejor amiga y antigua compañera de piso, que tiene un gusto excelente para los chicos y no tan bueno para juzgar en qué consiste una gran noche, suspira y me lanza esa mirada compasiva que la gente acostumbrada a salir de fiesta lanza a los recién llegados.

—Ahora ya sabes por qué no hay que ponerse tacones abiertos en la discoteca, Elle.

Inspirando hondo y con un pálpito en el dedo gordo que parece el de un corazón en pleno infarto, le digo:

—No tengo otros zapatos. Y es la primera vez que vengo a una discoteca.

Penelope se me queda mirando durante diez segundos de reloj antes de fruncir el ceño.

—Mira, no sé cuál de esas dos frases es más patética.

Le dedico una mirada que significa: «No seas idiota».

—Llevamos aquí casi dos horas. Pronto me convertiré en calabaza. Te doy quince minutos más.

Si permití que Penelope me arrancara de la comodidad de mi edredón, que parece espuma de capuchino, fue porque me prometió que nos quedaríamos una hora como mucho y luego compraríamos patatas fritas en el quiosco de la esquina, que solo las vende a partir de medianoche. También porque se suponía que sería una velada tranquila. Una revista de finanzas muy conocida ha alquilado la sala para ofrecer una fiesta a las empresas que conforman su lista de Próximas Salidas a Bolsa. Penelope lleva un tiempo tratando de contactar con un capitalista legendario que financia la primera empresa de la lista, Atomic.

En teoría es una salida de trabajo.

—Vale, vale.

Me agarra la mano y me la apoya en una esquina de la barra como un capitán que amarra su barco al muelle. El mármol está tan pegajoso como cabría imaginar.

—Quédate aquí —me ordena. Luego se sumerge en el gentío con la desenvoltura de alguien que tiene memorizados los laberintos del oscuro, sudoroso y pegajoso metro de Nueva York.

No le hago caso. Hay una pareja a mi lado restregándose con tantas ganas que empiezo a temer que su ropa entre en combustión por la fricción antes de que pasen a una relación sexual plena. Me pregunto si eso se consideraría raro en un sitio como este. Intento encogerme tanto como puedo y, protegiéndome con los codos bien pegados al cuerpo, me zambullo de cabeza en el mogollón en un intento desesperado por encontrar el cuarto de baño para echar un vistazo a los daños del pisotón en mi pie.

La multitud me escupe con la misma rapidez con la que me ha engullido y acabo en un rincón mucho más silencioso de la sala.

Más silencioso, pero no mucho más desierto.

Una cola sinuosa se alarga desde el único baño a la vista.

«Único». Frunzo el ceño. No es posible que una discoteca de este tamaño tenga solamente un servicio.

Veo a un segurata plantado contra la pared. Observa la sala con la misma concentración que un agente del Servicio Secreto.

—Oiga, disculpe.

Doy unos golpecitos en un brazo más ancho que mi cabeza. Hacen falta tres toques para que el gigante se percate siquiera de mi presencia. Cuando lo hace, entorna los ojos y me inspecciona como si me estuviera saltando alguna norma de la discoteca.

¿Hay normas en las discotecas?

¿Habré roto alguna al hablar con él?

Trago saliva.

—¿Solo… solo hay uno? —le pregunto señalando el baño.

Él gruñe y asiente, y yo suelo captar la indirecta cuando alguien no me quiere cerca, así que retrocedo y vuelvo a la cola.

Cuando pasan cinco minutos y la fila no ha avanzado lo más mínimo, decido usar la linterna del móvil para echarle un vistazo a mi dedo gordo del pie.

Está perfectamente. Y eso solo significa que tengo un dedo muy resistente porque esperaba ver un agujero o al menos una uña rota.

Encantada con mi pie intacto, suspiro y miro la hora. Ocho minutos. A Penelope le quedan ocho minutos.

—¿Te diviertes?

La voz procede de tan arriba que tengo que alzar la vista —y luego aún más— para saber quién me habla. Otro segurata.

Más alto que el de antes, pero vestido con las mismas prendas negras.

Pestañeo.

¿Divertirse será una norma de esta sala?

Pongo los ojos en blanco para mis adentros.

«No seas tonta, Elle».

Aunque… puede que no sea tan tonta. Es muy posible que los clubes nocturnos tan exclusivos como este, esos locales en cuya entrada hay grupitos de gente guapa haciendo cola bajo la lluvia a lo largo de toda la manzana, sean capaces de expulsar a alguien solo por mostrar una expresión agobiada. No querrán que una amargada arruine la fiesta, ¿verdad? ¿Será posible que la revista tenga órdenes estrictas de crear un ambiente animado para todos los empresarios cuarentones y cincuentones que bailan en la pista con las alianzas escondidas en el bolsillo del pantalón?

Me encojo de hombros mentalmente. ¿Qué importa? De todas formas me voy a marchar —echo un vistazo al reloj— dentro de siete minutos.

Así que suelto la verdad.

—No.

Enarca una ceja. Mira alrededor y luego a mí con una expresión de auténtico desconcierto.

—¿No?

¿Tengo aspecto de ser la clase de persona que piensa que todo esto —el suelo pegajoso por el alcohol, la oscura melena mojada porque se ha hundido sin querer en la bebida de alguien, las gotas de sudor en el pecho por estar entre tanta gente— es divertido?

Qué interesante. La idea de que alguien me pueda tomar por uno de ellos resulta en parte… ¿emocionante? En este ambiente tan loco, que no controlo en absoluto…

El segurata aún me observa con el ceño fruncido.

Suspiro.

—Mira, si me vas a echar, hazlo ya. Ahórrate las críticas.

Su ceño se vuelve más profundo.

—¿Echarte?

—Sí. —Lo miro de arriba abajo—. ¿No eres, o sea, un segurata?

—¿Crees que trabajo aquí?

Ahora soy yo la que frunce el ceño.

—¿Me equivoco?

En sus ojos brilla algo. Nerviosismo, quizá. Se inclina tanto que huelo la menta de su aliento.

—¿Qué me ha delatado?

¿Cómo? ¿Es un guardia de seguridad de incógnito? ¿Intenta pasar desapercibido?

Uf, qué raras son las discotecas.

Me encojo de hombros con cierta arrogancia y me aferro a mi papel de fiestera neoyorquina, la típica chica de veinticinco años que habla con chicos en rincones oscuros de las salas.

—Para empezar, eres enorme.

Tuerce el gesto ante la palabra «enorme». Pongo los ojos en blanco.

—Eres como treinta centímetros más alto que yo. Y llevo tacones. Y... —Gesticulo hacia sus brazos y me sorprendo mirándolos fijamente. Sus hombros son tan inmensos que parecen precipicios. Y esos brazos que tensan la... Carraspeo—. Y el traje negro.

Asiente despacio mientras lo medita.

—Si pretendes no llamar la atención, deberías vestirte como los demás —le digo en pleno subidón de autoconfianza. Ahora sí que me estoy haciendo pasar por otra. Por alguien capaz de explicarle a un completo desconocido cómo hacer su trabajo.

En sus labios se dibuja una sonrisa. Se inclina un poco más hacia mí y su boca casi me roza el oído.

—Bueno, entre tú y yo, esta es mi última noche.

—Ah, ¿sí?

Asiente.

—Y tú también podrías ser más discreta.

Frunzo el ceño.

—¿En qué sentido?

Encoge un hombro.

—Todo el mundo sabe la clase de gente que se acerca a esta sala en noches como esta. Que pululan cerca del baño, donde hay más tranquilidad... Que vienen a conocer a milmillonarios del mundo de la tecnología.

Ahora sí que no entiendo nada. Y siento una curiosidad extraña. ¿Qué clase de persona cree que soy?

El chico continúa:

—Que llevan tacones como esos —su mirada asciende por mis piernas— y faldas como esa.

Sus ojos se desplazan por mi cuerpo y es como si proyectasen llamaradas. El calor se acumula en mis entrañas. Me he tomado un par de copas —que igual podrían haber sido cinco, teniendo en cuenta que normalmente no bebo nada más fuerte que la kombucha de Penelope— y la atención es aún más embriagadora. ¿Cuánto tiempo hacía que nadie me miraba así? ¿Cuánto tiempo hacía que no llevaba una falta tan corta, que me sitúa a un mal gesto de enseñar la ropa interior?

Si accedí a salir con Penelope fue también por otra razón. Esta es mi última noche en Nueva York. Mañana me mudo a la otra punta del país. Para siempre.

Por eso me presté a enfundarme en este conjunto, a salir hasta las tantas y a tener una última oportunidad de vivir una escena de cine.

Sus ojos se demoran en mi pecho antes de buscar los míos. Y yo casi me caigo de los precarios tacones al percibir la intensidad que desprenden. Puro deseo.

Es como si estuviera viendo también su última oportunidad de vivir una escena de película.

No sé quién se mueve primero…, pero en un abrir y cerrar de ojos estamos en el hueco de una escalera. Mi espalda contra la pared. Nuestras respiraciones se aceleran. Yo estiro el cuello hacia arriba, él lo inclina hacia abajo.

Y esta no soy yo, esta es una desconocida, aunque es lo más parecido a una escena de cine que he vivido nunca, así que atrapo el instante al vuelo y le acuno la cara con las manos. De repente sus labios están sobre los míos.

Esto es una locura.

Noto su boca cálida contra la mía, contra mi cuello y mi pecho, y al momento me levanta del suelo con una facilidad que me deja sin aliento y le rodeo la cintura con las piernas. Esas enormes manos que tiene me agarran el culo, empuja la cadera contra la mía y yo veo las estrellas.

Desliza una mano por debajo de mi camiseta. Sus dedos ásperos repasan con suavidad el encaje de mi sujetador y luego su pulgar se desliza por debajo, justo cerca de…

Me echo hacia atrás, ya que tengo la sensación de que me he serenado un poco. O quizá sea porque aquí la luz es más intensa que dentro.

Ahora puedo verlo y es perfecto. Penetrantes ojos verdes. Pelo oscuro, quizá demasiado largo, que se curva alrededor de las orejas. Pómulos como las facetas de una talla esmeralda. Seguro que es el típico modelo que trabaja en un club nocturno para pagar el alquiler. Puede que esta sea su última noche porque al fin ha encontrado algo que vale la pena.

—¿Qué quieres? —me pregunta, y su voz profunda me arranca de mis pensamientos.

Todavía sin aliento consigo preguntarle:

—¿Qué?

Él también jadea, pero sus ojos son de una claridad sorprendente cuando se clavan en mí. Desliza la mano por mi barriga, y sus callosidades me rozan y me hacen estremecer.

—Quiero acompañarte a casa —dice con sumo tiento, como si quisiera asegurarse de que entiendo a la perfección cada una de las palabras—. ¿Qué puedo hacer para conseguirlo?

Vuelve a mirar mi cuerpo como si no pudiera evitarlo. Yo bajo la vista también y me doy cuenta de que la falda se me ha enrollado a la altura de la cintura. Jadeo y de nuevo busco sus ojos. Está esperando una respuesta y me observa con atención como si quisiera leerme el pensamiento.

—¿Qué quieres?

Suena un golpe de tacones cuando bajo las piernas y aterrizo sobre los pies casi perdiendo el equilibrio. Él me sostiene, pero rechazo su ayuda.

—¿Por qué me preguntas qué quiero?

Se encoge de hombros.

—Todo el mundo quiere algo.

No se altera al ver la ira que se apodera de mi semblante.

—Te deseo. —Señala su cuerpo—. ¿Tienes bastante conmigo o… quieres algo más?

Sus palabras me pillan por sorpresa. Casi se me escapa la risa.

Y luego entro en cólera.

—¿Quieres pagarme?

Me mira decepcionado.

—No. No pago por tener sexo. Pero —suspira— ¿te gustaría que te invitara a cenar? ¿O dar un paseo en helicóptero por la ciudad? —Juraría que habla completamente en serio cuando me dice—: Es eso lo que buscas, ¿no? ¿No has venido por eso?

Me quedo pasmada. Aunque más o menos está describiendo una cita, no me gusta lo que insinúa. No me gusta que me describa como alguien que quiere de él algo más que pasar un buen rato.

Me acuerdo de lo que me ha dicho antes. Sobre la clase de persona que soy. Una chica que se acostaría con alguien por su dinero.

—¿Eso piensas? ¿Crees que puedes comprar el afecto? ¿Organizarle a una persona una cita chula para acostarte con ella?

Vuelve a encoger un hombro.

—Puedo comprar lo que quiera.

Estoy furiosa. «¿Qué se ha creído este tío?».

—De eso nada —le digo antes de abrir la puerta con rabia para volver al interior de la sala.

Mi escena de película acaba de terminar oficialmente.

El estruendo repentino de la música me aturde durante un instante. Trastabillo y por poco me caigo por culpa de estos estúpidos tacones, pero una mano me sujeta. Es Penelope.

—¡Te he buscado por todas partes! —me dice con la expresión aterrada de quien está a dos minutos de llamar a un programa de personas desaparecidas—. ¿Qué hacías en la escale…?

La puerta se abre otra vez y aparece el chico contra el que acabo de pegar hasta la última parte de mi cuerpo.

Penelope eleva las cejas casi hasta el nacimiento del pelo.

—¿Con el CEO de Atomic…?

Pestañeo. Me giro despacio y miro a la inmensa figura cuyo sabor perdura en mis labios.

—¿Quién?

Él me contempla impertérrito. Enarca una ceja.

—¿Eso cambia algo?

Casi hago algo de lo que me habría arrepentido más tarde. Lo habría hecho, pero Penelope me aferra las dos manos y no puedo hacer nada más que inclinarme hacia su rostro y espetarle:

—Espero que la burbuja tecnológica estalle y tu estúpida startup sufra una muerte lenta y dolorosa.

Nos marchamos antes de que los auténticos seguratas nos obliguen a abandonar la fiesta. Y solo cuando estamos fuera, bajo las luces de Nueva York a las dos de la madrugada, a una manzana de distancia del quiosco de patatas fritas y lo bastante lejos de donde he dejado tirada mi dignidad, me vuelvo hacia Penelope y le digo:

—Me parece que ese gilipollas ha creído que soy una cazafortunas.

# 2

Dos años más tarde

—Mira, hoy en día es muy fácil vender una empresa por miles de millones de dólares. No es para tanto.

Me pego el teléfono a la oreja con tanta fuerza que oigo suspirar a Penelope por encima de la voz que advierte a través de los altavoces que no pierda de vista mis pertenencias, del niño que estampa su maleta teledirigida contra el expositor de un quiosco y de la azafata que regaña a los pasajeros en la puerta más cercana por apelotonarse en la zona de embarque antes de recibir el aviso de que pueden pasar.

—Tú no dejes de repetírtelo, Elle —me dice Penelope por fin.

Han pasado años y esos ojos verdes, que me miran desde la misma revista financiera que dio la fiesta —en la portada esta vez—, todavía consiguen que me hierva la sangre. Ni siquiera intentó salir mono en la foto. Miró al fotógrafo, y ahora a mí, con una apatía que sugiere que se prestó a la sesión por obligación.

El titular que acompaña a la imagen me provoca ganas de romper el móvil en mil pedazos y desmiente por completo mi capacidad de enviar a los demás a tomar viento y olvidarlos.

—Virion comprará Atomic por diez mil millones de dólares.

—Lo llaman el Soltero Milmillonario —suelta Penelope mientras yo coloco otra revista delante de todo el montón para borrar su cara y me alejo del quiosco hacia mi puerta de embarque. Por lo que parece, mi amiga no ha captado el mensaje de que, en teoría, debería odiarlo tanto como yo.

Cuando se lo digo, suelta una carcajada.

—En eso estamos de acuerdo, es un capullo. Pero nunca volverás a verlo. ¿A quién le importa?

A mí me importa, me gustaría decirle, pero ya es bastante patético que lleve tanto tiempo arrastrando este resentimiento. Me mintió sobre su identidad, se lio conmigo en el hueco de una escalera durante unos minutos y prácticamente me acusó de ir detrás de su dinero. Vaya cosa.

Sí.

Vaya cosa.

—¿Podemos cambiar de tema? —le pregunto, molesta—. ¿Hablar, por ejemplo, de que me vas a echar mucho de menos? ¿De que no sabrás qué hacer en Los Ángeles mientras tu mejor amiga se ve obligada a regresar a ese *flashmob* perpetuo que es Nueva York?

Penelope se ríe.

—En primer lugar, tú lo has sacado a colación. Otra vez —murmura antes de pasar a otra cosa, como la chica lista que es—. Y sí, Elle, no sé cómo voy a sobrevivir los próximos tres meses sin ti. No voy a hacer nada de lo que tú te niegas a hacer, como ir a la playa, pasear por el paseo marítimo, hacer excursiones o literalmente cualquier cosa que implique quitarse el chándal.

Ojalá estuviéramos hablando por videollamada para que Penelope pudiera ser testigo de hasta qué punto la fulmino con la mirada.

—O… salir con el cirujano buenorro que se ata el pantalón del pijama médico con un cordón…

Me paro en mitad de la terminal y una persona choca conmigo, salpicándome la manga de café caliente.

—¿Te llamó?

Casi veo la sonrisa de Penelope, me la imagino sentada con las rodillas contra el pecho para poder apoyar la barbilla.

—No solo me llamó. Se presentó en mi casa. Me dijo que había tardado horas en encontrar mi dirección.

Echo la cabeza hacia atrás, sorprendida.

—Y…

—Sí, Elle, me gustó. Sabes mejor que nadie que una conducta inquietante solo es realmente inquietante si…

—Si el chico no te gusta. Ya lo sé, sí. Como Edward cuando miraba dormir a Bella en *Crepúsculo*.

Alguien que está esperando en la puerta de embarque a la que por fin he llegado me lanza una mirada rara y yo lo observo fijamente hasta que aparta la vista.

—Vale, ¿y luego qué pasó?

Penelope suspira.

—Me trajo jamón y prosecco de la misma región de Italia de la que procede mi familia... Encontró la información en internet, no sé dónde... Además, usó su propio juego de cuchillos caros para cortar la carne.

Hago una mueca.

—Oye, no te lo tomes a mal, pero ¿estás segura de que no es un asesino en serie?

—No es un asesino en serie. Solo es un hombre que se compromete.

—Humm...

Mi amiga chasca la lengua.

—No te preocupes. Ya lo he investigado a fondo en internet. Sigo a todas sus exnovias con mi cuenta falsa. He creado una alerta en Google con su nombre y he verificado su identidad hasta la época del instituto. Fue a uno muy bueno, por cierto. Ya sabes. Lo normal.

Inclino la cabeza y me cambio el teléfono al otro oído.

—Vale, ¿estás segura de que tú no eres una asesina en serie?

Estoy casi convencida de que el tipo no es un asesino en serie, y no solo porque estadísticamente es muy difícil toparse con uno (gracias, pódcast de crímenes reales que me ayudan a conciliar el sueño).

No, tengo la certeza casi absoluta de que realmente es un buen chico, un hallazgo que en Los Ángeles merece el mismo mimo y reverencia que una especie en extinción. Penelope tiene un don para atraer a hombres buenos. Es casi sobrenatural. Dice que es por sus pecas, que le dan un aspecto amable. Desconozco los fundamentos científicos de esa teoría.

Si bien a la mayoría de la gente le encantaría caminar felizmente hacia el ocaso con cualquiera de los hombres con los que ha estado

Penelope, ella aguanta unos meses con cada uno de ellos antes de mandarlos a paseo. Deja una estela de hombres con el corazón destrozado a su paso y nunca vuelve a mencionarlos.

Es horrible. Una vez rompió con un chico enviándole por mensajero una tarta de galleta en forma de carita triste y una respuesta negativa a la invitación de la boda de su hermana.

Pero es mi mejor amiga y haría lo que hiciera falta para defenderla.

—Vaya —dice Penelope—. Te toca embarcar, Elle. Te deseo un tío bueno en el asiento de al lado y cero turbulencias.

Después corta la llamada.

Y yo me subo a un avión con destino a una ciudad a la que juré que nunca volvería.

# 3

El verano en Nueva York se parece a vivir en el infierno. Hace más calor que en mi ciudad natal de California del Sur y unos pretenciosos espejos de sesenta metros de altura reflejan ese calor y te proyectan la luz del sol directamente en la cara. Todos los ricos huyen a los Hamptons el viernes por la tarde puntuales como un reloj y los más ricos no vuelven hasta septiembre, cuando el calor ha cesado y reina un ambiente agradable y aterciopelado que es prácticamente otoñal.

Junio no es así.

Para cuando llego con mis maletas al vestíbulo del edificio, estoy empapada en sudor. Tengo el pelo apelmazado y pegado al rostro, y mi chaqueta de traje de color gris claro es ahora gris oscuro por culpa de la transpiración.

El portero tiene que contenerse para no hacer una mueca de horror.

—Ah, sí, Elle. La estábamos esperando. Yo se las llevo.

Antes de que pueda hacerme de rogar, ha trasladado todas mis cosas a un carrito de equipaje y las ha depositado, junto conmigo, en un ascensor más grande que mi cuarto de baño de Los Ángeles.

El botón ya está pulsado.

Solo hay dos pisos en esa planta y yo estoy a punto de pasar el verano en uno de ellos.

Desbloqueo la puerta con el teléfono, y ya sé que antes o después me quedaré fuera porque se me da fatal eso de cargar los dispositivos, y encima tropiezo al entrar. Los techos tienen seis metros de altura. Los ventanales abarcan toda la pared del fondo y muestran una perspectiva de la ciudad que nunca había contemplado. Las vistas son inmensas, sin obstáculos y muy por encima de los edificios que normalmente te impedirían avistar el perfil del horizonte.

Esto es de locos.

Todo es relativo. Pensamos en las cosas comparándolas con otras. Lo aprendí en la clase de marketing a la que Penelope me arrastró en la facultad. Veinticinco dólares es mucho por una comida, pero no por un vestido. Dos mil dólares es un montón de dinero para una boda, pero no para una casa.

Este piso sería enorme aun si albergara unas oficinas o un restaurante.

Es inmenso para ser una casa y punto, y es aún más inmenso para ser una casa en el centro de Manhattan.

Mi equipaje ocupaba una parte considerable del apartamento que acabo de abandonar. Pero, en este salón gigantesco, solo es un patético montoncito de maletas.

«¿Quién necesita tanto espacio?», me pregunto mientras me interno en la habitación sintiéndome más y más pequeña con cada paso.

No es práctico. Haría falta un ejército de Roombas para mantener limpia esta única sala. Aunque espero que esa responsabilidad no recaiga en mí.

Cuidar de la casa durante las reformas. Eso es todo. No accedí a nada más.

Hago unos giros de hombros para relajarlos y, agachándome con un crujido impresionante —y preocupante para una persona de veintisiete años—, cojo el portátil, que asoma de mi bolso igual que asomaría una barra de pan si esto fuera una película de Netflix ambientada en París. Pero yo no estoy en París.

Ni en una película.

Solo estoy escribiendo el guion de una.

Hay una página en blanco ante mí y yo intento rellenarla. Mis dedos, fatigados por el vuelo, están haciendo horas extras con la esperanza de que aparezcan las palabras: pequeñas observaciones, ideas incipientes, semillas que espero que estallen en palomitas dignas de una película. Todo sobre una ciudad que detesto. Una ciudad que apesta aún más de lo que recordaba.

En el momento más inoportuno, suena mi móvil y yo inspiro hondo antes de convertir mi enfado en un saludo medio agradable.

—Hola, Sarah.

—¡Elle! Pasándolo en grande en la ciudad, ¿eh? ¿Cómo va de momento?

Miro la hora en el horno.

—Hum… Llevo aquí dos horas.

Y una la he pasado en un Uber que olía como si hubiera un sándwich pudriéndose debajo del asiento.

Se ríe y lanza un suspiro nostálgico.

—De todas formas…, Nueva York es como ponerse un jersey, ¿verdad? Reconfortante y perfecto a más no poder.

—Estamos a treinta y tres grados y medio.

Sarah vuelve a reírse como si yo fuera la más graciosa de sus clientas y no una guionista que tiene la norma estricta de no escribir comedia. Luego va directa al grano.

—¿Y qué…? ¿Ya se te ha ocurrido alguna idea?

Parpadeo y estoy a punto de repetir: «Solo llevo aquí dos horas», pero Sarah es una de las agentes más importantes de la Agencia de Artistas Creativos e, igual que tengo una regla para la comedia, también tengo la norma estricta de no ser una artista que se muere de hambre.

—Todavía no —le digo, y me vuelvo a mirar la ciudad en cuestión a través de los inmensos ventanales—. Pero… la inspiración llegará. Siempre llega.

—Siempre —enfatiza Sarah, y se me cae el alma a los pies.

Porque llevo un año sin escribir nada relevante y ella no tiene ni idea.

Porque solo tengo tres meses para escribir un guion que podría cambiarme la vida.

Porque en teoría tengo que ambientarlo en una ciudad que no soporto. Una ciudad de la que creía que había escapado.

Se despide y… café, necesito un café. Exactamente por lo contrario por lo que la gente suele necesitarlo.

Me hace falta para relajarme.

Me obligo a llevarme el portátil por si me inspiro de camino a la cafetería Blue Bottle más cercana y salgo del piso sin cambiarme, aunque estoy hecha unos zorros.

A decir verdad, prefiero ir por ahí hecha unos zorros cuando estoy en Nueva York. Ni una sola vez me han silbado por la calle yendo en chándal, ni un solo camarero me ha comido la oreja ni me han mirado con deseo. Y eso es lo que quiero. Las pocas veces que he tenido que entrar en una tienda yendo arreglada, después de una comida o de una reunión, me han tratado como si fuera un personaje importante, una estrella de la tele o una modelo de Instagram. Los mares de Nueva York se dividían ante mí: de repente todo el mundo me cedía el paso. El tipo de la charcutería, que había sido claramente grosero conmigo en todas las ocasiones anteriores, ni siquiera me reconoció al verme con falda y me obligó a quitarme los auriculares un montón de veces para decir: «¿Qué?» porque intentaba entablar una conversación conmigo. He llegado a la conclusión de que ni siquiera guarda relación con estar guapa porque hay miles de chicas en Nueva York más atractivas que yo. Es casi como si los hombres vieran a una mujer arreglada y de inmediato pensaran que se ha acicalado para ellos.

La ciudad ha cambiado en dos años. Cafeterías pintadas de colores pastel con wifi gratuito han reemplazado a algunas tiendas. Ahora los bares, al parecer, tienen terrazas. No reconozco los nombres de ninguno de los locales de comida rápida saludable, que seguramente desaparecerán dentro de unos meses sustituidos por otro concepto, y luego otro y otro, como tendencias que se reencarnan una y otra vez.

Soy quisquillosa con las cafeterías.

Normalmente mis preferencias no tienen nada que ver con el café (aunque un expreso suave suma puntos), sino con cosas en las que pocas personas se fijan.

Las tazas: me gusta que la funda del envase sea firme. Me gustan las tapas con una parte extraíble que cubre la boquilla y que tiene consistencia, como si la bebida llevara un sombrerito, y que la boquilla no se arrugue bajo mis labios cuando bebo ni se hunda.

El local: me gustan las mesas tan minúsculas como para que nadie intente compartirlas conmigo, pero lo bastante grandes para que quepan mi portátil, la bebida y el inevitable dulce.

La bollería: me gustan las pastas de panificadoras que no abastecen también a las grandes cadenas. Me gusta la variedad. Un dónut relleno de crema. Una magdalena de sabor ambiguo. Un cruasán enorme, que se desmigue, en forma de cangrejo.

Los extras: una tostada recién hecha. *Bagels*. Granola y yogur.

Podría pasarme la vida entera en una buena cafetería solo con el bolso y el portátil. Poder trabajar allí dentro es todo un lujo, una costumbre que adquirí en la universidad y que he conservado. Una de las cosas que más disfruto de mi trabajo es entrar y salir de cafeterías que puedo usar como oficinas.

Sigo sin reconocer los nombres de ninguno de los locales, así que evalúo su esencia a partir de la gente que veo dentro.

La de color rosa claro tiene la palabra «matcha» en el nombre y una cola de aspirantes a *influencers* esperando a hacerse fotos ante un pequeño mural que incluye las palabras «café» y ¿«alas»? Paso.

¿El cuchitril lleno de tipos trajeados que parecen sacados de Wall Street y que sirve el café en tazas desechables de los hipermercados Costco? No, gracias.

Al final, llego frente a una puerta de madera con aspecto deteriorado. Las ventanas están ligeramente veladas. Habría tomado el local por un bar cutre si no hubiera visto a una mujer con un aspecto parecido al mío —pelo recogido con descuido, chándal, auriculares, portátil bajo el brazo— salir mientras se comía la *crème de la crème* de los cruasanes de cafetería: de almendras y cubierto de azúcar glas.

Hoy es uno de esos días que quisiera olvidar, pero nada más entrar en este local me siento… en paz. Huele a café, a crema y a azúcar en un té perfectamente infusionado. Hay una decena de mesas repartidas por una sala de techos altos, con un tragaluz, e incluso sofás y un expositor para pastas.

Me siento como en casa. Acabo de encontrar la cafetería que va a ser mi favorita durante los próximos tres meses y espero que no acaben prohibiéndome la entrada al local por lo mucho que voy a monopolizar una de sus mesas.

Durante unas horas, empiezo a pensar que quizá haber vuelto a Nueva York no haya sido tan mala idea. Hay un montón de cafeterías para escoger.

No escribo mientras estoy sentada a mi nueva mesa favorita, sino que leo mis correos electrónicos y repaso mi lista de tareas pendientes; cualquier cosa menos escribir. Y todo empieza a tener buena pinta.

Hasta que me marcho, cargada de café y de dulces, casi teniendo la sensación de que yo misma soy un café con leche, y empieza a llover.

Al principio solo es llovizna. Apuro el paso. No es nada preocupante, solo un poco de agua en mi bollo y algunas salpicaduras en la capucha de la sudadera.

Luego, de golpe y porrazo, la llovizna se convierte en un chaparrón, que me empapa de pies a cabeza.

Igual que una madre que piensa en su hijo antes que nada, yo solo puedo pensar en mi querido portátil y sin perder un instante me lo meto debajo de la ropa y lo protejo con mi vida.

Echo a correr y casi pierdo un ojo en el mar de paraguas mientras la lluvia me azota la cabeza con tanta saña que mi bonito coletero de seda sucumbe a la tormenta y cae, y acabo con la melena suelta y mojada pegada a las mejillas.

Estoy tan empapada que, cuando llego al vestíbulo del edificio, el portero no quiere abrirme. Justo cuando estoy a punto de golpear el cristal con la mano, me reconoce y esta vez sí que hace un gesto de dolor mientras recorro el suelo de mármol chapaleando con cada paso.

Tengo el pelo en toda la cara, el portátil bien sujeto contra la barriga y ni siquiera soy consciente de que hay alguien completamente seco en el ascensor conmigo… hasta que alargamos la mano a un tiempo para pulsar el mismo botón y nuestros dedos se rozan.

Nos volvemos para mirarnos y yo por poco culmino el proceso de convertirme en un charco.

Es él.

El tipo de la revista. El tipo de las noticias.

El tipo con el que me lie en el hueco de una escalera no muy lejos de este mismo ascensor.

El Soltero Milmillonario.

Parker Warren.

Aparto la vista tan deprisa que estoy segura de que no me ha visto la cara. Tampoco es que fuera a reconocerme si la viera. De creer lo que dice la prensa, debe de haberse liado con cientos de chicas desde aquella noche. Prácticamente vive en la portada de *Daily Mail,* a juzgar por la cantidad de artículos que publican sobre él y sus ligues.

Pulsa el botón de nuestra planta y el suelo empieza a desplazarse. O puede que sea yo, que estoy a punto de desmayarme.

¿Qué hace aquí, en este edificio?

¿Subiendo a mi planta?

He soñado más veces de las que me atrevería a reconocer que volvía a encontrarme con él, y le echaba en cara hasta qué punto se equivocó conmigo, quizá blandiendo un Oscar al mejor guion original.

En mi sueño yo no tenía el aspecto de un mocho.

El ascensor se detiene y yo salgo disparada hacia mi piso con la cabeza gacha. Me doy tanta prisa que estoy dentro antes de que él haya puesto el pie en el rellano.

Apoyada contra la parte interior de la puerta, respirando con dificultad y empapando el entarimado de madera importada, oigo abrirse la puerta de la segunda vivienda de la planta… y luego cerrarse.

Es mi vecino.

«¿Querías una escena de cine? Pues ya la tienes», pienso.

Solo que esto es una película de terror.

# 4

—En otra vida debí de hacerle a alguien magia negra —le digo a Penelope por teléfono.

Está demasiado ocupada partiéndose de risa como para articular una frase inteligible. Empieza una y otra vez antes de emitir un sonido que a ratos recuerda a alguien que se ahoga en tierra firme y a ratos, a las carcajadas de una bruja, y yo solo sigo esperando porque no quiero experimentar a solas un pánico como este.

—Tú… Estaba… En la misma planta…

Cuando por fin se serena, suspira.

—Caramba, Elle. El karma no es tu novio.

—¿Acabas de citar a Taylor Swift?

—Claro que sí. —Tararea—. Bueno, ¿y sigue siendo guapo a rabiar?

«Sí». Todavía parece un modelo o un deportista profesional, no un genio de la tecnología de veintinueve años que ha puesto patas arriba la industria y acaba de protagonizar una salida a bolsa de miles de millones. No me extraña que los medios estén tan fascinados con él y que le hayan dedicado desde un artículo de portada en *Forbes* hasta un reportaje a fondo en *Cosmo* acerca de por qué nunca ha tenido una relación seria.

—No tanto —le digo con la esperanza de que, la próxima vez que lo vea, el karma ya sea mi novio (no, mi prometido), y Parker Warren haya envejecido cuarenta años y perdido todo el pelo.

Penelope hace un ruidito de impaciencia.

—Si no te conociera desde hace casi diez años, puede que te creyese.

—Si no te conociera desde hace casi diez años, te habría colgado cuando llevabas treinta segundos ahogándote de la risa como una bruja.

Eso le arranca aún más carcajadas. Y la verdad es que sí que parece una bruja que se estuviera ahogando.

Penelope fue lo mejor que me ofreció Columbia y seguramente la razón por la que me gradué. Después de tomarme un semestre libre por razones personales, me planteé la idea de… sencillamente no volver a Nueva York. Fue ella la que cruzó el país en avión para venir a California, hizo mi equipaje y me obligó a regresar con ella.

Así que le perdono las risas porque me encantan, aunque no se lo reconocería ni bajo tortura.

Es curioso cómo se las arregla el amor para teñir de mi color favorito cosas que normalmente me reventarían.

—Penelope —le digo en tono monocorde.

Deja de reírse de inmediato porque sabe muy bien que cuando uso su nombre completo, las cuatro sílabas, es porque me he puesto seria.

—¿Qué voy a hacer?

Suspira.

—Nada, guapa. Vivís en la misma planta, pero las dos sabemos que eres una ermitaña. Solo sales de casa para mantener en funcionamiento el negocio de la cafetería más cercana, así que seguramente no te lo volverás a encontrar. Y si te lo encuentras… finge que no te acuerdas de él. —Guarda silencio un momento—. ¿Puedo ser sincera?

—Siempre lo eres.

A veces hasta extremos brutales.

—Elle, es probable que ni se acuerde de ti.

Y entonces la noto: una aguja que me pincha los pulmones y que me hace sentir aún más ridícula por experimentar este odio exagerado por un hombre que es prácticamente un desconocido.

Si exploro el sentimiento —algo que he hecho con mi psicóloga, con frecuencia— sé que esto me pasa porque ese hombre representa todo lo que detesto. Me juzgó por mi apariencia, como si yo no pudiera ser también una persona de éxito, como si necesitara depender de un hombre y como si fuera una lujuriosa cazafortunas.

¿Se le pasó por la cabeza que yo podía ser una guionista brillante que, la noche antes de conocernos, había firmado un contrato por una película que acabó recaudando más de quinientos millones de dólares?

No. Me vio y dio por hecho que buscaba su dinero.

Puede que no me hubiera molestado tanto si mi madre no me hubiera educado para que defendiera mi independencia con uñas y dientes. Si mi madre no hubiera compaginado dos empleos mientras se sacaba el máster para que mi hermana pequeña y yo siguiéramos estudiando en un buen colegio después de que mi padre se marchara. Si no me hubiera dicho, desde que era pequeña, que no dependiera de nadie ni dejara que otra persona me controlara, especialmente un hombre.

«Somos fuertes. Podemos superar lo que la vida nos depare. No necesitamos a nadie», me decía siempre.

Así pues, ¿qué otra cosa puedo hacer, ahora que ya no está?

Pensar en ella me anuda la garganta. Me acerco la mano al cuello para frotar con el pulgar mi colgante, la joya que mi madre siempre llevaba en la muñeca y lo único que me queda de ella aparte de sus lecciones.

Desde aquel día en el hueco de la escalera, concentré todo mi odio en ese hombre. Buscaba información sobre él varias veces al mes, como si fuera una especie de adicción y mantuviera una especie de competición. Visualizar su cara y rememorar aquella noche me ayudaba a seguir enfocada. Me inspiraba a trabajar con más ahínco. A ser mejor. A demostrarme —y a él, si acaso alguna vez volvía a verlo— que yo era la mujer que mi madre había educado. Porque eso la mantenía viva, de algún modo.

—Tienes razón —le digo, y la tiene.

Aunque lo he usado como blanco mental durante dos años, es probable que ni siquiera me recuerde. Nuestro encuentro duró cinco minutos en total. La gente tiene montones de recuerdos de infinidad de desconocidos, pero la mayoría de las personas no se acuerdan de ellos.

Penelope cambia de tema con un tono de voz demasiado desenfadado.

—¡Bueno! Y hablando de otra cosa, ¿has…?

«Escrito algo». Deja la frase en suspenso porque esas palabras llevaban unos meses prohibidas en nuestro piso, mientras yo trataba de solucionar… este bloqueo mental que no consigo explicarme.

—No. Pero solo llevo aquí un día. Seguro que muy pronto me llega la inspiración.

Penelope está de acuerdo. Y si no la conociera desde hace casi diez años, puede que la creyera.

La procrastinación me ha vuelto sorprendentemente productiva. Me invento infinidad de excusas para no sentarme ante la página en blanco (el cursor se burla de mí desde la comodidad de su hogar, parpadeando como si dijera: «Tendría que moverme, ¿recuerdas?») y en este instante procrastinar implica deshacer el equipaje.

La pareja a la que le cuido la casa aún no ha vivido en el piso. En este momento la vivienda se encuentra en la fase final de las reformas —que se supone que debo supervisar más o menos a cambio del alquiler gratuito—, así que es habitable en buena parte. Las únicas habitaciones aún sin terminar son el segundo cuarto de baño —menudo lujo—, el dormitorio principal y lo que pronto será un despacho más grande que mi dormitorio en el apartamento que comparto con Penelope. Mi habitación es la única que está amueblada y tiene vistas a una torre con un reloj, al Empire State Building y a unas diez escaleras de incendios y depósitos de agua. Es una planta tan elevada que el paisaje son las azoteas de la ciudad. Puedo asomarme como un gigante, con las nubes en las orejas y el sol en la nuca.

Cuando Penelope me ayudó a hacer el equipaje, me dijo:

—Elle, te vas a Nueva York a pasar el verano.

—Penelope, ¿estás sufriendo un ictus? —le pregunté yo.

Ella levantó mi maleta y agitó el contenido.

—¡Solo has metido sudaderas y pantalones de chándal! —Soltó un suspiro—. Llevamos años viviendo en Los Ángeles y no te he visto ponerte un vestido ni una vez, ni nada que te favorezca mínimamente. ¿Eres alérgica al sol? ¿Te da miedo que te odie por hincharte a galletitas saladas, helados, dulces y cafés con leche, y que, de alguna manera, sigas teniendo un cuerpo de pilates?

Torcí el gesto.

—¿Un cuerpo de pilates?

—Tú ya me entiendes.

La verdad es que no, pero ahora capto más o menos su punto de vista sobre mi ropa. O bien son prendas descoloridas con el logo de Columbia —porque son suaves como un pijama, pero medio decentes para cuando salgo de mi madriguera—, y jerséis de cachemira con tantas bolitas que darían para hacer otro jersey, o mallas que nunca han pisado un estudio de yoga y calcetines gordos de andar por casa. Como llevo toda mi vida adulta trabajando en casa con el portátil, me he acostumbrado a elegir las prendas de ropa en función de su comodidad y no de la estética.

Solo hay un vestido en el montón y pertenece a Penelope. También es tan corto y ajustado que solo tendría sentido que me lo pusiera para ir a una discoteca. Debe de haberlo metido cuando yo no miraba, junto con las braguitas rojas más minúsculas del mundo.

Pongo los ojos en blanco y guardo las dos cosas en el armario, convencida de que nunca verán ni un centímetro de la ciudad que no sea el estante de este armario personalizado.

Me ducho usando tres de mis jabones favoritos para retirarme de la piel la lluvia de Nueva York y cualquier vestigio de la persona que vive al otro lado de la pared. Cuando salgo, todavía llovizna fuera y vislumbro nubarrones de tormenta en el cielo. Desde aquí arriba las nubes me llegan a la altura de la cintura y tengo la sensación de que podría abrir la ventana y gatear al estilo comando entre ellas.

Comerme algo rico. Eso es lo que necesito. No hay nada mejor para arreglar un mal día que cenar un sándwich de pollo frito y un batido de helado y galleta. Me zampo mi banquete en el suelo, en el mismo sitio que un día ocupará un sofá modular tipo nube, mientras veo *Todo en 90 días* en el ordenador.

Hasta yo soy consciente de que doy pena.

Mi primera noche de vuelta en Nueva York y la paso así. Si fuera Penelope, estaría en el local más exclusivo de la ciudad bailando como si no hubiera un mañana. Si fuera mi hermana pequeña, estaría en la inauguración de una galería de arte usando términos como «posmodernidad» y comiendo canapés. Si fuera la protagonista de mi último guion, estaría plantada en mitad de la tormenta en Times

Square, mirando al cielo sonriente, sin una sola preocupación en el mundo.

Pero yo soy yo, y esta es, para mí, como ha sido una noche perfecta desde hace años.

Me voy a la cama preguntándome cómo he dejado que mi vida se volviera tan aburrida… y en qué momento he empezado a darme cuenta.

# 5

Me despierta un ruido estrepitoso. Luces intermitentes. Abro un ojo y me pregunto si estoy en pleno delirio febril antes de que una voz robótica, moderna y elegante, me ordene: «Diríjase a la salida más cercana. No coja el ascensor. Esto es una alerta de incendio».

Me pongo en pie al instante y noto un calambre en la barriga. Puede que el batido y el sándwich de pollo frito no hayan sido tan buena idea. Entro en pánico porque sufro ansiedad y esta es algo así como la peor situación que me puedo imaginar, y luego, no sé por qué, empiezo a palparme para ver qué llevo puesto en lugar de mirarme. Una camiseta de tirantes y un pantalón corto de pijama. No hay problema. Seguramente estamos a un millón de grados fuera.

El robot me dice que salga del apartamento y lo hago, antes de volver a entrar corriendo.

¡Mi bebé!

Cojo el portátil de la encimera de la cocina, sujeto el teléfono con la axila, meto los pies en unas zapatillas destrozadas y me abalanzo al rellano.

La voz del robot es más alta aquí y también la alarma. Busco la salida a la escalera de emergencia y empujo la puerta con el hombro. La puerta golpea algo sólido…

Es una persona.

Y no cualquier persona.

Me quedo petrificada, con el portátil aferrado contra el pecho y la cara iluminada por las parpadeantes luces de emergencia que sin duda no me favorecen.

Es él. Es Parker.

Y de nuevo estamos en una escalera.

«Elle, es probable que ni se acuerde de ti». La voz baja y sensata de Penelope resuena en mi mente, y tiene razón. Incluso ahora, que no estoy empapada por la lluvia, sus ojos no se agrandan con un gesto de reconocimiento. No me pregunta si nos hemos visto antes.

Solo mira mi portátil y frunce el ceño.

—¿Vas a bajar sesenta tramos de escaleras cargada con eso?

«¿Sesenta?». Había olvidado por completo que estábamos tan arriba. Suelto una carcajada, que suena medio demente, amplificada por el eco de la escalera.

—No —digo, y vuelvo a empujar la puerta entreabierta con el hombro—. Me arriesgaré con el fuego.

Mueve el brazo hacia delante e impide que la puerta se cierre.

—No puedes volver a tu piso.

—Seguro que es una falsa alarma.

—¿Y si no lo es?

Me cruzo de brazos sobre el portátil, irritada.

—Tú estabas aquí parado. Está claro que estabas sopesando si bajar o no antes de que yo llegara.

Me fulmina con la mirada, y sería una mentirosa si no reconociera que el estómago me da una especie de vuelco. Tiene los ojos tan verdes que no me parece justo, un color que no sabría cómo afrontar si fueran míos.

—Ahora que estás aquí, no puedo dejar que vuelvas a entrar por si el incendio es real. Mi conciencia no me lo permite.

—Qué heroico. ¿Y también me vas a bajar en brazos los sesenta tramos de escaleras? Porque no he vuelto a hacer ejercicio desde secundaria, así que seguramente las escaleras me matarán antes que el fuego.

Su mirada se desliza por mi cuerpo un instante antes de posarse otra vez en mis ojos. Y solo por un momento tengo la sensación de que podría estar… ¿admirándome?

—No me digas —me suelta en un tono medio aburrido y medio incrédulo.

Me acuerdo de lo que me dijo Penelope sobre el cuerpo de pilates y luego ahuyento el pensamiento. No, no está admirando este cuerpo tan normalillo con la camiseta de tirantes y el pantaloncito corto, que ahora parecen demasiado escandalosos como para vestir afuera y que tengo desde primero de carrera. Seguro que coquetea con todo bicho viviente, apuesto a que la mitad de las fotos que le sacan los paparazis al salir de los clubes nocturnos constituyen una prueba. Nunca lo han fotografiado dos veces con la misma mujer.

Y que conste que no leo esos artículos.

Me obligo a torcer el gesto y suspiro.

—¿Sabes qué? Te he avisado —digo, y me abro paso por su lado para bajar las escaleras.

No mentía. Mi actividad física en los últimos años ha consistido básicamente en caminar siete pasos a mi cafetera Breville, cinco al baño o cuatro a la cama para echarme una siesta a mediodía. Penelope miró mi aplicación de salud una vez en mi teléfono y me dijo: «¡Elle! ¿Tu media esta semana es de siete pasos? ¡Apple debe de pensar que estás muerta!».

Se trata de bajar escalones. No puede ser tan malo.

Al cabo de tres tramos, me doblo sobre mí misma resollando como si hubiera corrido una maratón. Seguro que me ha adelantado para seguir solo, pienso, pero cuando abro los ojos lo veo ahí parado, recostado tan tranquilo contra la pared, como si la alarma de incendios no siguiera sonando.

—Hablabas en serio.

Niego con la cabeza, todavía sin aliento.

—¿Por qué iba a bromear con que mi cuerpo carece de músculos?

Se limita a mirarme fijamente, dos penetrantes ojos que me observan como si fuera una línea de código que se ha propuesto descifrar. Luego alarga la mano.

Durante un momento pienso que se está ofreciendo a cogerme de la mano o llevarme a caballito, o algo igual de indeseable, pero tuerce el gesto al ver mi expresión horrorizada y dice:

—Tu portátil.

Lo aferro contra mi pecho reculando, como si él fuera una especie de ladrón.

—No.

Frunce el ceño.

—¿No?

—No. Puedo llevarlo.

No puedo, para nada. El peso extra está convirtiendo el descenso en una misión imposible.

Me mira con incredulidad.

—¿Piensas que te lo voy a robar?

Me encojo de hombros.

—No te conozco.

Suelta una carcajada, sorprendido.

Al cabo de un momento, su rostro recupera esa expresión enfurruñada que tanto le gusta.

—Tengo varios portátiles. Por muy bonitas que sean esas pegatinas…

De inmediato lamento que una docena de ilustraciones de café decoren la tapa de mi portátil.

—… no necesito el tuyo.

Vuelve a alargar la mano.

—Muy bien. —Se lo tiendo y añado—: Tengo configuradas un montón de contraseñas y encriptaciones, así que no podrías usarlo aunque quisieras.

No hay nada encriptado en mi portátil. Aunque no sería mala idea, la verdad.

El ordenador parece ridículamente pequeño contra su cuerpo, mientras que antes cubría todo mi torso.

—Vaya —dice despacio, como si no pudiera descifrar en cinco segundos todas mis contraseñas imaginarias si quisiera. Se graduó el primero de su clase en Stanford y se le daba tan bien programar que el gobierno de Estados Unidos lo contrató cuando aún estaba en el instituto.

Que conste que no he mirado su página de Wikipedia ni nada.

Bajamos en silencio y me maravilla ser capaz de recorrer diez tramos de escaleras antes de recostarme contra la pared sujetándome el costado.

—Sigue sin mí —le digo muy en serio—. Salva mi portátil. Hay material importante ahí dentro.

Inclina la cabeza.

—En ese caso deberías llegar abajo, ya que nadie será capaz de descifrar todas esas encriptaciones que has puesto.

Malditos sean él y su tono. Entonces gimo.

—Nodeberíahabermecomidoelbatidoyelsándwichdepollo.

—¿Qué idioma es ese?

—He dicho —replico haciendo una mueca de dolor—: «No debería haberme comido el batido y el sándwich de pollo».

Guarda silencio un momento antes de decir:

—Yo pensaba que los batidos se bebían. No sabía que se comían.

Niego con la cabeza, todavía doblada sobre mí misma.

—No. Yo me los tomo con cuchara. Están diez veces más ricos y duran mucho más.

Casi noto sus ojos en mi cuerpo, pero yo he cerrado los míos con fuerza por el dolor. El calambre que siento en el costado se parece a ser apuñalada por todo un juego de cuchillos.

—Ve —gimo—. En serio. Sería una pena que el recuento mundial de milmillonarios descendiera de 2668 a 2667.

Un instante de silencio. Dos.

—¿Sabes quién soy?

—Pues claro que lo sé —le digo en tono chillón al recibir de nuevo el mensaje de que no se acuerda de mí—. Tu cara está en todas las revistas. —Lo miro por encima del hombro—. Perdona, ¿debería hacerte una reverencia? ¿Felicitarte por tu éxito? ¿Intentar venderte mi startup? No conozco el protocolo.

Me parece atisbar una sonrisa en la comisura de sus labios, pero no, me lo habré imaginado, porque al cabo de un momento vuelve a torcer el gesto.

—¿Cómo te llamas? —me pregunta.

—¿Por qué?

—Tú sabes mi nombre. Me parece justo que yo también sepa el de la persona con la que voy a morir en una escalera.

Pongo los ojos en blanco.

—No vamos a morir.

El aire no huele a humo y solo veo a unos cuantos vecinos en la escalera, debajo de nosotros, por lo que supongo que la mayoría han decidido quedarse en sus casas. Seguramente han sido lo bastante listos como para llamar al portero y preguntarle si era una falsa alarma.

—Me llamo Elle.

—¿Como la revista?

Enarco una ceja.

—¿La conoces?

—Me incluyeron en una lista absurda.

Ahora me acuerdo de la lista porque leo la revista *Elle* y porque, sí, he leído el artículo que lo menciona. Lo incluyeron en la lista de los «solteros milmillonarios más codiciados». Seguramente de ahí le viene el mote.

—Venga, Elle —dice, y el traidor de mi cuerpo parece reaccionar ante su manera de pronunciar mi nombre—. Hazlo por tu hijo… Perdón, por tu portátil —añade mientras lo sujeta con una mano. Me tiende la otra.

Durante un momento me limito a fulminarlo con la mirada. Recuerdo las palabras que me dijo aquella noche. Soy consciente de que ni siquiera se acuerda de nuestro encuentro, mientras que a mí me ha estado obsesionando desde hace años.

«Puedo comprar cualquier cosa que quiera».

Dio a entender que me iría a casa con él por su dinero, que su absoluta arrogancia y presunción me despertaría admiración en lugar de repugnancia.

«Le odias, le odias, le odias…».

En ese preciso instante, la alarma deja de sonar.

—Gracias, universo —digo antes de encaminarme a la puerta más cercana.

La abro de un empujón, no podría alegrarme más de salir de la escalera y alejarme de él.

—¿No olvidas algo?

Me doy la vuelta y lo veo ofreciéndome mi portátil. Lo recupero, seguramente con más energía de la necesaria, antes de murmurar un escueto:

—Gracias.

Cogemos el ascensor para llegar a nuestra planta y no me vuelvo siquiera a mirarlo antes de apresurarme a entrar en mi apartamento y deslizarme de nuevo a la comodidad de mi cama.

# 6

El verano, en teoría, es cálido, renovador y acogedor, pero en mí no hay nada cálido, renovador y acogedor.

Me refugio en el rencor igual que un niño se aferra a un peluche. Trato a todas las personas que conozco como si fueran ladrones, como personas que antes o después me van a traicionar si soy tan tonta como para dejarlos entrar en mi casa. Me resisto a cambiar, como si mantenerme con obstinación en el mismo lugar y asegurarme de que todo a mi alrededor sigue igual fuera a garantizarme que nada atravesará la red que he tendido en torno a mi pequeña vida. Para mí, eso significa que nada puede hacerme daño. Pero ya no me siento segura.

Eso se acabó.

Porque también soy débil. He creado esas reglas y no tengo ningún deseo de madurar porque soy una torre de bloques llena de huecos y me invade la sospecha creciente de que estoy a un movimiento de derrumbarme.

La noche de ayer fue un error. No debería haberle dirigido la palabra y mucho menos haberle permitido que sostuviera mi posesión más preciada. Las palabras que pronunció hace años me hirieron; me llevó a cuestionarme mi conciencia de mí misma y dio cosas por supuestas. Lo detesto.

El odio es tan agudo, y me desborda hasta tal punto, que empiezo a escribir. No sé lo que estoy tecleando ni si tiene algún sentido. No he hecho un esquema ni tengo una idea clara, pero esto es una catarsis, una terapia. Esto soy yo decidida a materializar en la página mi nebulosa y los pensamientos que me dañan. Se parece a sujetar una emoción y abrirla en canal, hacerle la autopsia, estudiar sus mecanismos internos, privarla de color, vaciarla de dolor y de esencia hasta que sea inofensiva y muera.

Cuando termino tengo diez hojas y estoy agotada tras haber exprimido mis sentimientos, que ahora se despliegan en la página. El material es inservible, pero al menos es algo. Al menos estoy escribiendo.

Y no pienso demasiado en el hecho de que, después de meses sumida en una sequía creativa, ha sido él quien me ha arrancado por fin de esa situación.

Hay un jaleo tremendo en la cafetería. Por lo general prefiero un ambiente más tranquilo —que nadie se acerque demasiado como para echar un vistazo por encima de mi hombro a lo que estoy escribiendo ni ninguna conversación tan alta como para ahogar mis pensamientos—, pero, a menos que quiera comprar la cafetería y convertirme en la única clienta, tendré que soportarlo.

Últimamente vengo por la mañana temprano y me marcho a media tarde sin haber hecho nada de nada. O sea, si no cuentas comprar online, leer mi horóscopo en un montón de páginas hasta que encuentro uno que me guste o mirar fotos de la universidad para poder sentir algo.

Hoy, además del portátil, he traído un cuaderno. Esta cafetería tiene wifi y, según parece, soy incapaz de resistirme al internet y a sus abundantes agujeros negros de distracciones, así que pasé por una tienda que vende cuadernos por quince dólares con páginas suaves como la seda y bolígrafos con nombres chulos. Compré uno de cada y los cargué a la cuenta de la Agencia de Artistas Creativos.

De niña, cada curso, cuando era la primera de la clase (porque eso implicaba que me dieran la beca que necesitábamos), mi madre nos llevaba a mi hermana y a mí a la tienda de Hello Kitty. Vendían artículos de papelería, peluches y personajes con una anatomía un tanto inquietante, pero a mí me volvían loca los cuadernos: de tapas mullidas, con hojas de pegatinas y páginas con líneas de los colores del arcoíris. Nos dejaba escoger una sola cosa a cada una, así que un año me compré un cuaderno y, al siguiente, un boli de seis colores, y nunca usé ninguno de los dos. Arrancar una pegatina era desperdiciarla. Dibujar en una de esas páginas de colores era estropearla. Llevo desde la infancia viviendo a partir de reglas absurdas, por lo que parece.

Durante un momento, mientras el boli planea sobre la suntuosa página del cuaderno, me planteo si dejarla como está. Inmaculada. Perfecta. Intacta.

Luego pienso en el cuaderno de Hello Kitty que no quise estropear y que seguramente está en el fondo de un vertedero, con las páginas amarillentas y las pegatinas sin adhesivo, y trazo una gran X en la primera hoja.

—Ya está. Estropeada —me digo, y empiezo a escribir.

No es un guion, no. Escribo la lista.

«La película del estudio se ha ido al traste. Ya han invertido millones en los permisos y la logística para rodar en Nueva York. Quieren contratarte para escribir una historia ambientada en esas seis localizaciones», me dijo Sarah en aquella llamada, hace dos meses.

Al principio dije que no. Ni en sueños iba a escribir un guion ambientado en una ciudad que no quiero ver ni en pintura.

Entonces, Sarah me comunicó lo que me pagarían. Es dinero suficiente para que pueda disfrutar de la clase de libertad que mi madre siempre quiso para mí: una libertad que me permitiría no tener que depender de nadie más. Una libertad que me garantizaría que, si volviera a presentarse un imprevisto —como cientos de miles de dólares en cuidados médicos—, podría afrontarlo.

Una cantidad de dinero que habría deseado tener cuando mi madre pasó años sin ir al médico porque no tenía un buen seguro. Una cantidad de dinero que habría sufragado cualquier tratamiento, así como medicamentos que cuestan más que una hipoteca.

Al final conseguimos el dinero. Mi madre disfrutó de los mejores cuidados durante el último año, pero solo porque la desesperación me llevó a cometer el peor error de mi vida para conseguirlo.

Nunca más.

Así que acepté. El estudio se ofreció a alquilarme un apartamento en Nueva York para que «me inspirase». Rehusé, pensando que podría escribir el guion en Los Ángeles, y lo intenté, hasta que

Penelope me sugirió amablemente que quizá era una buena idea volver.

Todo acabó de cuadrar cuando me ofrecieron cuidar esta casa porque la propietaria del piso es alguien a quien, por lo visto, soy físicamente incapaz de negarle nada.

Así que ahora estoy aquí, pasando el verano en una ciudad que desprecio.

Tardo lo mío en escribir la lista de localizaciones de la película. Me aseguro de que mi letra, un tanto cuestionable por lo general, sea lo más legible posible porque, una vez más, estoy dispuesta a hacer cualquier cosa, lo que sea, menos escribir este guion. Cuando termino, me acomodo en la silla y miro fijamente la lista. Me quedo esperando a que el nombre de la primera localización arranque un tapón de mi cerebro y un montón de palabras salgan del hueco.

Lo miro durante tanto rato que se me empañan los ojos, y la lista se convierte en un borrón de líneas desordenadas.

—¿Qué es eso? —pregunta una voz y yo pego tal bote que por poco tiro el café con leche sobre el portátil cerrado.

No fastidies. Mi vida es una serie de catastróficas desdichas que conducen inevitablemente a un trágico final.

Parker Warren está ahí de pie con un café expreso en una taza para llevar. Lleva puesta una camisa y unos pantalones demasiado formales para una tarde de sábado.

Tapo mi lista con las manos como si fuera el código del maldito botón nuclear.

—¿Qué haces aquí? —le pregunto.

Enarca una ceja.

—Es una cafetería, Elle. ¿Qué crees que hago aquí?

Miro su café expreso con desdén y se da cuenta.

—¿Le pasa algo a mi café?

—Sí.

Se sienta, aunque obviamente no lo he invitado a hacerlo, y yo cierro el cuaderno.

—Explícate.

—Es lo peor que podrías haber pedido.

Frunce el ceño.

—Ah, ¿sí?

—Para eso podrías beberte una bebida energética. No lleva leche ni espuma. ¿Qué gracia tiene? —le digo, y abro el portátil fingiendo que me dispongo a escribir.

Él empuja la tapa del portátil con suavidad para poder mirarme a los ojos, y yo noto un tirón inexplicable en el pecho.

—Elle —me dice muy despacio, todavía con esos dedos callosos en torno a la tapa de mi ordenador—, eres una verdadera esnob.

Me entran ganas de gritar.

—Y tú eres una auténtica amenaza. ¿Qué quieres?

—¿Quién eres?

La expresión de sus ojos es franca. Sincera.

—Soy Elle, tu vecina —gruño—. Por desgracia.

Apoya las manos en la mesa, y me percato de que son grandes. Las estoy mirando con atención. Increíble. Hace un gesto de asentimiento.

—Eso ya lo sé. ¿Qué más?

—¿Qué quieres decir con «qué más»?

Se encoge de hombros.

—¿A qué te dedicas? ¿Qué haces aquí? ¿Por qué has pedido tres bebidas?

Apretando los dientes le digo:

—Escribo. Estoy pasando el verano aquí, cuidando de una casa. Y el café con leche es por la energía, el agua para hidratarme y el chocolate caliente porque me gusta.

Vuelve a asentir.

—Interesante. Cuéntame más.

—No.

—¿Por qué no?

Le respondo con absoluta sinceridad porque ¿qué me importa lo que esta persona, sobre la que vertí mi odio por escrito durante horas hace unas noches, piense de mí?

—Porque no te conozco y estoy casi segura de que no quiero conocerte.

Se arrellana en la silla. Asiente. No parece que mi respuesta le desanime lo más mínimo.

—Mira, podría averiguarlo todo sobre ti pulsando cuatro teclas en el ordenador. Te lo pregunto por educación.

—¿Porque te dedicas a espiar a la gente?

—Porque tengo acceso a internet.

Una sonrisa lánguida se dibuja en mi cara. Lo que no sabe es que está hablando con una persona que se esconde detrás de un alias, alguien que ha eliminado cualquier rastro de su presencia en internet, alguien que no tiene redes sociales.

—Ah, ¿sí? —le digo—. Muy bien. Búscame en Google. Averígualo todo sobre mí.

Vuelvo a levantar la tapa del portátil para borrar su cara y finjo que empiezo a escribir. Solo cuando oigo el roce de la silla y unos pasos que se alejan, sé que por fin me ha dejado sola.

# 7

Seis días más tarde, he escrito un total de diez palabras, que borré. Escribí otras diez. Y también las borré.

Luego me planteé durante un instante si lanzar el ordenador a la otra punta de la casa, pero al momento lo cogí en brazos, acaricié su exterior plateado casi entre lágrimas y le susurré: «Siento mucho haber pensado eso» a un objeto inanimado.

«Por eso los escritores no pueden vivir solos», razono.

He entrado de lleno en modo escritora pirada ahora que no tengo a Penelope conmigo para recordarme que coma verduras, me hidrate o salga de casa para que me dé el sol. Todo lo cual estaría de maravilla si estuviera escribiendo algo.

Unos golpecitos en la puerta me sacan de mi increíble concentración mientras estoy leyendo la tercera página de reseñas de un pantalón de chándal que pienso ponerme para disfrutar de la comodidad de mi sofá.

Los presentadores de pódcast de crímenes reales me dirían que básicamente merezco que me asesinen y estarán deseando hablar de mi caso porque abro la puerta sin mirar antes por la mirilla. Por eso mismo, estoy delante de Parker Warren vestida con una camiseta tan grande que podría pasar por un vestido recatado, un pantalón corto de chándal SoulCycle que le robé a Penelope y llevo un moño torcido como un helado derretido en el barquillo de mi cabeza.

Me observa de arriba abajo con una mirada que solo puedo describir como admirativa.

—¿Un viernes relajado? —me pregunta.

Yo lo fulmino con los ojos. Va vestido de traje. Pues claro. Tampoco es que estemos en pleno verano ni que, por lo que yo sé, tenga un empleo ahora mismo.

—Este es el aspecto que tengo cada día de mi vida, y encantada —le digo con una sonrisa tan dulce que solo se podría interpretar como venenosa—. ¿Has venido a burlarte de mi manera de vestir o a pedirme mi opinión sobre si deberías llevar traje cuando estamos a treinta y cinco grados? Te diría que no porque podrías morir de un infarto para cuando llegaras al metro, pero ¿sabes qué? —Hago un mohín—. Me da igual lo que te pase y los dos sabemos que no vas a coger el metro.

Obvia todo lo que acaba de salir de mis labios y pregunta:

—¿Cómo te llamas?

Frunzo el ceño.

—Ya te lo he dicho.

—Tu nombre completo.

—¿Por qué? ¿No lo has encontrado en Google?

—¿Cuál es tu nombre completo, Elle? —insiste.

—¿Quién eres? ¿Rumpelstiltskin?

Ahora le toca a él arrugar el entrecejo.

— Rumpelstiltskin le pregunta a la hija del molinero cómo se llama él.

¿Seguro?

—No sabía que fueras un experto en folclore germánico —le suelto ya cerrando la puerta—. Deberían añadir eso al próximo artículo que te dediquen en *Fortune*. Adiós.

—Espera.

Me detengo, aunque solo sea porque me pilla por sorpresa el matiz de desesperación de su voz. A pesar de que sé que no debería, vuelvo a abrir la puerta.

—Te necesito —me dice.

Me quedo muerta.

—¿Me necesitas?

—Necesito que seas mi pareja.

Por poco me caigo al suelo. ¡Será sinvergüenza!

—¿Disculpa? —Mi voz suena frágil.

Se apoya en la jamba de la puerta y, aunque el marco es grande, a su lado parece minúsculo.

—¿Tan horrible sería?

«Sí».

—Sí.

Suspira.

—Necesito una pareja en la que pueda confiar.

Me río.

—Ni siquiera me conoces.

—¿Tú le venderías un cotilleo sobre mí a *Page Six* o al *Daily Mail*?

Agrando los ojos, aprieto los puños y abro la boca, preparada para echarle un sermón que empieza por: «¿Cómo te atreves?». ¿De verdad piensa que tengo la necesidad de vender cotilleos sobre él…?

Se ríe, y es un sonido irritantemente profundo y agradable, que me acaricia los huesos.

—Exacto. Eres perfecta.

Lo fulmino con la mirada.

—En serio, Parker. Seguro que encuentras a cientos de mujeres dispuestas a acompañarte en veinte manzanas a la redonda. Antes correría desnuda por el vestíbulo que salir contigo.

Me mira con tanta intensidad que empiezo a entender por qué cientos de mujeres estarían tan dispuestas a acompañarlo.

—Exacto —repite—. Eres perfecta.

Algo inexplicable burbujea en mi interior, como si tuviese champán en el torrente sanguíneo. Tuerzo el gesto.

—Por desgracia, no tengo nada que ponerme ni las más mínimas ganas de ir a ninguna parte contigo, y sí un montón de cosas que hacer.

Le cierro la puerta en las narices.

—Penelope, hay un vestido en el rellano.

Una hora más tarde todavía llevo mi atuendo de «viernes relajado» y tengo el móvil encajado entre la oreja y el hombro mientras miro el vestido tendido sobre el sofá decorativo que hay al otro lado de mi puerta, en una percha forrada de seda que debe de costar un dineral. La marca del vestido es de alta costura francesa y…

—Y también unos zapatos de tacón.

Cuando le digo la firma, Penelope suelta un silbido quedo.

—Tu rellano tiene unos gustos muy caros.

—Ya te digo.

Penelope suspira.

—No me mates.

—Nunca lo haría. Las dos sabemos que hoy en día no hay modo de ocultar el ADN. Me pillarían.

Gracias, pódcast de crímenes reales.

—Me parece que deberías ir.

Me cambio el teléfono de oreja.

—Bien pensado, si no hay cuerpo no hay crimen, ¿verdad?

—Lo digo en serio —insiste—. Elle, es posible que el tío sea lo peor, pero no sería tan mala idea que salieras un rato.

Abandonar la comodidad de mi cama me parece la peor idea del mundo.

Y quizá ese sea el problema.

—Mira, ya sé que te gusta ser independiente. Ya sé que te gusta estar sola. Pero todo tiene un límite. Te has convertido en una isla, Elle. En plan, una isla desierta.

Suelto un resoplido. Puede que me guste ser una isla.

—¿Cuándo fue la última vez que saliste con alguien? ¿Hace un año?

Y fue un desastre.

—No sería una cita —susurro porque acabo de caer en que comparto el rellano con él. Entro en casa a toda prisa—. Sería una cita falsa.

—Exacto. Razón de más para ir. Mira, puede que vivir a su lado acabe siendo algo bueno, si te convence para hacer algo que requiere abandonar tu territorio seguro de cinco manzanas a la redonda.

Suspiro.

—¿Quieres saber lo peor?

—Claro.

—He vuelto a escribir. —Bueno…, no es exactamente un guion, pero al menos estoy escribiendo algo—. Más o menos.

Penelope aspira como si fuera un remolino.

—¡Elle! —exclama—. Estaba empezando a preocuparme. —Luego añade—: ¿Y por qué dices que es malo?

—Porque ha sido él quien lo ha provocado —le digo mientras me paseo por la cocina.

—Oh, Dios mío. El chico que odias… es tu musa.

Suelto un sonido de asco.

—No lo llames así.

—No, no, escúchame —dice, y noto que ella también camina de un lado a otro—. Siempre ha sido tu musa. ¡Lo digo en serio! Después de aquella noche en la escalera estabas tan enfadada que escribiste el guion. Ese que ganó muchos premios. Cada vez que sabías algo de él, te encerrabas en tu habitación durante días a escribir.

—Ya escribía antes —arguyo.

—Claro, y escribías mucho. Por esa razón aún tengo que ponerme ASMR con el sonido de un teclado para conciliar el sueño, años después de que dejáramos de compartir habitación… Pero no escribías con tanta pasión. Tienes que reconocer que escribiste tu mejor obra después de aquella noche. De alguna manera extraña, él te empujó a superarte.

—¡Claro que escribí mi mejor obra después de aquella noche! —exclamo—. ¡Maduré! ¡Mi estilo mejoró! ¿De verdad vas a atribuirle todos mis éxitos de los veinticinco en adelante?

—No —responde Penelope con tranquilidad—. Pero usaste el odio que te inspira como combustible. Él es una especie de musa problemática.

«Una musa problemática». Resoplo contrariada.

—No te enfadarías tanto si esto no fuera medio cierto.

Es lo malo de ser amigas desde hace tanto tiempo. Se convierte en un miembro de tu familia, y la familia tiene permiso para cantarte las cuarenta sin que la puedas enviar a paseo para siempre.

—Mira, guapa —me dice—. Si te ayuda a escribir, ¿qué más te da? La verdad, no me sorprendería que la Agencia hubiera averiguado que él es tu medio musa y lo hubiera organizado todo para que lo tengas de vecino.

Me río con amargura.

—¿Te digo la verdad? A mí tampoco me sorprendería.

Había una nota prendida al vestido: «Nos vemos a las ocho en punto». Estoy mirando el reloj, por eso sé quién llama en el instante en que cambia la hora.

Una parte de mí no quiere recibirlo. Esto no es nada propio de mí. Quiero cancelar la cita y esconderme bajo el edredón, y salir de casa únicamente a horas intempestivas, como a las cuatro de la madrugada, para no volver a encontrármelo nunca.

Otra parte de mí piensa que esto será para bien. Penelope tiene razón. Parker es mi musa problemática y puede que esta noche me sirva de inspiración. Puede que incluso me divierta.

Abro la puerta.

Se ha cambiado de traje. Este es más chulo y pijo, y le sienta como un guante, como hecho a medida, algo que en este caso no creo que sea una figura retórica.

Me he pasado una hora preguntándome si debía arreglarme o no. Una cosa es que me ponga un vestido, pero ¿peinarme? ¿Maquillarme? Eso tal vez sería exagerar. Heredé de mi madre una melena oscura y brillante y unos pómulos altos, pero no los labios rojos, ni las cejas gruesas, ni una tez resplandeciente ni demasiado color en la cara, así que, si no me maquillo, soy del montón. Con maquillaje, parezco una persona distinta. Quizá por eso no me gusta nada pintarme. Si solo te gusto cuando no parezco yo misma, ¿qué sentido tiene?

Al final he decidido hacerlo, aunque solo sea para tener las manos ocupadas. Porque, aunque no me gusta llevar maquillaje, sí disfruto con el proceso de aplicármelo. Vete a saber por qué, pero nací con un don para delinear un ojo de gato perfecto, algo que he practicado cientos de veces con Penelope. Por lo visto me ha regalado un equipo completo de maquillaje —que he tenido el placer de descubrir escondido en mi segunda maleta—, así que he probado distintos colores. Antes de que me diera cuenta estaba lista y era la hora de irme.

El vestido es corto pero elegante, con manga larga y un escote recatado. Los tacones no son bajos, pero tampoco los más altos que he llevado.

Cuando abro la puerta, Parker Warren me contempla como si llevara encima mucha menos ropa. Su mirada es intensa, como lo fue la noche del hueco de la escalera, y me observa milímetro a milímetro.

—Perfecta —dice por tercera vez en un solo día antes de ofrecerme la mano—. No te asustes, pero estamos a punto de saltar al foso de los leones.

—¿El foso de los leones?

Sus ojos lanzan destellos traviesos.

—Lo peor de la alta sociedad. Trepas. Despedazadores. Herederas que no tienen nada mejor que hacer que entrometerse en asuntos ajenos.

Palidezco.

—¿Qué?

—Tranquila —dice bajando la vista para mirarme. Su voz profunda no me tranquiliza en absoluto—. Sé que podrás soportarlo.

Noto un ardor inexplicable en la cara, aunque aquí dentro estamos a veinte grados, como todos los espacios en los que paso más de unas horas.

De nuevo me ofrece la mano.

Y, esta vez, la acepto.

Viajamos en el asiento trasero de un Escalade con las ventanillas tan tintadas que solo veo al otro lado el leve centelleo de las luces de Nueva York. Algo me dice que Parker no ha llamado a un Uber. El conductor lleva un pinganillo y parece capaz de matar a alguien con un cordón de zapato.

El conductor del último Uber que llamé llevaba un tupé dos tonos más claro que el resto de su pelo y tenía la costumbre de cantar a voz en grito canciones pop de la década de los setenta.

—¿Y sueles salir con tus vecinas? —pregunto en tono desenfadado, volviéndome a mirar a Parker.

Estamos sentados en los dos extremos del asiento, cada uno junto a una ventanilla —hay varios pasos entre los dos—, pero el espacio aún me parece demasiado exiguo. Él ocupa demasiado.

Asiente con una expresión muy seria.

—El fin de semana pasado salí con la señora Andrews.

La señora Andrews tiene ochenta años y pasea a sus gatos en cochecitos para niños.

Yo sonrío, aunque no quiero hacerlo, y me vuelvo hacia la ventanilla para que no lo vea. No funciona.

—Has sonreído —dice con el asombro de quien acaba de descubrir un nuevo producto que patentar.

—No es verdad.

—Sí. Y ahora tendré que esforzarme mucho para ser aún más gracioso porque quiero que vuelvas a hacerlo.

Lo fulmino con la mirada, ya que estoy convencida de que se está burlando de mí.

—Bueno, ¿a dónde vamos? ¿Y por qué no podías ir sin pareja?

Sus ojos pierden una parte de la luz anterior.

—¿Has oído hablar de Edith Adelaide?

—¿La heredera?

Asiente.

—Tiene un apartamento en Park Avenue con la terraza más grande de todo Nueva York, con vistas a Central Park.

Tuerzo el gesto.

—¿Y te mueres por verlo?

Suelta una carcajada.

—No —dice, y su mirada se anima de nuevo—. Ojalá fuera tan sencillo. Edith Adelaide conoce a todos los inversores habidos y por haber, y por eso conseguí financiación para un prototipo que construí en primero de carrera. Fue una de las primeras personas que creyó en mí. —Se encoge de hombros—. Celebra una reunión cada pocos meses y esta vez me dijo que no podía ir sin pareja.

—No lo entiendo. ¿Por qué es tan importante? ¿No acabas de vender tu empresa?

—La operación no está siendo tan fluida como cabía esperar. Hay algunos… cabos sueltos que debo atar. Esta noche.

Así pues, la cena es importantísima por motivos empresariales secretos. Necesita una pareja, a poder ser una que no cuente sus intimidades —ni las de nadie— a la prensa. Tiene sentido.

Soy una pareja de conveniencia. Eso quizá debería sentarme mal, pero la verdad es que me trae sin cuidado porque esta noche podría ofrecerme justo la inspiración que necesito para el guion.

Paramos delante de un edificio con una gran marquesina verde. Un portero, que lleva traje y sombrero como si trabajara en el Plaza, me ayuda a salir del coche. Parker le dice su nombre y nos conduce rápidamente a un vestíbulo dorado, muy decorado, de la antigua Nueva York. Me sorprende ver que el portero entra en el ascensor con nosotros y acciona una vieja manivela, como si hubiéramos retrocedido en el tiempo. Subimos y subimos hasta que suena un timbre y las puertas se abren como cortinas al interior de un piso que empequeñece el apartamento en el que yo me alojo.

Me recibe un Picasso, que descansa sobre un piano Steinway.

Y luego un caniche leonado, que salta sobre Parker y lo saluda como si fuera su persona favorita del mundo. Él se arrodilla y juega con el cachorro, y a una parte de mí se le encoge el corazón de un modo extraño. Otra parte le patea la espinilla a la primera y le recuerda que se supone que odiamos a este hombre. Este hombre que juega con perritos, al que le sientan los trajes como si fuera modelo y que dice cosas como: «Tranquila, sé que podrás soportarlo».

Se incorpora una vez que el perrito se marcha corriendo y se inclina para susurrarme:

—Tiene cinco. Clonados. Uno en cada una de sus casas.

Luego, antes de que me haya recuperado de la información, me toma la mano.

Mi primera reacción es apartarla, pero Parker parece notarlo porque me la aferra con más fuerza y me desliza el pulgar por los nudillos, y por alguna razón ese sencillo gesto me provoca un escalofrío en la columna.

Penelope tiene razón. Necesito salir más.

—¡Parker! —exclama una voz estridente. Pertenece a una mujer delicada, aún más bajita que yo. Va vestida con prendas que no llevan logos, no serán de marca, pero sé que deben de costar una fortuna por su calidad. Unos pantalones que se le ajustan a la perfección. Una camisa de seda sin una sola arruga. Va descalza. Su cabello es un elegante halo blanco en torno a su cabeza. Ya ha cumplido los ochenta y siete años y tiene más energía que yo.

Su sonrisa es tan radiante como las esmeraldas de las minas que su familia poseía en Sudamérica. Mi investigación en Google durante el trayecto en ese coche que no era un Uber me ha revelado que su madre se casó con un estadounidense, John Adelaide, que protagonizó tantos escándalos e hizo tan malos negocios que casi los llevó a la ruina. Cuando el avión de sus padres se estrelló en la selva del Amazonas —un accidente que provocó como mínimo mil teorías de la conspiración—, Edith heredó el dinero que quedaba y empezó a invertir en personas que le inspiraban confianza. Amasó una fortuna ella sola a partir del capital casi dilapidado que había heredado, aunque nunca se librará de la etiqueta de «heredera». Me pregunto cómo habrá sido su vida, cuántas historias habrá protagonizado que yo podría explotar, explorar y quizá llevar a la pantalla.

Edith agranda los ojos cuando me ve.

—¡Al final has traído a una pareja!

—Me dijiste que no me dejarías entrar si venía solo.

Edith se ríe con carcajadas sonoras que jamás atribuirías a una mujer de su edad.

—Sabes muy bien que te habría dejado entrar igualmente.

Me vuelvo a mirar a Parker con incredulidad, pero alguien se ha acercado a hablar con él, un hombre de treinta y pico o cuarenta años. ¿Es esa la persona a la que quería ver?

Edith se vuelve hacia mí y dice:

—Bienvenida a mi casa. Soy Edith.

—Elle.

Me estrecha la mano.

—¿Te gustaría ver mis tesoros?

—¿Tesoros?

Me dedica una sonrisa conspiratoria y me indica por gestos que la siga.

—Colecciono objetos —me explica—. Cosas que me hacen feliz y que me parecen maravillosas.

Señala un cuenco del 500 a. C. colocado sobre una mesa sin más, sin vitrina ni nada. Atisbo una pintura impresionista que estudié en una clase de Historia del Arte. Una sala entera de esta casa procede de un castillo francés.

Edith me mira.

—Antes de que me juzgues con severidad, no tengo herederos y he legado toda mi fortuna, incluidas las obras de arte, a diez organizaciones benéficas que conozco y en las que confío. —Se encoge de hombros—. Supongo que me quedan cinco años más en esta tierra, año arriba, año abajo. ¿Es demasiado egoísta por mi parte disfrutar de mi dinero con frivolidad antes de que lo hereden otros?

Me alegro de que la pregunta parezca retórica porque no tengo la menor idea de qué responder.

Justo cuando Edith me está enseñando otra habitación —una biblioteca llena de libros que, a juzgar por su aspecto, solo deberían tocarse con guantes—, una mano se posa en mi cintura.

—No estarás pensando en añadir a Elle a tu colección de tesoros, ¿eh, Edith? —le pregunta Parker con desenfado.

No hay nada de desenfadado en las palpitaciones que noto en el pecho al percibir el calor de su mano en mi cuerpo. Podría apartarme. Podría fingir que de verdad quiero inspeccionar el manuscrito iluminado del rincón. Pero no lo hago porque, por más que me reviente admitirlo, me gusta la sensación que me provoca su contacto.

Me parece que se me está yendo la olla.

Edith se ríe.

—Jamás se me ocurriría. Ya has intentado comprarme esta casa un montón de veces. Involucrar a tu novia solo serviría para empeorar tu obsesión.

Abro la boca para decirle a Edith que no soy la novia de Parker Warren, ni en este ni en ningún universo cinematográfico de Marvel, pero Parker empieza a trazar círculos lentos con los dedos en la base de mi columna y ¿qué estoy haciendo? ¿Por qué se lo permito?

¿Por qué me inclino hacia su mano un poquitín de nada?

Levanto la vista y descubro que me está mirando, observándome como si realmente pensara que soy un tesoro y…

—Bueno, ¿y cómo os conocisteis?

El calor que se arremolina bajo mi piel se convierte en rabia cuando recuerdo aquella noche en el hueco de la escalera. En cómo terminó.

Parker abre la boca para responder, pero yo me adelanto.

—Somos vecinos.

—¿En San Francisco?

Un momento… ¿Parker vive siquiera en Nueva York? ¿Está aquí solo por un tiempo, como yo?

—No. Aquí, en la ciudad —dice Parker.

Edith me mira con expresión expectante, como si esperara que me deshiciera en halagos hacia este hombre al que desprecio, así que esbozo mi sonrisa más dulce y suelto:

—Era un buen vecino. Y hospitalario. Nada entrometido.

Él imita mi expresión.

—Y ella era una dulzura. Y amistosa. Nada obsesionada con su portátil.

La mirada de Edith va y viene de Parker a mí con una expresión que denota un poco de curiosidad, pero entonces suena el aviso del ascensor en alguna parte del laberinto dorado que es su casa.

—Serán los que faltan —dice—. Perdonad.

Me vuelvo a mirar a Parker y le digo, sin romper la sonrisa que me he pegado a la cara porque los invitados pululan a nuestro alrededor:

—No estoy obsesionada con mi portátil.

—Ya. Por eso lo tratas como si fuera un niño pequeño o una mascota muy querida. Deberías comprarle un cochecito y pasearlo por Gramercy Park como la señora Andrews.

Me quedo mirándolo con los ojos como platos y, por un momento, se me olvida mi enfado.

—¿La señora Andrews tiene una llave para entrar en Gramercy Park?

Es el único parque privado de Nueva York. Existen poco más de un centenar de llaves, y las tienen aquellos que viven junto al parque —que no es nuestro caso— o los miembros de los clubes exclusivos que hay alrededor. Yo siempre he querido entrar, aunque solo fuera una vez, pero está estrictamente cerrado al público excepto el día de Nochebuena. La casa de mis sueños está ubicada en el perímetro de ese parque. Cuando estudiaba en Columbia, le daba clases particulares a un niño que vivía allí.

—Yo tengo una llave del parque —dice.

Me pongo a pensar al instante en cómo robarle la llave del Gramercy Park.

Justo cuando estoy a punto de preguntarle cómo es posible que la tenga, una mujer se acerca a nosotros. Bueno, en realidad no se acerca a nosotros. Parece actuar bajo la premisa de que yo soy incorpórea porque se planta con descaro delante de mí y se pone a hablar con Parker.

Tiene el pelo tan rubio que parece platino. Es alta y delgada, y lleva un vestido que desafia las leyes de la física, pues carece de espalda, no hay tirantes a la vista y está confeccionado con muy poca tela; sin embargo, se mantiene en su sitio. Cuando se gira una pizca, veo que es su imponente delantera lo que le permite mantener el decoro.

Bajo la vista y miro mi propio pecho enfurruñada. Desde luego, lo que yo tengo no bastaría para hacer las veces de percha.

Ha pasado medio segundo y la ansiedad ya se está apoderando de mis pensamientos. Me voy a quedar aquí de pie como una idiota. Nadie va a dirigirme la palabra. La mujer seguirá hablando con Parker y yo me quedaré plantada, como un felpudo con tacones, o me alejaré fingiendo admirar los tesoros de Edith y preguntándome por qué he venido a esta fiesta, y pensando que quizá debería marcharme sin más porque aquí no pinto nada, y…

—Carissa, esta es Elle —dice Parker. Se aparta de la rubia platino y me apoya la mano en la parte baja de la columna.

Ella nos mira alternativamente, y ni siquiera se esfuerza en disimular el desdén que le inspiro. Tiene unos ojos grandes y azules que parecen piedras preciosas engastadas en su rostro. Su tez tiende a un tono rosado.

—Elle —dice con voz apagada—. ¿Te conozco de algo?

Me quedo perpleja.

—No… No, nunca nos hemos visto.

Carissa pone los ojos en blanco.

—¿A qué familia perteneces? ¿Cuál es tu Instagram? ¿Dónde veraneas?

Tengo la costumbre de clasificar a la gente a partir de personajes tópicos y ella está interpretando de maravilla su papel de mujer de la alta sociedad ajena a la realidad. ¿Debería usar una de sus frases en mi guion?

Una parte de mí la admira por ser tan directa. ¿Qué ha dicho Parker antes? ¿Que estábamos saltando al foso de los leones? ¿Lleno de trepas y despedazadores (un sustantivo que se ha inventado, estoy convencida al 99 por ciento)?

—No tengo redes sociales —respondo— ni uso el verbo «veranear».

Carissa me deja muy claro que la conversación ha terminado. Mira a Parker y dice:

—Ha sido un placer verte, como siempre.

Se aleja entre el frufrú de esa octava maravilla que es su vestido hacia una mujer que, estoy casi segura, ha salido en una de mis películas.

Parker me mira con un brillo de sorna en sus ojos verdes.

—Te lo avisé.

—No ha sido para tanto.

Hasta una ermitaña como yo se ha topado con miles de personas como ella en Los Ángeles.

No aparta la mano en mi espalda.

—Tienes razón. Lo peor viene ahora.

Esta vez, sucede todo lo contrario. El hombre que se acerca finge que Parker no está (algo un tanto complicado, teniendo en cuenta que Parker es mucho más alto que él) y me dedica toda su atención.

—Creía conocer a todas las mujeres más hermosas de Nueva York —me dice mientras su mirada se demora en algo que no es mi cara—. Y resulta que me equivocaba. —Alarga la mano—. Walter Dresden.

Walter tendrá más de cuarenta años. Su frente está surcada de arrugas profundas. Por lo que parece, su gusto en cuanto a mujeres se ha congelado en el tiempo, aunque salta a la vista que él no.

Le doy el apretón de manos más fugaz del mundo.

—Elle.

—Elle —repite arrastrando mi nombre como si lo estuviera paladeando. Qué asco—. ¿Por qué nunca te había visto?

—Llegué hace solo una semana a la ciudad.

—¿Trabajas? —me pregunta, y yo tengo que hacer un esfuerzo físico para que el horror no se refleje en mi cara.

—Sí.

Walter sonríe, y el gesto es tan repugnante como su pelo engominado.

—Maravilloso —dice como si yo tuviera diez años y acabara de declarar que de mayor quiero ser astronauta—. ¿A qué te dedicas?

—Soy escritora.

Asiente con solemnidad.

—Vaya, eso no da dinero, ¿verdad? Pero sin duda es una ocupación encomiable. Un pasatiempo bonito.

—Hay montones de escritoras que se ganan muy bien la vida —le digo apretando los dientes. «Y no me gusta tenerte tan cerca».

Se ríe igual que si yo acabara de contar un chiste divertidísimo.

—Es imposible ganarse bien la vida cuando eres escritor —responde. Reconoce por fin la presencia de Parker, torciendo el gesto—. Aunque supongo que eso da igual, si estás con Parker Warren.

Se acabó. Ya me ha cabreado. Nunca en toda mi vida he tenido tantas ganas como ahora de emplear los conocimientos que adquirí viendo *Cómo defender a un asesino*. Nunca en toda mi vida he tenido tantas ganas de abrirme una página de Wikipedia o recitar mis logros a voz en grito solo para demostrarle que se equivoca.

Parker mira a Walter como si fuera un chicle que ha descubierto en la suela de su zapato, pero no dice ni una palabra. Me alegro. Walter Dresden ya piensa que Parker, que no es mi novio en ningún universo de todo el espacio-tiempo, me mantiene. No necesito que, además, acuda a mi rescate.

Antes de que diga algo de lo que seguramente me voy a arrepentir, Edith entra en la sala y anuncia que la cena está servida.

El chef privado de Edith nos sirve platos y más platos de las preparaciones más deliciosas que he probado en mi vida, con maridajes de vino para quien los desee.

Parker está sentado a mi derecha. Tan pronto como tomamos asiento, me susurra:

—Si quieres ver algo aún mejor que cualquiera de los tesoros de Edith, observa a Walter dentro de cinco minutos.

Preferiría no volver a mirar a ese hombre en toda mi vida, pero, cinco minutos exactos más tarde, veo a Walter Dresden echar un vistazo al teléfono y dejarlo caer en la sopa. El color desaparece de su rostro. Farfulla algo ininteligible, recoge el móvil con la servilleta y sale disparado de la habitación.

—¿Qué has hecho? —le susurro a Parker, que está repantingado en su silla con expresión impávida.

Toma su copa de vino y le da unas vueltas al contenido.

—Acabo de poner más interesante el trámite de su divorcio.

—¿A qué te refieres?

Me mira y se inclina hacia mí.

—En ciertos círculos, la información es más importante que el dinero. He conseguido algo que le va a facilitar mucho a su exmujer, Portia, recurrir a la cláusula de infidelidad de su acuerdo prenupcial.

Me quedo pasmada.

—¿Quiero saber cómo lo has hecho?

—Seguramente no —dice, y bebe un sorbo de su copa.

La mujer que tengo al otro lado es encantadora. Es comisaria del Met y he aprendido lo suficiente de mi hermana pequeña, que tiempo atrás quería ser comisaria de arte, como para entablar conversación. Me habla animadamente de las últimas exposiciones que ha organizado y de las tendencias actuales.

Entre el segundo plato y el postre, Edith anuncia que le gustaría mantener un debate constructivo sobre el futuro de las criptomonedas. Mientras la mayoría de los presentes la siguen a una de las numerosas salas, yo aprovecho para ir al baño. Los grifos parecen fuentes y juraría que el inodoro es capaz de hablar.

Cuando me alejo, veo una puerta abierta que da al exterior. Oigo risas que vienen del otro lado y algunas voces más altas que otras.

Salgo a la terraza.

La zona tiene los mismos metros cuadrados que un apartamento amplio. Hay muebles por todas partes y una barandilla, que no es tan alta como me gustaría, pero pruebo su resistencia y luego me apoyo para mirar el parque de abajo.

Todo es pura geometría: el rectángulo del inacabable parque, los edificios que asoman como estructuras de bloques. Uno de ellos sobresale en solitario, mucho más alto que todos los de alrededor. Es como si la ciudad me hiciera la peineta.

—Me juego algo a que las estrellas nos odian.

Me quedo paralizada, todavía de cara al parque. Bien podría ser el maniquí de un escaparate de la Quinta Avenida porque no muevo ni un músculo.

La voz sigue hablando detrás de mí:

—Seguro que están enfadadas porque una vez dije que el universo me parece insulso ahora que te he visto.

Acabo de descubrir que mis huesos están hechos de plastilina y tengo la sensación de que estoy a punto de deshacerme en este balcón. Después del momento más largo de mi vida, me doy la vuelta y susurro con rabia:

—¿Qué estás haciendo?

Parker Warren está recostado contra la pared del fondo como si no tuviera ni una sola preocupación en el mundo. Encoge un hombro.

—Solo cito mi película favorita.

Trago saliva.

—¿Tu película favorita es una historia de amor extraterrestre?

Sus ojos chispean.

—Solo si tú la has escrito.

Cierro los míos. No. Esto no puede estar pasando.

—¿Cómo lo has averiguado? —pregunto por fin, y me obligo a mirarlo.

Hunde la mano en la chaqueta de su traje y saca dos sobres. Me tiende uno, pero yo no lo cojo. Se encoge de hombros y se queda con los dos.

—Nos invitaron a los dos a la fiesta de Treinta Menores de Treinta. Las cartas deben de haberse pegado —explica con tranquilidad.

El mundo se ha reducido al tamaño de una cerradura. La ansiedad y el pánico me envuelven.

—Como ya sabes, solo invitan a personas menores de treinta. Eso reducía significativamente las posibilidades. —Ladea la cabeza—. Eres escritora, algo que acotaba aún más el grupo. Ninguna se parecía en nada a ti, pero deduje que debías de escribir con un seudónimo o de manera totalmente anónima. Y no hay muchos galardonados sin foto. —Una sonrisa se extiende despacio por su cara—. ¿Quién iba a pensar que mi vecina era una de las guionistas más importantes del mundo?

Lo sabe. Lo ha sabido toda la noche.

Oírlo decir esas palabras debería provocarme euforia. «Una de las guionistas más importantes del mundo» está en las antípodas de su acusación sobre ser una cazafortunas. Está en las antípodas de la idea que ha expresado Walter Dresden sobre la profesión de escritora.

Pero no estoy eufórica, solo estoy enfadada. Y asustada.

Me tiembla la voz cuando digo:

—¿Quién iba a pensar que mi vecino era uno de los acosadores más ricos del mundo?

Se ríe.

—Me dijiste que averiguara quién eras, Elle —dice—. De hecho, me animaste a hacerlo.

Lo hice, ¿verdad? Pero solo porque estaba convencida de que no lo conseguiría. Sin el dato de los Treinta Menores de Treinta, no creo que hubiera sumado dos y dos. Nada, aparte de esa lista, me conecta con mi profesión de guionista. Me pagan a través de una sociedad anónima y ni siquiera los estudios que me contratan saben mi identidad.

Le vacilé y he quedado como una idiota.

Me tiemblan las manos.

—Por favor, no se lo digas a nadie.

Frunce el ceño.

—No entiendo por qué te empeñas en ocultar que eres un genio, pero es tu decisión. Jamás se me ocurriría contarlo.

—Bien —digo, desdeñando la sensación cálida que me inunda el pecho al oírle referirse a mí como un genio. No lo soy, pero es el cumplido más fantástico que me han dedicado nunca, y odio que venga de él.

# 8

No hablamos durante el trayecto en coche de vuelta a casa. Mi ansiedad está haciendo horas extras. Lo ha descubierto. ¿Quién más podría descubrirlo?

A la gente le da igual, me digo. Aunque alguien más estableciera la relación, tampoco es que yo sea Hannah Montana. Al grueso de la población le trae sin cuidado la identidad de los guionistas.

Y, sin embargo..., llevo mucho tiempo guardando el secreto. Me envuelve como un manto que me ayuda a sentirme segura y me protege de cosas como reunirme en persona con los ejecutivos de los estudios, ser activa en redes sociales, recibir correos de fans enfadados porque no les ha gustado el final de su saga favorita o incluso sufrir ciberacoso a cuenta del desenlace de dicha saga.

Me ha impedido desarrollarme profesionalmente. Vivo casi igual que cuando estaba en la universidad, y escribí y vendí mi primer guion. Me gusta este estilo de vida. Nada me obliga a cambiar.

Cuando llegamos a nuestro rellano, le dedico mi sonrisa más falsa, con la tripa revuelta por la ansiedad, y me giro para encaminarme a mi puerta. Antes de llegar a abrirla, Parker me detiene.

—Vuelve a salir conmigo —me dice.

Me doy la vuelta. Entrecierro los ojos.

—¿Cuando tengas otra cena?

Encoge un hombro.

—Iba a proponerte durante todo el verano.

Suspiro.

—Buenas noches, Parker.

Saco el teléfono. La estúpida aplicación que abre la puerta se ha colgado. Cómo no.

—¿Por qué? —me pregunta mientras yo aprieto la pantalla con rabia una y otra vez.

—¿Por qué qué?

—¿Por qué me odias?

Despego la vista de la pantalla. No intento negarlo. En particular, no ahora, cuando sigo furiosa porque sabe quién soy.

Me gustaría decírselo. Me gustaría echarle en cara lo que me dijo aquella noche en la discoteca. Pero si lo hiciera, tendría que reconocer que ya nos conocíamos y que él ni siquiera se acuerda, y esta noche no estoy dispuesta a soportar ese bochorno.

En vez de eso, le digo:

—Porque está claro que eres un imbécil con aires de superioridad que se cree que puede conseguir lo que quiera y a la persona que quiera recurriendo a su dinero.

Se echa un poco hacia atrás, como si mi franqueza lo hubiera pillado por sorpresa, aunque se recupera con rapidez. Su sonrisa es pura malicia cuando dice:

—Te crees que me conoces, ¿no?

—Sé todo lo que necesito saber.

Me quedo muy quieta cuando se despoja de la americana, la deja en el sofá decorativo y descubro que la camisa blanca… le sienta de maravilla. Empieza a arremangarse y ¿desde cuándo los antebrazos son tan atractivos?

Señala su cuerpo con gestos de las manos.

—Escúpelo.

Trago saliva.

—¿Disculpa?

Su sonrisa es el colmo de la maldad.

—Dime todo lo que das por supuesto. Lo que crees saber sobre mí.

Enderezo la espalda. Esto va a ser divertido. Me gusta pensar que se me da bien juzgar a los demás, teniendo en cuenta que me gano la vida inventando personajes.

—Estudiaste Ingeniería Informática en Stanford. Fundaste tu empresa cuando estabas en primero.

—Dime cosas que no aparezcan en mi perfil de LinkedIn.

Me arden las mejillas. Muy bien.

—Te criaste en una familia rica o al menos de clase media alta. Estudiaste secundaria en un colegio pijo. Fundaste la empresa porque querías ser un *tecno bro* forrado de pasta, te acuestas con modelos cada fin de semana y consigues todo lo que quieres cuando se te antoja.

Sonríe. Sus ojos verdes me impiden moverme.

—Te equivocas.

—¿En qué?

—En todo.

Suelto una carcajada amarga. No lo creo.

—De acuerdo. Ahora dime lo que tú das por supuesto sobre mí.

Me mira. Avanza un paso. «Este rellano es demasiado pequeño para lo que valen los pisos», pienso.

—Estudiaste Humanidades. Tus padres te enviaban a campamentos de escritura creativa y te decían que persiguieras tus sueños. No sales con nadie porque piensas que los demás no están a tu altura.

Casi me atraganto de la risa.

—Te equivocas.

Está tan equivocado que es casi absurdo.

—¿En qué?

—En todo.

No sé en qué momento nos hemos acercado, pero estamos a pocos centímetros de distancia. Mi respiración se ha acelerado. Sus ojos descienden a mis labios. Trago saliva y él me mira el cuello con demasiado interés. Retrocedo un paso y me topo con la pared. No puedo pensar con claridad cuando lo tengo tan cerca y tengo miedo de volver a hacer una tontería, como repetir lo que pasó aquella noche en el hueco de la escalera en esta misma posición.

—Mira, seguramente estás acostumbrado a que las mujeres se arrojen a tus brazos, pero yo no soy como las demás. Te ahorraré la molestia de fingir que estás interesado en mí porque no me acostaría contigo ni en un millón de años —le digo con una expresión muy seria, aunque el cuerpo me lo está pidiendo a gritos.

Me pregunto si esta atracción que siento es unilateral. Puede que no quiera acostarse conmigo. Puede que aquella noche en el hueco de la escalera solo fuera un encuentro casual, una coincidencia que no le dejó la menor huella.

Espero que se aleje, que decida que no merezco las molestias. Pero Parker se limita a observarme, muerto de risa.

—Sal conmigo —dice—. Solo durante el verano.

Me quedo mirándolo con incredulidad.

—Por favor.

Pestañeo mientras me pregunto cuándo fue la última vez que usó esa palabra.

—¿No has oído ni una palabra de lo que acabo de decir?

—He dicho salir, no follar.

De repente tengo la boca seca.

—¿Por qué?

—¿Tanto te cuesta creer que alguien quiera pasar tiempo contigo?

«Sí».

—Me cuesta creer que quieras pasar tiempo con una sola persona, teniendo en cuenta tu historial.

Entorna los ojos.

—Normalmente no tengo tiempo para salir con nadie, es cierto. No tengo tiempo para una relación. Y tendré aún menos si la operación sale adelante.

Que conste que no siento el menor interés en ser la novia de Parker Warren, pero esa afirmación no tiene el menor sentido.

—La empresa ya no será tuya. Tendrás todo el tiempo del mundo, ¿no?

Niega con la cabeza.

—Una de las condiciones para la adquisición es que yo sea el CEO de Virion.

Ah. No creo que esa información sea de conocimiento público siquiera. No sé por qué me lo ha contado.

—Tendré todavía menos tiempo que antes. Pero este verano, mientras el trato se cierra, tengo tiempo… por primera vez desde que soy adulto. Quiero pasarlo con una persona a la que no le importe mi dinero. Quiero pasarlo con alguien que me guste.

No digo absolutamente nada, así que sigue hablando:

—Tienes razón. Soy un imbécil. Ya ni siquiera sé comportarme como un ser humano decente. ¿Sabías que, durante estos últimos cinco años, cuatro guardaespaldas me acompañaban en todo momento?

Frunzo el ceño.

—¿De verdad eres tan importante?

Esboza una sonrisa triste.

—El consejo me obligaba. La empresa aseguró mi vida. Inventé la tecnología, así que soy un producto valioso. Si ahora no me acompañan guardaespaldas es solo porque incluí esa condición en el contrato de compraventa. Necesitaba un descanso. Un verano de libertad. —Me mira de nuevo—. Sal conmigo, Elle.

Niego con la cabeza. Lo desprecio. No debería haberlo acompañado a la cena esta noche. Solo me ha traído problemas.

—Dime una buena razón para no hacerlo.

Tengo un millón de razones, pero en vez de recitarlas le digo:

—Dime un buen motivo que explique por qué lo deseas.

—Te he dicho dos.

—He dicho un buen motivo. Uno de verdad.

Me mira largo y tendido antes de responder:

—Los próximos meses, con la venta de por medio, van a ser peliagudos. Una relación amortiguaría los comentarios negativos por parte de la prensa. Facilitaría la operación.

Me río sin ganas. Ahí está. La verdadera razón.

—¿A eso se reduce todo? ¿A una cuestión de relaciones públicas?

—No, pero si necesitas un motivo creíble, ya que eres incapaz de creerte que alguien tenga ganas de pasar tiempo contigo sin segundas intenciones, ahí lo tienes.

Sus palabras escuecen. Lo que me dijo Penelope resuena en mi mente: «No te enfadarías tanto si esto no fuera medio cierto». ¿Tiene razón? ¿Tan desconfiada soy? Supongo que sí porque respondo:

—No, gracias.

Me doy la vuelta para abrir la puerta. Afortunadamente, la aplicación ya funciona. Tengo un pie dentro cuando me dice algo que nunca en la vida me habría esperado.

—No estás escribiendo, ¿verdad? ¿Sufres… bloqueo de escritor?

Me quedo parada y me vuelvo a mirarlo despacio. Él está en mi puerta ahora, la mantiene abierta, pero no cruza el umbral.

—No sé de qué me hablas. Claro que estoy escribiendo. Mucho, de hecho. —Remato mi respuesta con la desafortunada frase—: Estoy completamente… desbloqueada.

—Ah, ¿sí? —dice apoyándose en el marco, sigue siendo todavía mucho más alto que yo. Para mi desgracia, la imagen no podría ser más seductora.

—Sí —respondo en un tono menos desenfadado que el suyo. Mucho menos.

—Ya. Porque pasearse a las cuatro de la madrugada es un claro indicio de productividad. —Se encoge de hombros ante la mirada de incredulidad que le lanzo—. Por muy caros que sean estos apartamentos, las paredes son más finas de lo que te imaginas.

Nos miramos tanto rato que empiezo a ver las motitas doradas de sus ojos verdes. Tiene las cejas rectas de manera natural, sin arco visible. Me pregunto cómo se hizo la pequeña cicatriz que tiene en la derecha, que la divide por la mitad. Estoy segura de que esa cicatriz tiene su propia cuenta en las redes sociales, creada por fans.

—Vale, no estoy escribiendo —reconozco—. ¿A ti qué más te da?

Sonríe, y yo lo mataría porque su sonrisa, muy a mi pesar, también es sumamente atractiva.

—Pues resulta, Elle, que acabas de brindarnos la otra mitad de este acuerdo estilo *romcom*.

No me puedo creer que haya usado la palabra «romcom».

—¿Disculpa?

Me mira con expresión decepcionada.

—Elle, eres guionista. Sabes a qué me refiero.

—Pues claro que sé a qué te refieres —susurro con rabia, porque lo último que necesitamos es que algún otro inquilino presente una queja por ruido y que Richard, el portero, tenga una opinión aún peor de mí de la que ya tiene.

Le indico a Parker que entre a mi casa y cierro la puerta. Le veo echar un vistazo al espacio por primera vez y sus ojos se detienen en los tres cactus distintos que tengo en la encimera de la cocina. Los compré hace unos días en el mercadillo de los agricultores. Me encantan las plantas, pero no soporto que se mueran (¿por qué regalar flores si solamente duran unos días?). Los cactus con pequeños copetes rojos que recuerdan a flores son la solución que encontré.

Recupero su atención con un chasquido de dedos.

—Pero esto no es una comedia romántica, Parker Warren. Esto no tiene nada de romántico ni de divertido —le digo al mismo tiempo que agito las manos con frenesí entre los dos.

—Pues a mí me parece muy divertido vivir al lado de una mujer que me odia. Y no me considero un romántico, pero si alguna vez cambias de idea sobre lo de no acostarte conmigo, yo…

—Basta —lo interrumpo—. Ya lo pillo. Necesitas salir con alguien este verano por la prensa. Necesitas tener a alguien con quien pasar el rato que no se desviva por sacarte pasta. ¿Y qué consigo yo con este acuerdo?

—Vi tu lista en la cafetería. Localizaciones de Nueva York. ¿Estás escribiendo un guion a partir de esos sitios? ¿Basado en la ciudad?

—Entre otros lugares —le digo apretando los dientes, enfadada conmigo misma por no haber ocultado mejor lo que estaba escribiendo.

—Te echaré una mano. Te acompañaré a todas las localizaciones. Hablaremos de tus ideas y te ayudaré a representar las escenas que te cuesten…

Por lo general, la idea de que este *playboy* multimillonario pudiera ayudarme con un guion me habría parecido irrisoria. Absurda.

Pero Penelope tiene razón. Es mi musa problemática. Cada vez que estoy con él empiezo a sentir algo —aunque casi siempre el sentimiento sea odio— y es lo único que me ha inducido a escribir.

Tengo que escribir este guion, y rápido.

Es posible que él sea la única persona capaz de ayudarme a encontrar las palabras.

—Si lo hacemos —empiezo y no me puedo creer que acabe de decir eso—, solo sería durante el verano. En septiembre… todo habrá terminado.

—En septiembre habré vuelto a San Francisco —me dice, confirmando así mis suposiciones. No vive en Nueva York.

—Y yo habré vuelto a Los Ángeles —digo.

Asiente.

Lo voy a hacer, ¿verdad?

—Y… ¿cómo funcionará exactamente?

Parker parpadea. Casi parece sorprendido. ¿Emocionado? Eso me hace comprender la magnitud del trato que acabo de aceptar, pero antes de que me pueda echar atrás dice:

—Tengo unos cuantos compromisos laborales y sociales a los que asistir. El último es en septiembre, el fin de semana del Día del Trabajador, en los Hamptons. Ese podría marcar el final de este… acuerdo.

En circunstancias normales, se me helaría la sangre solo de pensar en pasar todo un fin de semana con él en un espacio reducido. Pero hay muchas probabilidades de que el guion esté terminado para entonces, y seguramente habremos dado por finalizado este pacto.

Él sigue hablando:

—A partir de ahora y hasta ese momento, visitaremos toda tu lista de localizaciones. ¿Cuál es la primera?

—Central Park. Cerca de la fuente grande.

—Perfecto. Podemos salir a correr por allí mañana por la mañana. ¿Te parece bien a las siete?

—¿Qué? Parker, yo no entreno, yo…

Se encoge de hombros.

—Nos lo tomaremos con calma.

Antes de que yo pueda protestar, ha abandonado mi casa.

Y, oficialmente, saldré de mentira con el Soltero Milmillonario durante el verano.

# 9

—Creo que voy a vomitar.

Penelope inspira hondo.

—¿Has vuelto a comerte cinco *cupcakes* seguidos de *red velvet*?

Dedico un momento a dar gracias a cualquier dios que esté ahí arriba por no tener el altavoz conectado porque Parker tiene razón: estas paredes son finísimas.

—No —susurro con rabia—. Sabes muy bien que ya nunca volveré a mirar con los mismos ojos un alimento rojo oscuro.

Suspiro, y le cuento el trato que hemos hecho Parker y yo.

Aparece la bruja que ríe.

Me lo merezco, de veras que sí.

Penelope no suele estar levantada a estas horas, pero hace unos minutos he sido la afortunada receptora de un mensaje repleto de emojis por el que he sabido, después de mucho descifrarlo, que acaba de volver de una cita con el médico.

Me cuenta los detalles, me promete que ha echado todos los pestillos del apartamento y entonces le digo:

—Tengo que dejarte. Llegará dentro de cinco minutos.

—No lo digas en ese tono, Elle —me responde con voz cantarina—. Vete a saber lo que pasará. Es posible que estés en el primer trimestre del guion.

Una vez cometí el error de comparar la redacción de un guion con estar embarazada, y Penelope nunca me deja olvidarlo.

—Ugh, Penelope.

—Me pregunto si el guion tendrá los ojos verdes de su padre. O un fideicomiso tecnológico.

—Voy a colgar.

Lo hago y al momento llaman a la puerta, y espero de corazón que las paredes no sean tan finas o la voz de Penelope tan alta como para que Parker haya oído algo de esto.

—Última oportunidad —suelto a modo de saludo cuando abro la puerta.

Él se limita a enarcar una ceja. Lleva una camiseta de manga corta y enseguida establezco contacto visual con sus brazos.

—Aún puedes rajarte —le digo encogiendo un hombro, como si no me hubiera pasado cinco minutos intentando domar mi pelo—. Es tu última oportunidad.

Me mira entornando los ojos.

—Te encantaría, ¿verdad?

«Pues sí», pienso, y me parece que ese es el problema. Soy una de esas personas que se alegran cuando alguien cancela una cita.

¡Más tiempo en la cama!

Hacerlo mil veces seguidas equivale a pasar años entre cuatro paredes, cuando está claro que la vida discurre fuera de mi apartamento.

Sus ojos dan un repaso a mi cuerpo.

—Mala suerte.

—¿Qué?

—Mala suerte. Hiciste un trato. Y yo también. Y tengo intención de cumplirlo.

Lo fulmino con la mirada.

—No recuerdo haber hablado con mi abogado ni haber firmado un contrato.

Parece sorprendido.

—¿Tienes un abogado?

—He vendido ocho guiones a estudios distintos, idiota. Pues claro que tengo un abogado.

Su cara se ilumina cuando lo llamo «idiota», la reacción contraria a la que en teoría debería suscitar esa palabra, ¿no?

—Bueno, puedo pedir que redacten uno si te vas a sentir mejor —me dice Parker con un tono de vacile y con malicia en sus ojos. Se está burlando de mí—. Les diré a mis abogados que contacten con los tuyos. Me aseguraré de que incluyan una cláusula con la condición que pusiste. ¿Cuál era? ¿Nada de sexo?

Vuelvo a asesinarlo con la mirada y luego suspiro porque no me puedo creer que esté a punto de cruzar el umbral que me separa de la comodidad de mi casa.

Parker mira el calzado que he elegido y frunce el ceño.

—Esos no son apropiados para correr.

Esperaba que hubiera olvidado la parte del ejercicio.

—Mira, ya me viste en la escalera. No soy precisamente una deportista.

De nuevo se ha recostado contra el marco. Tiene que dejar de hacer eso. Y yo tengo que dejar de mirarlo con tanta atención.

—Por eso precisamente tenemos que salir a correr —dice—. Por si se declara otro incendio en el edificio y yo no estoy por aquí para cuidar de tu portátil.

Pongo los ojos en blanco.

—Ni siquiera era un incendio de verdad.

—Ponte las deportivas, Elle.

Está mirando al interior del apartamento. Contra la pared hay unas zapatillas que solo he utilizado para desplazarme a sitios ubicados a tres manzanas a la redonda. Genial.

—Vale —accedo, y él mantiene la puerta abierta mientras yo hago lo que me pide—. Pero te lo advierto: correr se me da aún peor que bajar escaleras.

—Tendré paciencia —dice.

—Bien —respondo antes de reunirme con él en la puerta—. Porque voy a trabajar antes de empezar a correr.

Parker Warren está intentando leer por encima de mi hombro, y yo tengo ganas de apuñalarle el ojo con el boli.

—¿Podrías no hacer eso? —le pido a la vez que me pego el cuaderno abierto al pecho. Él retrocede unos pasos.

—Perdón —dice—. No sabía que fueras tan maniática con tus textos.

—No lo soy. Solo con mi espacio personal.

«Arisca». Con esa palabra me han descrito buena parte de mi vida, al menos los hombres. Seguramente porque mi primera reacción cuando alguien me aborda con intenciones románticas es sacar las uñas. Penelope dice —¿con cariño?— que soy un cactus. Otras veces se refiere a mí como una isla.

Yo creo que todo se debe a que mi madre era muy guapa. Todavía me acuerdo de las miradas lascivas que le lanzaban los hombres en el supermercado, en el banco y en correos. Recuerdo que esas miradas me asqueaban. Recuerdo que una vez me indigné tanto al ver que un hombre trataba de entablar conversación con ella delante de mí, cuando yo tenía ocho años, que exclamé: «¡Es mi madre!», aunque mi padre hacía mucho que se había marchado, y como si esa realidad le impidiera recibir cualquier atención romántica.

Que mi madre despreciase a los hombres que se fijaban en ella tampoco mejoró las cosas. En cierta ocasión le pregunté por qué se arreglaba y se ponía tacones si le molestaba tanto que la gente la mirase y me dijo: «Lo hago por mí. Por nadie más».

La energía que proyecto, en general, se puede resumir como de alguien «inaccesible», por eso me sorprende tanto que Parker me abordase en aquella discoteca. Y que no haya puesto fin a nuestro precario acuerdo.

En vez de eso, pulula a mi alrededor mientras yo estoy sentada a horcajadas en el borde de la fuente en la que teóricamente los personajes de mi guion deberían conocerse.

—Bethesda —dice Parker, y yo levanto la vista entrecerrando los ojos.

—¿Qué?

—Es el nombre de esta fuente. —Frunce el ceño—. ¿A quién se le ocurre llamar a una fuente Bethesda? ¿Qué clase de nombre es ese?

Me quedo perpleja.

—Tu nombre viene de «parque», Parker —señalo—. Yo en tu lugar no me dedicaría a criticar los nombres de los demás.

Vuelvo a mis notas.

Parker ya me ha preguntado qué estaba haciendo y yo me las he arreglado para pasar de él el tiempo suficiente como para no tener que explicarle que me gusta visitar las localizaciones que aparecen en mis guiones siempre que puedo. No escribo novelas, y no tengo que preocuparme demasiado por ubicar la escena más allá de unas breves descripciones, pero siempre tengo la sensación de que los sitios me hablan, en cierto sentido. No importa lo que tenga previsto escribir: ver el lugar en persona siempre me inspira algo más.

Sé que los personajes van a coincidir aquí, pero ¿cómo?

Miro en derredor buscando algo que me inspire.

Parker me observa con atención.

—¿Sí?

—¿Y tu nombre de dónde viene?

Me río.

—Caray, ¿también quieres saber mi número de la Seguridad Social?

Frunce el ceño.

—¿Ni siquiera tengo derecho a conocer tu nombre completo?

—No.

—Eres mi novia.

Noto un inexplicable cosquilleo en la piel.

—Tu novia de mentira —señalo.

—Vivimos pared con pared.

Encojo un hombro.

—Durante el verano.

—Te he visto empapada por la lluvia, con una sudadera y claramente nada debajo excepto un portátil y…

Lo hago callar con una mirada enloquecida. Miro a nuestro alrededor —un bebé que parece muy aburrido me observa desde el cochecito— y me levanto despacio en un triste intento de colocarme mínimamente a su altura.

—¿Estás mal de la cabeza? —le susurro con rabia apretando los dientes.

—Puede que lo esté —parece evaluarme— si estoy de pie en un parque a treinta grados viendo cómo haces garabatos en tu cuaderno sin conocer siquiera tu nombre completo.

Entorno los ojos.

—No hago garabatos. Escribo observaciones, si tanto te interesa. Intento preparar la escena mentalmente.

—Dejas que el escenario te dicte la trama —dice.

—Exacto. Más o menos.

Asiente. Se acomoda junto al espacio que acabo de dejar vacío y no tengo más remedio que sentarme a su lado.

Por fin guarda silencio. Se limita a mirar a la gente que pasea por el parque, igual que hacía yo, solo que sin el cuaderno decorado con florecitas rosas.

Miramos a una familia sacar una foto con un trípode que luego desafía a la gravedad, cuando lo pliegan y lo guardan en un bolso. Miramos la sonrisa tensa de una novia que posa delante de una fuente mientras un fotógrafo profesional hace posturas de yoga para conseguir el ángulo perfecto. A pocos pasos, un hombre le está haciendo una foto a su labrador negro con un iPhone.

—Parece desgraciada —digo. Es el tipo de pensamiento que normalmente me guardo para mí.

—¿Qué?

—La novia. Mírala. Juraría que tiene ganas de salir corriendo.

La observa durante unos segundos. Asiente.

—Es verdad.

Yo me la quedo mirando con atención. Me pregunto por qué pasa por esto. Ni siquiera toca a su marido. Tiene la mirada velada y está…

—Si no vas a escribir lo que estás pensando, al menos podrías contármelo —dice Parker.

Vale.

—Solo me preguntaba por qué esa novia está dispuesta a casarse con alguien que claramente ni siquiera le gusta.

Se encoge una pizca de hombros.

—Puede que sí le guste. Quizá lo que no le gusta —agita una mano para señalar el entorno— sea todo esto.

Sus familias hacen movimientos desenfrenados detrás del cámara. Alguien sostiene una luz, que parece de otro planeta. Los turistas se paran para sacar sus propias fotos de la pareja.

—Sí, a ver…, esto se parece a la idea que yo tengo del infierno —reconozco—. Pero… es que ni se miran. Ni siquiera por solidaridad en este momento tan caótico.

Tengo tendencia a preguntarme «por qué». De esa manía proceden las mejores ideas para mis historias.

«Una novia parece desgraciada. ¿Por qué se casa?», escribo en mi cuaderno.

—Por dinero, quizá —dice Parker. Lo murmura. No va con segunda intención.

Le miro.

—Eso pensarás tú, ¿verdad? De la persona que se case contigo. Pensarás que lo hace por tu dinero.

La mirada de Parker busca la mía solo un momento antes de posarse de nuevo en la novia.

—Sí —dice en tono abatido—. Supongo que sí.

Es triste, pero no le consuelo ni intento decirle que no es verdad. A menos que protagonice una telenovela de esas que veía mi abuela cuando yo era pequeña, en las que las mujeres salían con un príncipe que se hace pasar por otro, su dinero siempre será un factor importante en su relación, aunque él no quiera.

—¿Tú te quieres casar? —me pregunta.

Le lanzo una mirada molesta.

—No digo conmigo.

—Obvio —respondo a toda prisa. Luego me concedo un momento para meditarlo—. La idea es bonita. Pero, en la práctica, no. Me parece que no quiero. Me gusta demasiado estar sola. Considero muy importante mi independencia.

Mi madre se tomaba haber estado casada como un fracaso personal. «Lo único bueno que saqué fuisteis tu hermana y tú», decía siempre.

Cuando mi hermana pequeña envolvía a sus Barbies en pañuelos y pañuelos de papel para crear una especie de vestido de novia, mi madre nos recordaba que nuestra bisabuela contrajo un matrimonio concertado, y que su marido la encerraba literalmente en casa y le prohibía hablar con nadie que no fuera él.

Era muy deprimente.

«El mejor regalo que os puedo hacer es la libertad de vivir vuestra vida exactamente como queráis. No dejéis que nadie os arrebate eso». Hablaba por experiencia.

Parker asiente como si me entendiera.

—¿Y tú? —le pregunto.

—Nunca —dice. Se ríe—. El matrimonio debe de ser el contrato menos ventajoso del mundo.

«El contrato». Me pregunto si el hecho de haber pasado toda su vida adulta creando una de las marcas de tecnología más importantes del mundo lo ha llevado a mirarlo todo como si fuera un negocio. Es lógico que piense así, supongo, porque en su caso casarse podría implicar perder la mitad de su empresa en un divorcio.

Nos quedamos mirando un rato al grupo de la boda, hasta que recogen y la novia se aleja sujetándose la falda del vestido. Un grupo de artistas callejeros con la piel pintada de plata ocupa alegremente su lugar. Un niño pequeño le ofrece a una novia cadáver pintada de plata su perrito de peluche en lugar de dinero, y ella lo acepta.

—¿Aparece una pareja en tu guion? —pregunta Parker.

—En teoría, sí. Es… es una historia de amor.

Lo medita.

—¿Y quieres que se encuentren en Central Park? ¿Ese va a ser… su encontronazo mono?

Me vuelvo a mirarlo despacio.

—¿De verdad esas palabras acaban de salir de tus labios?

Me fulmina con la mirada.

—A mi madre le encantan las comedias románticas.

—Ya.

Niega con la cabeza.

—¿Y si fueran dos desconocidos? —propone—. ¿Y si estuvieran aquí por razones distintas, pero acaban mirando juntos la sesión de fotos de una boda?

Lo miro con mala cara.

—¿Como estábamos haciendo nosotros?

Se encoge de hombros.

—Pero ellos son personajes de una película. Y acuerdan que, si no conocen a nadie en un plazo de cinco años, se casarán. En Central Park.

Ladeo la cabeza.

—¿Sabes qué te digo? Empiezo a pensar que esa madre tuya no existe.

—Tienes razón. Me has pillado. No tengo madre.

Pongo los ojos en blanco.

—¿Y entonces la historia continúa años más tarde porque no encuentran a nadie?

Se queda pensando.

—No, no me gustan las películas que continúan años más tarde.

—A mí tampoco.

—Podrían encontrarse una y otra vez.

—¿Cómo? Nueva York es inmensa. Nunca se habían visto antes de ese momento.

—Es verdad. Pero en esas películas siempre se produce algún cambio que provoca el reencuentro. Él podría ser el chico nuevo en la oficina de ella. O un amigo de su hermano que ella no conocía.

«O él es el vecino de ella», pienso, y al momento ahuyento esa idea.

Mi primer impulso es decirle que yo soy la guionista, no él, y que un magnate de la tecnología no me va a escribir el guion, pero sus ideas me están sugiriendo otras.

No me gusta la propuesta de que acuerden casarse dentro de un tiempo, pero me encanta que el vínculo se cree a partir de una boda que ven juntos.

¿Y si ella odiara las bodas?

¿Por qué?

¿Y si ella no creyera en el amor?

¿Por qué? ¿Qué acontecimiento de su pasado provocó eso? ¿Cómo son las relaciones de su entorno?

¿Qué piensa él? ¿Está de acuerdo? ¿Y si él fuera el romántico empedernido de la pareja?

También coincido a regañadientes en que la proximidad forzada suele ser un tópico necesario en este tipo de películas. Tiene que haber una razón para que se encuentren una y otra vez. Además, necesito un motivo para que aparezcan las localizaciones que el estudio necesita usar…

¿Y si ella fuera la jefa de vestuario de una película y él, el protagonista? Ella podría hablar mal del actor con el que va a trabajar porque alguien le ha dicho que es un imbécil rematado, y resulta que es él, el protagonista.

Maldita sea. Penelope tenía razón.

Parker Warren es mi musa problemática.

Me encojo de hombros como si no acabara de desentrañar una parte gigante de mi película.

—Es una posibilidad.

—Venga, Arielle —dice—. Reconoce que es buena idea.

Lo miro con hastío.

—Mi nombre completo no es Arielle.

Hace un gesto de indiferencia.

—Si tú lo dices…

Entonces se pone de pie. Me coge el minicuaderno y el boli, igual de minúsculo que tengo en la mano, y se los guarda en el bolsillo del pantalón deportivo.

—Hora de correr.

Es tan horrible como me temía.

# 10

Hay un hombre de metro noventa con unos ojos penetrantes y una sonrisa encantadora delante de mi puerta, y no es Parker Warren.

¿Cuántos hombres así pueden existir en un solo edificio de Manhattan? ¿No hay un cupo o algo?

He abierto sin mirar por la mirilla porque suponía que sería Parker, listo para nuestra próxima excursión. Razón número 207 por la que no sobreviviría a un encuentro con un asesino en serie, según mi pódcast favorito de crímenes reales.

Quizá parezca a punto de rociarlo con mi inexistente aerosol de pimienta (razón número 208 por la que no sobreviviría a un encuentro con un asesino en serie) porque levanta las manos en son de paz y sonríe.

—Soy Luke, el contratista —dice. Cuando frunzo el ceño, aclara—: El encargado de las reformas.

Claro. La razón principal por la que estoy cuidando de esta casa.

—Solo necesito unas cuantas fotos más del interior, si te parece bien —añade. Sigue con las manos alzadas.

Y estoy segura de que los *podcasters* de crímenes reales me lanzan gritos de advertencia desde donde sea que graban sus episodios porque me encojo de hombros y le dejo pasar sin pedirle su carnet de identidad y sin pensármelo dos veces.

Él se esfuerza más que yo en protegerme de un hipotético asesinato, ya que deja la puerta completamente abierta y la traba con una cuña que ha traído consigo.

—Tengo que hacer fotos del dormitorio principal. ¿A la otra persona le parecerá bien que entre?

Frunzo el ceño.

—No hay nadie más aquí.

Sí que soy el caramelo de los asesinos en serie.

Me mira con desconcierto.

—Me ha parecido oír que hablabas con alguien.

Trago saliva. Llevo media hora hablando conmigo misma. Pretendía motivarme antes de otra carrera para la que no estoy preparada porque, según Parker, es la mejor manera de visitar el parque de la High Line, la segunda localización de mi lista. Por lo visto, hablo conmigo misma en un tono mucho más alto de lo que pensaba. Suelto lo primero que me viene a la cabeza.

—Ah, habrás oído la tele.

Los dos nos volvemos a mirar el televisor, que todavía está en su caja.

—Que veo en mi ordenador.

Ahora sus ojos y los míos se posan en mi portátil, que está cerrado en la encimera.

—Ya —dice.

Le indico por gestos que saque las fotos que necesita mientras yo me quedo junto a la puerta preguntándome si habrá alguna posibilidad de que el suelo no esté bien instalado para que me pueda tragar la tierra.

Parpadeo, pero sigue ahí. El contratista pibón.

Veo muchos programas de reformas. Sé que los contratistas buenorros existen, pero siempre había supuesto que eran actores y que otras personas hacían el trabajo.

—Supongo que les cobras un pastón, ¿no? —le digo cuando termina y se prepara para marcharse—. Mira, podrías cobrarles aún más. No creo que se dieran cuenta. Me han dicho que tienen un montón de dinero.

Se limita a mirarme y dice:

—Encantado de conocerte.

Y se da media vuelta. Pero entonces está a punto de estamparse contra un hombre solo un pelín más alto que él.

Parker frunce el ceño.

—Lo siento —se disculpa el contratista con una sonrisa radiante.

Parker lo mira sin decir nada hasta que el otro se agacha, recoge la cuña de la puerta y se marcha.

Luego Parker se vuelve hacia mí.

—¿Quién era?

—El contratista —le digo—. Los propietarios de la casa están haciendo reformas.

Asiente. Todavía frunce el ceño cuando me pregunta:

—¿Estás lista?

—Para nada.

La última vez que salimos a correr, aguanté tres minutos antes de que las piernas empezaran a flaquearme.

—Hoy podríamos correr cinco minutos —propone Parker.

Niego con la cabeza.

—No quiero ponerme dramática, pero seguro que moriría en el intento.

Cruzamos el vestíbulo del edificio, y el cotilla de Richard, el portero, despega la vista del móvil que esconde detrás del mostrador y flipa al vernos. Está claro que la idea de que dos vecinos hagan buenas migas le parece muy interesante.

—¿Cuatro minutos? —pregunta Parker cuando echamos a andar por la calle.

—En serio, si aguanté tres minutos la otra vez fue gracias a la suerte del principiante —le digo—. Y todavía tengo agujetas.

Su ceño se acentúa, pero yo desdeño su preocupación con un gesto de la mano.

—No pasa nada. Mañana me dan un masaje.

—¿Eso duele?

Niego con la cabeza.

—No, voy una vez al mes. Me lo paga la Agencia de Artistas Creativos. O, al menos, me lo paga cuando tengo una entrega. Sarah les tiene mucha fe a los masajes y piensa que un guionista libre de estrés es un escritor productivo.

Parker me mira de reojo y repite las palabras que yo le dirigí hace unos días.

—¿De verdad eres tan importante?

Por poco suelto una carcajada.

—Yo no. La película. —Lo digo en tono desenfadado, pero noto tensión en los hombros—. Sin presiones.

Corremos a tirones: una manzana corriendo, una andando. Parker tiene una paciencia inmensa conmigo. Está claro que este no es su ritmo. Si quiere hacer ejercicio, sería mejor que me dejara atrás.

Pero no lo hace. Se dedica a mirar los edificios de los alrededores. Yo, por mi parte, nunca me fijo en ellos. Pasamos por delante de un cine.

—¿Alguna vez vas a ver tus películas?

Me parece que intenta distraerme para que no me concentre en el flato que ya noto en el costado. Niego con la cabeza.

—No. Nunca voy a los estrenos. Bueno, para empezar, porque no firmo mis guiones con mi nombre. Pero si no fuera así, tampoco iría.

—¿Por qué?

—Porque prefiero disfrutar de las películas a solas. Las considero… demasiado personales como para verlas con otras personas.

Eso parece interesarle.

—¿Tus películas suelen ser personales?

Me pongo a la defensiva con la intensidad de una ola que asciende. Una parte de mí querría pasar de él. Otra parte comprende que, si vamos a estar juntos todo el verano, no hay más remedio que conversar. Vamos a charlar, y yo tendré que aprender a dejar de comportarme como si todas y cada una de las preguntas fueran una especie de ataque personal.

—En cierto sentido —respondo—. Escribir… es mi manera de comprender el mundo. De comprenderme a mí misma.

Lo miro de reojo y me preparo para algún tipo de réplica, algún comentario que me acompleje o por el que me arrepienta de haberle contado nada.

Pero no hace nada de eso. Solo parece intrigado.

—¿Tienes un diario?

Su pregunta me sorprende. Niego con la cabeza.

—No. No puedo… Soy incapaz de escribir nada en primera persona.

—¿Ah, no? ¿Por qué?

El hormigueo vuelve como si fuera una segunda piel. Son demasiadas preguntas. Respondo en un tono un poco más irritado de lo que pretendía.

—Crear personajes es lo más parecido que hago a expresar mis emociones. Me veo a través de los demás. Solo así soporto vislumbrar las partes feas sin retroceder. Sería como mirar al sol sin gafas para protegerte.

Asiente. Diría que me entiende, aunque no tengo la menor idea de cómo es posible.

—Deberíamos ver una película juntos —dice por fin—. No una de las tuyas —añade en respuesta a la mirada que le lanzo.

Ya, va a ser que no. Los términos de nuestro acuerdo son muy claros. No incluyen las películas, a menos que uno de los actos públicos de Parker se celebre en un cine.

—No te gustaría ver una peli conmigo —le digo—. Mi mejor amiga, Penelope, dejó de hacerlo como tres años atrás.

—¿Por qué? —Me mira un momento—. No la verás con subtítulos, ¿no?

—Peor. Busco el guion y lo tengo delante mientras la veo. Tomo notas. La pongo en pausa y retrocedo cuando me parece.

Hace un gesto de dolor.

—Y también la veo con subtítulos.

No creo que Parker Warren vuelva a proponerme que veamos una película juntos. Un problema menos.

Para cuando llegamos a High Line, brilla un sol ardiente y yo estoy empapada en sudor. Parker, por más que me irrite, no. Extrae mi pequeño cuaderno de su bolsillo y me lo tiende, y esta vez me deja sola mientras escribo mis notas.

El High Line solía ser una vía de tren. Ahora es un puente infinito, una carretera encantada que discurre por encima del lado oeste de Manhattan, entre rascacielos plateados y por encima del tráfico.

En teoría, se trata de un parque público. Hay plantas por todas partes, excepto en el propio paseo. Emana algo casi distópico, con esa hierba que crece entre las vías del tren abandonadas.

Me paro a escribir notas de vez en cuando. Parker se queda a mi lado, pero no intenta leer por encima de mi hombro. Cruzamos antiguas estaciones con puestos de helados y granizados de café en bolsitas de plástico que se asemejan a las bolsitas de zumo que mi hermana y yo le pedíamos de rodillas a mi madre que nos trajera cuando iba al supermercado.

Contamos con el permiso de rodaje para unos cuantos días. Eso significa que esta escena podría ser nocturna. A estas alturas del guion, la protagonista todavía no quiere admitir que se siente atraída por el chico. Él intenta conquistarla, pero ella no cede. La prota tiene que doblegarse un poco. Necesita relajarse y divertirse.

¿Y si hubiera un estreno y una fiesta en el High Line?

¿Y si el actor la invitara para presentarle al diseñador de moda que ella idolatra, pero las cosas se torcieran?

Parker no se acerca hasta que dejo el boli, y descubro con rabia que algo en mi tuétano vibra ante la idea de que él conozca una parte de mí, como si yo fuera una especie de juego de mesa con reglas estrictas y confusas.

Mi tuétano debería elevar el listón. Tiene que recordar que este hombre trató de comprar mi afecto.

Alarga la mano, y yo le tiendo el cuaderno y el boli. Se los guarda en el bolsillo.

—¿Volvemos a casa corriendo? —pregunta.

—Antes muerta.

No sé ni cómo, a lo largo de los días siguientes una rutina cobra forma sin mi permiso. Parker aparece casi cada mañana para ir a correr. Con frecuencia, me trae un café con leche de mi nueva cafetería favorita, así que no le cierro la puerta en las narices nada más verlo.

No… Poco a poco, empiezo a levantarme más temprano. A prepararme. Me enfundo las deportivas justo antes de oír dos potentes golpes en la puerta.

De bruja que ríe, nada. Penelope necesitaría una reanimación cardiopulmonar del médico buenorro con el que sale si supiera que hago ejercicio a diario.

Por lo general, después nos separamos y «ya estoy pensando otra vez en la ducha». Voy corriendo al ordenador para ponerme a escribir, todavía envuelta en la toalla.

Es igual que cuando estaba en la universidad y las palabras me salían a borbotones. Al cabo de una semana, tengo ideas para dar y tomar. Ahora tengo que adaptarlas a la silueta de un guion: estructurar el argumento según el método de moda.

Las notas cubren el suelo como una alfombra fosforescente. Es como si intentara resolver un caso abierto sobre la superficie fría de madera.

Soy una persona visual, y separar las escenas en tarjetas normalmente me ayuda a visualizar la historia. En la tienda de la esquina se les acabaron, así que aquí estoy con una mezcla tipo el monstruo de Frankenstein de lo que tengo: notas autoadhesivas rosas y verdes fosforito y hojas descoloridas de cuadernos.

Es el momento que escoge el contratista para hacer su segunda visita, cómo no. Al instante posa la vista en el mosaico de papel que cubre el salón y su alegre sonrisa se tensa. Entre esto y mi costumbre de hablar sola, debe de pensar que se me va la olla.

Eso es bueno, me digo mentalmente. A lo mejor piensa que estoy demasiado loca como para asesinarme.

A lo mejor piensa que yo quiero asesinarlo a él.

Sigo trabajando, majestuosamente sentada en el suelo, mientras el hombre y dos de sus empleados empiezan a pintar lo que será un despacho. Estoy gateando hacia el incidente que desencadena la trama en mi guion cuando me suena el móvil.

Es mi hermana.

—¡Ellie! —exclama con un gritito. Es la única persona que me llama así—. ¿Cómo está mi casa?

# 11

Mi hermana se encuentra actualmente en un hotel desconocido de la costa de Amalfi. Desconocido porque mi hermana no conoce el nombre, ya que ella no hizo la reserva. Ha intentado averiguar dónde está exactamente desde su cuarto, pero es la clase de hotel que cuenta con un mayordomo, así que no tiene nada tan vulgar como la carta del servicio de habitaciones o un cuaderno con logo, solo un teléfono pijo sin botones que, por arte de magia, le proporciona todo lo que necesita. Incluida yo. Me halaga que haya recordado mi número para que pudieran conectarla conmigo.

—Pareces estresada, Ellie —dice—. Deberías tomarte el verano libre.

Para mi hermana, 'verano' no es una estación ni 'veranear', un verbo; el verano es su vida. Va de un sitio a otro y se marcha tan a menudo de vacaciones que no tiene sentido contar con un hogar permanente. No lo tuvo hasta que encontró este piso, que compró el febrero pasado, justo después de descubrir que estaba embarazada. Fue su manera de sentar la cabeza, aunque físicamente se estaba sentando en una butaca de primera clase con rumbo a Europa pocos días después de la compra.

«Me pone nerviosa quedarme en un sitio. La ansiedad es mala para el bebé», me dijo.

Pasados unos meses, me llamó llorando: «El encargado de la obra lo ha dejado. La reforma me está estresando. El estrés es malo para el bebé. ¿Te quedarías allí una temporada mientras terminan? Solo tú puedes hacer que todo vaya bien. No confío en nadie más. Quiero que esté perfecta».

Me gustaría pensar que hizo falta algo más que una única llamada para que yo cediera, pero me convierto en el felpudo más mullido del mundo cuando mi hermana anda cerca. Al final de nuestra conversación, sus lágrimas se habían convertido por arte de magia en un alegre: «¡Bien, sabía que podía contar contigo!». Y yo estaba comprando un billete de avión de ida a una ciudad que detesto.

Penelope dice que debería aprender a poner límites sanos, pero le prometí a mi madre que cuidaría de mi hermana. Pasara lo que pasase.

«Cuando yo no esté, solamente os tendréis la una a la otra».

Me recuerdo esa promesa apretando los dientes.

—No puedo tomarme el verano libre. Yo trabajo, ¿recuerdas?

Me la imagino frunciendo el ceño y visualizo las minúsculas arrugas que se le marcan allí donde el bótox no se ha asentado.

—¿No pueden encargarle a otro las críticas de las películas?

Mi hermana piensa que escribo sobre películas. Era la manera más fácil de explicarle por qué siempre estaba leyendo guiones y escribiendo en mi portátil. Tampoco se ha interesado nunca lo suficiente como para buscarme en Google y averiguar que yo, Ellen Leon, no soy una crítica cinematográfica.

No pretendo mentirle a mi hermana sobre mi profesión y, en realidad, a ella le traería sin cuidado, a menos que escribiera un guion en el que aparecieran todos los universos de *Real Housewives*. El problema es que tiene la maldita manía de no ser capaz de mantener la boca cerrada y la costumbre de hablar regularmente con la única persona que no quiero que sepa lo que hago.

—¡No! —exclamo en tono alegre y, al mismo tiempo, fuerzo una amplia sonrisa en dirección a la pared como el personaje de una película de terror porque en el curso de Psicología que hice cuando estudiaba primero de carrera me dijeron que sonreír mejoraría mi estado de ánimo. Luego cambio de tema antes de que pueda decir nada más—. ¿Cómo está Pierre?

—Pregúntaselo —dice—. Estás en altavoz.

Mi sonrisa se tensa. Genial. Solo le he pedido quinientas veces que no me ponga en alto.

—Hola, Pierre —digo tratando de expresar una pizca de emoción.

Él musita una respuesta con el mismo nivel de entusiasmo. Tampoco es que sea tan mal chico, pero es que antes de conocerlo —mientras se encontraba de vacaciones, cómo no— mi hermana estaba a pocas semanas de empezar un grado en Historia del Arte. Soñaba con llegar a ser comisaria de un museo. Pero todo eso cambió cuando Pierre apareció en escena. En cierto sentido, sus vacaciones nunca terminaron.

A veces me pregunto si será por eso por lo que viajan sin parar. Puede que tengan miedo a que, si se quedan en un mismo lugar el tiempo suficiente, se darán cuenta de que la pareja solamente funciona en el paraíso y no en el mundo real. Como los concursantes de *The Bachelor,* que se quedan patidifusos al descubrir que aquel amor que floreció a lo largo de semanas en una playa mientras bebían un cóctel tras otro se esfuma cuando los impuestos, los niños, los trabajos y la distancia entran en juego.

Mi madre habría odiado a Pierre. Le habría horrorizado la interminable hora del recreo en la que se ha convertido la vida de mi hermana.

Isabella Leon valoraba el trabajo duro y la independencia, y nunca dependía de nadie para su estabilidad financiera. Fue algo que aprendió a las malas y se aseguró de que sus dos hijas no cometieran sus mismos errores.

Quiero a mi hermana más que a nadie..., pero a veces no entiendo cómo es posible que dos hijas educadas por la misma mujer hayan salido tan distintas.

Le pregunto a Pierre si sabe en qué hotel están. No lo sabe. Insistiría en que mi hermana compartiera su ubicación conmigo, pero dejó el teléfono en el último centro turístico, cuando decidió que las redes sociales y los mensajes de texto eran tóxicos. Y la toxicidad es mala para el bebé.

—No te preocupes, Ellie —dice con voz cantarina—. Te preocupas demasiado.

Desde luego que me preocupo. Me preocupo tanto que tengo la sensación de llevar un nudo permanente en las entrañas.

—Además, mañana por la mañana estaremos en el siguiente destino.

—¿Qué es?

—Sicilia.

—Supongo que no sabréis el nombre del…

No lo saben.

—Me parece que es una villa —dice Pierre, algo que no ayuda demasiado.

Les pregunto por la agencia de viajes en la que lo reservan todo, pero tampoco conocen el nombre.

—Pregúntaselo a Paola —añade. Paola es su secretaria. No sé qué hace exactamente porque ninguno de los dos trabaja. Y estoy convencida de que ha bloqueado mi número.

—¿Estás segura de que tanto viaje te sentará bien? —le pregunto intentando adoptar un tono desenfadado porque la negatividad, claro, es mala para el bebé.

—¡Sí! El doctor Connors dice que no pasa nada siempre y cuando evite los barcos.

Hago un gesto de dolor. Van a estar viajando cada dos por tres hasta el día que se ponga de parto. Mi hermana dice que es como echar a suertes en qué país del mundo nacerá el bebé. Le parece divertido. A mí me entran escalofríos cada vez que lo pienso.

—Bueno —dice—. ¿Qué tal el contratista?

—¿Luke? Muy bien —respondo—. Ya te he dicho que las reformas van…

—No —me interrumpe, y la conozco lo bastante bien como para oír la sonrisa que esboza alrededor de la palabra—. Quiero decir, ¿qué tal él?

Y, como efectivamente conozco tan bien a mi hermana, cierro los ojos con fuerza y le susurro con rabia:

—Cali, no le habrás contratado y me habrás pedido que me mude a tu casa para que nos conociéramos, ¿verdad?

—¡No! ¡Claro que no!

El alivio recorre mis huesos.

—Mejor, porque…

—Aunque, mira, Pierre y yo hemos estado hablando… y hemos pensado que sería tan romántico y que te vendría tan bien que…

—¡Por Dios, Cali! —le digo, y miro alrededor para asegurarme de que no tengo a Luke justo detrás—. Eso es tan insolente, tan invasivo, tan poco profesional… —Me interrumpo—. ¿Necesitas hacer reformas siquiera?

Mi hermana es capaz de haber arrancado literalmente el papel pintado y los suelos con tal de tener una excusa para meterme de lleno en un romance.

Estoy casi segura de que pone los ojos en blanco.

—Sí, Elle —dice con un tono de voz que me hace hervir la sangre—. El piso no tenía ninguna gracia. Se habría dado de bofetadas con el Calder que compramos en Ámsterdam.

«Le hiciste una promesa a tu madre en su lecho de muerte, le hiciste una promesa a tu madre en su lecho de muerte, le hiciste una promesa...».

—Tengo que colgar. Por favor, dile a Paola que me envíe el resto del itinerario. Te quiero.

Respiro profundamente. Estoy hecha una bola como una niña pequeña sobre el primer acto cuando oigo que alguien carraspea delante de mí.

Luke está ahí, por supuesto, y me observa como si yo estuviera a punto de hacer contorsiones y traspasar las paredes como un fantasma.

—Nos vamos a comer —dice.

Asiento y veo a los tres hombres salir del piso.

Mi hermana ha intentado de verdad forzar la proximidad entre el contratista al que le encargó la reforma de su casa y yo. Pues claro que sí. Su vida es un verano interminable, un viaje continuo en la noria; hace cosas solo porque son divertidas, sin pensar en las consecuencias ni en nadie que no sea ella misma. Realmente me considera la figurita de un juego de mesa que puede colocar donde le plazca para pasárselo bien, a mí y a todos los que la rodean.

Recupero la postura de antes y suspiro contra mis muslos. Ni siquiera me puedo enfadar con ella.

Cali solía tener ambiciones. Se preocupaba por los demás. Seguía el ejemplo de mi madre. Estábamos unidas. Nunca habría cambiado de no ser por mí y mis malas decisiones.

Todo se estropeó cuando contradije los deseos de mi madre.

—¿Y qué? ¿Cómo le va a nuestra parejita?

Estoy en mi mesa preferida de mi cafetería favorita y por poco se me cae al suelo un pastelillo de hojaldre relleno de arándanos por el que vendería un riñón.

—Menos mal que he podido sujetarlo —digo agitando hacia él mi pastelito en forma de gota. Después, le doy otro mordisco minúsculo y agradezco a las fuerzas celestiales la corteza de mantequilla y azúcar.

—Te habría comprado otro —me dice mirando el dulce como si intentara averiguar por qué lo considero tan especial.

Lo devuelvo al plato con delicadeza, al lado del tenedor y el cuchillo que el camarero me ha traído, pero que he decidido no usar porque soy el ogro glotón y no quiero cortarlo para no perder ni una miga.

—Era el último —digo despacio—. Solo los hornean los fines de semana y los venden todos en un abrir y cerrar de ojos, así que llego antes de las ocho para poder comprar uno.

Se queda pasmado. Mira el pastelito y luego a mí.

—¿Tan rico está?

—Más de lo que te podrías imaginar. Y no, no lo puedes probar. Vente mañana a las ocho menos cuarto si quieres uno.

Tras eso, se levanta y me deja a solas con mi pastelillo.

Feliz y contenta, lo vuelvo a coger y le doy otro bocado. Cierro los ojos y me concentro en el azúcar crujiente, en la corteza mantecosa y en las capas que se desmenuzan. El sabor me arranca un gemido del que me avergonzaría si el local no estuviera vacío y yo no estuviese sentada en mi sitio favorito, que está en un rincón, al lado de la ventana y de un enchufe.

—Pues sí que debe de estar rico.

Pego un bote y esta vez el dulce se me cae de la mano. Aterriza en el plato y se rompe en trocitos que parecen piezas de un puzle.

—Pero… ¿no te habías ido? —le digo, y noto que me pongo como un tomate.

—Solo a pedir el peor café del mundo —responde. Alarga el brazo y coge uno de los pedacitos en los que se ha roto mi pastel.

Sin dejar de observarme, se lo lleva a la boca. Mastica.

—Está bueno.

Todavía permanezco paralizada por el horror cuando el camarero lo llama y lo veo acercarse tranquilamente, coger su café y volver a sentarse.

—Bueno. —Bebe un sorbo—. ¿Y cómo le va a nuestra parejita?

Recupero la voz por fin.

—A nuestra parejita no le va de ninguna manera.

—Vale. A tu parejita.

Acaban de presentarlos en el set de rodaje y están a punto de acudir a la primera localización de la película, pero no se lo cuento. En vez de eso, le pregunto:

—¿No tienes un empleo o algo?

—Te toca.

—¿Perdón?

—He retozado contigo por Central Park y he ido al High Line. Esta noche necesito a mi novia.

Lo miro enarcando una ceja.

—A mi novia de mentira.

—¿Para qué?

—Suelo quedar con unos amigos una vez al mes para jugar al baloncesto cuando todos estamos en Nueva York. Las novias casi siempre se apuntan.

—¿Tienes amigos? —le espeto.

—Es increíble, ya lo sé. —Coge otro trocito de mi pastel, y yo por poco le clavo el tenedor en la mano—. No son amigos muy íntimos —reconoce—. De hecho, sospecho que uno, o alguno más, está vendiendo información sobre mí a la prensa.

Lo miro boquiabierta.

—¿Y sigues quedando con ellos?

Se encoge de hombros.

—Otros amigos me han hecho cosas peores —dice, y eso me entristece, no sé por qué.

Luego me regaño mentalmente. ¿Pobrecito millonario? Ni de coña.

—Si queremos que la prensa piense que lo nuestro es real —su mano va y viene entre los dos—, las personas de mi entorno también tienen que creerlo. —Tiene sentido.

¿Un partido de baloncesto? Puedo enfrentarme a eso.

Me da la hora y la dirección, y por fin me deja en paz con mi pastelito.

# 12

Al momento comprendo que he cometido un error. Pero es demasiado tarde. Todos me han visto. Y yo los he visto a ellos.

Una mujer se aproxima hacia mí, sonriendo. Es rubia, con un pelo corto que parece inmune al encrespamiento. Lleva un vestido de nailon que debe de ser incómodo, y se alza ante mí con unos zapatos de tacón cubiertos de cristales.

Yo llevo mis machacadas zapatillas de correr, un pantalón corto que, por alguna razón, aún conservo del instituto y una camiseta tan gastada que parece papel de lija y que me está irritando las axilas. Me brilla la cara por culpa de la protección solar, que mi piel no ha conseguido absorber a pesar de que me he pasado diez minutos frotando, y que, por lo visto, no me hacía ninguna falta.

Estamos en un piso. Un amigo de Parker tiene una pista de baloncesto en mitad de su casa. El karma debe de haberme declarado la guerra porque las paredes de la pista son de cristal, así que, tan pronto como veo a los amigos de Parker, ellos también me ven.

Uno de ellos se echa a reír.

La mujer todavía me sonríe, aunque agranda los ojos y se ruboriza.

—¡Ah! Ellos… Normalmente nosotras no jugamos. Son muy competitivos… Nunca nos han pedido que…

Hay una mujer sentada en el sofá que se ha puesto vaqueros y una camiseta que le deja el ombligo a la vista. Tiene la piel oscura, y lleva trenzas de boxeador y sombra lila en los párpados.

—Yo jugaría si nos dejaran. —Se encoge de hombros—. Tampoco son tan buenos.

Parker y sus amigos han salido de la pista de baloncesto. Caminan hacia mí, y yo me estoy planteando retroceder unos pasos y tirarme al hueco del ascensor.

—Elle —dice Parker, y, por algún motivo, el mero sonido de mi nombre en sus labios me provoca un escalofrío en la columna vertebral. Parece contento de verme, pero un poco desconcertado por mi atuendo. Aunque al menos no se está riendo de mí, como el tipo que tiene al lado con demasiada gomina en el pelo—. ¿Quieres jugar?

—No puede jugar —dice Engominado antes de que yo pueda rehusar y fingir que tengo que largarme corriendo a otra parte. Quizá a otro país—. Los equipos estarían descompensados.

—En ese caso, haznos un favor a todos y descansa un rato, Charles —le dice con sorna la mujer del sofá sin despegar siquiera la vista del teléfono.

Hay otra mujer sentada en un taburete de la cocina. Es morena, de piel clara y con unas piernas larguísimas. Tiene pinta de ganarse la vida desfilando en pasarelas, y no nos ha mirado ni una vez.

—Muy graciosa, Taryn —dice Charles antes de volverse de nuevo hacia mí—. Pero no puede jugar.

Parker no le hace ni caso. Sigue mirándome expectante mientras espera mi respuesta.

La expresión de Charles es más agria ahora. Está contemplando mis zapatillas como si hubieran mancillado lo que supongo que es su casa. Frunce los labios asqueado.

—¿Sabes qué? —empiezo a decir, sorprendiendo a todos los presentes y a mí misma—. Me encantaría jugar.

—Los equipos estarán descompensados —repite Charles.

La mujer del sofá, Taryn, se levanta de un salto.

—Yo también juego —dice—. Em, me puedes prestar unas zapatillas, ¿verdad?

La mujer del taburete señala con un gesto una habitación que debe de ser su dormitorio.

La rubia que ha salido a recibirme parece emocionada y corretea detrás de Taryn con un taconeo.

Charles está furioso.

—Van en tu equipo —le gruñe a Parker antes de volver a la pista enfurruñado.

—Elle —me dice Parker cuando nos quedamos solos—, no hace falta que juegues. Podemos marcharnos.

—No —respondo con la mirada clavada en la espalda de Charles, que entra de nuevo en el recinto de cristal. Busco los ojos de Parker—. Por raro que parezca, el baloncesto se me da muy bien.

Se muestra desconcertado. Debe de estar acordándose de que le dije que no había hecho ejercicio desde secundaria, y es verdad.

—¿Jugabas en el colegio?

—Más o menos. Mi madre tenía varios empleos cuando estaba en primaria y en los primeros cursos de secundaria, así que siempre llegaba tarde a buscarme. Los profesores nos llevaban al gimnasio a esperar… y jugábamos. Aprendí a jugar bastante bien.

Fue hace unos quince años, pero Penelope y yo vamos de voluntarias a centros comunitarios que cuentan con gimnasios y he jugado alguna que otra vez. Aunque sea increíble, no he perdido facultades.

Parker me mira durante un momento, que se alarga de más, y comprendo que se me ha escapado información sobre mi madre. Y sobre mi infancia.

Taryn regresa. Se ha recogido las trenzas y lleva unas deportivas de marca que parecen sin estrenar.

—¿Lista? —me pregunta. Se inclina para acercarse a mí—. Soy malísima, por cierto. Espero que tú no.

Le sonrío. Confío en que mi sonrisa exprese, al menos en parte, la enorme gratitud que siento. Ni siquiera me conoce y me ha defendido.

—Yo no.

—Entonces esto va a ser divertido.

Taryn tenía razón. Juegan fatal. En especial Charles. Parker es el mejor, por más rabia que me dé, pero hasta él falla unos cuantos lanzamientos.

Yo no fallo. Puede que sea gracias a la fiera voluntad de vencer a Charles, pero me siento como si volviera a tener doce años y estuviera delante del aro sabiendo de algún extraño modo que voy a encestar antes de hacerlo.

A los amigos de Parker se les da mejor la defensa que el ataque, pero Taryn juega mejor de lo que me había dicho. Establecemos una especie de rutina con nuestros compañeros de equipo, un ritmo. A mí me reservan para el final y nunca fallo.

Parker sonríe orgulloso cuando ganamos.

Charles me fulmina con la mirada. Yo le dedico mi mejor sonrisa y él me responde con una mueca.

—Solo es un partido de baloncesto. Tampoco es para tanto. Ni siquiera practico a menudo.

—Literalmente tienes una pista en mitad de tu casa —le digo.

—Seguro que tu apartamento cabría en el recinto de la pista —replica entre dientes.

Pues tiene razón, la verdad. Lo mires por donde lo mires, mi apartamento en Los Ángeles es más pequeño que esta pista.

—Cuidado, Charles —dice Parker. Emplea un tono amistoso, pero se percibe una advertencia—. Estás de alquiler. Compraré esta casa contigo dentro.

En los ojos de Charles bulle el odio, aunque guarda silencio. No hace falta ser un detective para saber que él es la persona que está vendiendo historias sobre su amigo.

Por eso le echo los brazos al cuello a Parker y digo:

—Que Charles se quede con su piso. Salta a la vista que casi toda su autoestima depende de él.

Taryn se ríe y yo sonrío.

El cuerpo de Parker se tensa bajo mi abrazo. Al principio, pienso que me he pasado de la raya al insultar a su amigo, pero me está mirando los labios y estoy segura de que no ha oído nada de lo que acaba de salir de ellos. Le lanzo una mirada de advertencia. Si no para de sorprenderse o exagerar tanto, todo el mundo va a saber que lo nuestro es una farsa. Traga saliva y al final dice:

—Qué considerado por tu parte.

Cualquier respuesta que tuviera pensada se escapa de mi mente cuando la mano de Parker se desliza despacio por mi espalda. Intento hacer caso omiso del calor que fluye hacia cada zona de mi cuerpo que acaricia. Estoy sudando. Acabamos de jugar al baloncesto. Todo se debe a eso.

Me rodea la cintura con las manos, y nunca me había fijado en lo largos que son sus dedos, hasta ahora. Me acaricia la tripa con los pulgares y se me pone la piel de gallina. De repente, me falta el aliento más de lo que me faltaba durante el partido.

Otro de sus amigos carraspea, y Parker se aparta. Me pongo roja como un tomate mientras me vuelvo hacia Taryn. Intercambiamos los números y, antes de salir, me despido de la mujer rubia (que se llama Gwen) y de Emily (que me felicita antes de preguntarle a Charles con tranquilidad si dejará que la derrota le estropee todo el día como el mes pasado).

En el ascensor, Parker se me queda mirando. Está tan alejado de mí como le permite el espacio.

—Ha sido… convincente —dice por fin.

—Bien. —Me apoyo contra la pared opuesta mientras intento que se me pase el sofoco—. Si los ordenadores empiezan a escribir guiones, podré añadir «fantástica novia de pega» a mi currículum.

No le hace gracia.

—Charles es un imbécil —comenta con un tono de voz sombrío que yo aún no había oído.

—Sí, sí que lo es.

—Estoy seguro de que es la persona que está vendiendo información sobre mí.

Asiento.

—Parece un villano de dibujos animados con un apartamento muy bonito y una novia que lo soporta solo a medias.

Parker suelta un ruido que recuerda a una carcajada, pero aún está enfurruñado, como si no fuera capaz de olvidarse de cómo me ha tratado Charles. Me alegro de que no haya dicho nada más. Sé defenderme sola.

—¿Por qué quedas con ellos? —le pregunto, aunque quizá me esté pasando de la raya.

Se abren las puertas del ascensor y me cede el paso, algo que no sabía que agradecía hasta que lo ha hecho él.

—Nos conocimos en la universidad —responde.

—¿En Stanford?

Asiente.

—Mis mejores amigos siguen en la zona de San Francisco. Estos son los que acabaron en la ciudad. Charles siempre ha sido un idiota, pero los demás son buenos chicos. —Se encoge de hombros—. Me conocen de antes de que fundara la empresa.

—¿Y qué? —le pregunto—. Si conoces a alguien después, ¿siempre vas a sospechar en secreto que solo quiere ser tu amigo porque has triunfado?

—Es lo más probable. —Lo dice como si le hiciera gracia—. Lo sospecho de todo el mundo, menos de ti. Eres la única persona que conozco a la que seguramente le caería mejor si hubiera fracasado.

—No —replico—. A mí me caerías mal igualmente.

Sonríe.

—Claro. Casi se me olvida. Qué tonto.

Salimos del edificio. El todoterreno de Parker está aparcado junto al bordillo. Me abre la puerta del coche, pero niego con la cabeza.

—Tengo que hablar con mi agente. La llamaré mientras voy andando a casa.

Sarah lleva toda la semana llamándome a diario, pero hasta ahora no había tenido ánimos de devolverle la llamada y ponerla al día.

De hecho, hasta ahora no tenía nada nuevo que contarle.

Lo que no le digo a Parker es que, ahora mismo, la distancia me vendrá bien. Todavía noto cómo me hormiguea la piel en las zonas en las que me ha acariciado. Se me ha empezado a encoger el corazón en su presencia.

Es inquietante. El traidor de mi cuerpo olvida quién le provoca sentir esas cosas.

Parker hace un gesto de asentimiento y empieza a entrar en el coche, pero suelto sin pensar:

—Es hora de ir a la próxima localización.

Me mira por encima del hombro.

—¿Ya estás lista?

Asiento. Ya tengo esbozado el primer acto y tenía pensado usar casi todas las localizaciones en el segundo.

Esto es meramente profesional. Poco más que un acuerdo de negocios.

—¿Dónde es?

Se lo digo y entrecierra un poco los ojos. Es un gesto disimulado, algo que nunca habría percibido en la cara de otra persona. Pero empiezo a conocerlo, comprendo con cierta ansiedad.

—¿Tienes algún problema con eso?

Se da prisa en negar con la cabeza.

—¿A qué hora abren?

—A las nueve.

Busqué el horario ayer por la noche.

—¿Y quieres ir tan temprano?

Me encojo ligeramente de hombros. A esa hora por lo general tendría una cita muy importante con la almohada, pero salir a correr con Parker antes de que el sol caliente demasiado los días entre semana y apostarme delante de la cafetería para comprar el pastelito de mis sueños los findes ha borrado ese compromiso de mi agenda.

—Claro. Nos vemos mañana.

Noto sus ojos clavados en mí hasta que doblo la esquina de la manzana y dejo la sombra atrás. Al momento estoy en la Quinta Avenida, mezclada con la multitud; todos achicharrándonos bajo los rascacielos.

# 13

—¿A ti qué te pasa? —le pregunto a Parker, mirándolo de reojo. Está más callado de lo habitual. De camino hacia aquí no paraba de hacer movimientos nerviosos. Cuando hemos entrado en el edificio, miraba la entrada casi con nostalgia—. Aparte de lo evidente —añado, solo para ver si me fulmina con la mirada.

No lo hace. Se limita a tragar saliva. Ahora las manos le cuelgan rígidas a ambos lados del cuerpo.

Somos casi los primeros de la cola y enseguida subimos al ascensor. Parker clava los ojos en el vacío, por encima de mi cabeza, durante los cuarenta y pico segundos que tarda el ascensor en llegar al piso noventa y tantos. No tengo claro que esté respirando.

Estamos en el mirador Summit One Vanderbilt, una de las atracciones más nuevas de la ciudad. Conseguirlo fue todo un logro por parte del estudio, según me contó Sarah, que estaba tan contenta de que tuviera esbozado un tercio del guion que me invitó a un día de relax y masajes a cuenta de la agencia. También me preguntó por mi dirección en Nueva York, y una hora más tarde me llegó una botella de champán con una caja de bombones. Me los he comido mientras hablaba por teléfono con Penelope. Ahora, mientras viajamos disparados hacia el cielo, se me revuelve la tripa y empiezo a lamentar mis decisiones.

La primera parada se llama Trascendencia. En esta planta, me siento como si me hubiera colado en el interior de un diamante. Infinidad de cristales dividen el mundo en formas geométricas. Al cabo de un ratito empiezo a bizquear y lamento no haber traído gafas de sol: la luz se refleja en todas partes, al igual que nosotros. Levanto la vista y ahí estamos, boca abajo.

Le doy un toque a Parker en el brazo con el dorso de la mano para que lo vea también, y sus ojos se deslizan despacio hacia el techo. Gruñe algo en respuesta y recupera ese talante que viene a decir: «Preferiría estar en cualquier otra parte».

Da igual. Con mi cuaderno en la mano, empiezo a escribir con ímpetu.

A veces los espacios de una película ofrecen maneras sutiles de mostrar cómo progresa una relación. Si los personajes estuvieran aquí, sus reflejos se multiplicarían. Estarían expuestos, no podrían ocultarse nada. ¿Y si el chico le confesara a la protagonista lo que siente por ella? ¿Y si ella lo rechazara? Este sitio podría convertirse en su propia versión de un laberinto de espejos del terror.

Entramos en Afinidad, una exposición de decenas de globos plateados que flotan por todas partes.

—Me siento como si me estuviera dando un baño de burbujas mágico —le digo a Parker mientras propino puntapiés a los globos que nos rodean. Uno le cae en la cabeza, pero él no parece enterarse. Salta a la vista que le horroriza estar aquí. Me pregunto por qué accedió a acompañarme a esta localización.

—Podrías haberme dicho que tenías cosas que hacer, ¿sabes?

Aprovecha la ocasión para empujar un globo con suavidad hacia mi cabeza. Se mueve a cero coma dos kilómetros por hora, así que me agacho a tiempo. Sonríe un poquito, pero el brillo no le llega a los ojos. Se me encoge el corazón cuando paso de la rabia a la preocupación. ¿Ha pasado algo? ¿Ha surgido algún problema en la venta de su empresa?

¿Por qué me importa siquiera?

Me gustaría preguntárselo, pero no lo hago. Si quisiera decírmelo, lo haría. Puede que no pase nada. Quizá realmente preferiría estar en cualquier otra parte que no fuera en este rascacielos, conmigo, para ayudarme en mi guion, a las nueve de la mañana. Quizá se esté arrepintiendo del trato.

No pasa nada. Para mí tampoco ha sido un placer total y absoluto pasar tanto tiempo con él. Si tuviera el más mínimo indicio de que puedo seguir escribiendo sin él, sería la primera en cancelar el acuerdo.

El cristal reflectante multiplica los globos por diez. Tengo la sensación de que podríamos ahogarnos en ellos, pero mi entusiasmo ha mermado.

—Vamos a ver la última parte —murmuro.

Levitación: la sensación más parecida a estar volando que tendré nunca. Es un mirador de cristal, un balcón de suelo transparente que sobresale a un lado del edificio. A pesar del mal humor de Parker, sonrío sin poder evitarlo. Estoy caminando sobre Nueva York. Los taxis parecen de juguete; las personas son pequeñas como alfileres; los edificios recuerdan a construcciones de Lego.

Me vuelvo y veo a Parker pegado contra la pared. Está rígido y más pálido de lo habitual. En ese momento entiendo lo que está pasando.

—Oh, Dios mío. Te dan miedo las alturas.

Ni siquiera intenta negarlo. Se queda donde está, como si fuera físicamente incapaz de desplazarse ni un centímetro en cualquier dirección. Ha echado la cabeza hacia atrás y tiene los ojos clavados en el techo.

Sacudo la cabeza con incredulidad.

—Pero… si eres muy alto.

Al oírlo, me mira con estupor.

—Elle, mido uno noventa y tres, no trescientos metros de altura.

Reenfoca la mirada, que se desplaza a un punto situado detrás de mí. Error. Cierra los ojos y traga saliva. Ha mirado más allá de donde está mi cara, a las profundidades de la ciudad.

—Podemos marcharnos —le digo de inmediato, aunque me gustaría pasar más tiempo en el balcón de cristal. Podría ser el lugar perfecto para que mis personajes tuvieran su primera pelea.

Mis palabras me sorprenden. Debería estar disfrutando de su incomodidad, ¿no?

Pero no es así. Aprieta los puños, se le marcan las venas y yo siento la extraña necesidad de aflojarle los dedos uno a uno para que vuelva a ser el de siempre, arrogante y relajado.

«¿Qué me pasa?».

Niega con la cabeza.

—Estoy bien.

—No es verdad.

—Estaré bien.

Intenta avanzar un paso como para demostrarlo al mismo tiempo que abre una pizca los ojos. Tan pronto como su pie hace contacto con el cristal, se crispa entero como si se preparase para la caída. Se estremece.

No sé qué me impulsa a cogerlo de la mano, pero lo hago. Le tomo una mano y luego la otra.

Se pone tenso otra vez, como si el hecho de que lo toque fuera peor que su miedo a las alturas. Pero pasado un momento me aferra los dedos. Sus manos son enormes y casi se tragan las mías.

—No mires abajo —le digo—. Mírame a mí. Lo haremos juntos.

Su mirada se posa en la mía.

Sus ojos son verdes. Son como un laberinto en el que me quiero perder. Sigue mis indicaciones sin dejar de mirarme y el corazón empieza a latirme con fuerza en el pecho, no sé por qué.

Abro la boca y su mirada recae en mis labios. Me acaricia la palma de la mano con el pulgar, y yo me quedo sin aliento.

Me cuesta caminar hacia atrás, alejarme de él, pero lo hago.

Y él avanza sin despegar los ojos de los míos.

—¿Lo ves? Estamos bien. Es sólido.

Retrocedo un paso más. Su mirada recorre mi cuerpo y después se posa trescientos metros más abajo. Se tensa de nuevo, pero no se queda quieto. Sigue en movimiento.

—Estoy contigo —le digo, y algo cambia en su expresión. Se suaviza, solo un poquito. El Parker Warren de la revista se esfuma y atisbo vulnerabilidad. Confianza.

Asiente. Avanza otro paso.

Mi espalda choca contra la pared y doy un respingo, sobresaltada, pero sus manos aferran las mías. «Yo también estoy contigo», parece decirme al tiempo que me aprieta los dedos.

Me muero por sacar el cuaderno y por anotar todos estos pensamientos, pero no lo hago. Los guardo a buen recaudo en el fondo de mi mente con la esperanza de recordarlos más tarde. No voy a soltar las manos de Parker, no mientras su pecho siga tan agitado como cuando corremos.

Pero ya no mira abajo. Solo tiene ojos para mí.

—Ya tengo lo que necesitaba. Vamos —le digo.

—¿Seguro?

Asiento.

Todavía de la mano, volvemos por donde hemos venido.

—¿Por qué una persona que tiene vértigo vive en una sexagésima planta? —le pregunto.

Estamos sentados en una cafetería que hemos encontrado en la esquina. Parker todavía estaba tan pálido como si fuera a desmayarse y he pensado: «Un batido». Para que le suba el azúcar.

En realidad no estoy segura de que eso funcione, pero ¿acaso un batido puede ser una mala idea? Estaba dispuesta a criticarlo mientras elegía el sabor, pero ha optado por el de vainilla y galletas, y no he tenido más remedio que respetarlo.

—¿He pasado la prueba? —me ha preguntado—. ¿O he escogido el peor batido del mundo?

Me pone nerviosa que empiece a conocerme.

—Es obvio que no —le he dicho—. Yo he pedido el mismo.

Bebe un sorbo de su batido antes de responder a mi pregunta.

—Pensé que sería la mejor manera de superarlo.

Cojo una patata frita de su plato porque me he terminado las mías. Pedir patatas fritas también me ha parecido buena idea. Para las náuseas.

—No te gusta tener debilidades, ¿verdad?

Parker empuja el plato de patatas fritas hacia mí.

—No. Hago lo posible por superarlas. —Me mira un momento—. Normalmente sin público.

Es muy raro que Parker se haya colocado en una situación que revela su punto débil. Es la primera vez que lo veo en una situación que no controla.

—Podrías haber dicho que no te iba bien —le digo.

—Entonces habrías tenido que venir sola —replica.

No tengo nada que responder a eso.

Se me queda mirando cuando hundo una patata frita robada en el batido y me la llevo a la boca.

—¿Así te comes los batidos? —me pregunta—. ¿Mojando las patatas fritas?

Me sorprende que se acuerde de ese detalle sin importancia de la conversación que mantuvimos en la escalera mientras sonaba la alarma de incendios.

—A veces. Normalmente uso la pajita si no tengo cuchara, pero no me parecía educado ponerme a chuparla delante de ti.

Las palabras que he elegido hacen parpadear a Parker. Ojalá el universo me concediera una tecla de borrado para las conversaciones de la vida real. Otra vez me está mirando la boca. Despego los labios.

Le suena el teléfono.

No lo agarra hasta el cuarto timbrazo. Entonces dice:

—Vuelvo enseguida.

Y se levanta del banco corrido en el que estaba sentado.

Parker no tarda ni un minuto en volver. Frunce el ceño al ver la cuenta en la mesa.

—¿Has pedido la cuenta?

Le dedico una sonrisa perversa.

—Aunque te sorprenda, puedo pagar un par de batidos y dos raciones de patatas fritas.

Su ceño se acentúa.

—No quería decir que…

—¿Todo bien?

Parece confuso.

—La llamada.

Desde que lo conozco, su teléfono no ha sonado ni una sola vez. Tengo la sensación de que le ha dicho a todo el mundo que lo dejen tranquilo durante el verano.

—Un imprevisto —dice—. Tengo que volver a San Francisco.

—¿Cuándo?

—Ahora.

Mis emociones deben de ser tan transparentes como la pasarela que acabamos de recorrer porque parece notar que estoy disgustada.

—¿Me necesitas? A lo mejor puedo…

Niego con la cabeza al momento.

—No, no te preocupes. No te necesito.

Me pregunto a quién trato de convencer, si a él o a mí.

—Bien. —Sus ojos han perdido cierta dulzura. Se yergue y vuelve a ser el tipo de la revista: el distante CEO de las nuevas tecnologías—. Te veo a la vuelta, entonces.

Nos vamos cada uno por su cuenta —él a casa, yo a comprar más notas para organizar mi monstruo— e intento no prestar atención al puño que me oprime el corazón por su ausencia.

# 14

Estoy en un vestidor con Luke, el contratista. Acabo de pisarlo sin querer porque aquí dentro todavía no hay bombilla y la ventana más cercana está tapada para poder pintar. Estamos usando la linterna que, al parecer, siempre lleva encima.

—A mí todos estos colores me parecen iguales —digo mirando las muestras de la pared.

Suelta una carcajada cansada pero educada. Este hombre está harto de mí.

—Te aseguro que son muy distintos. Este tiene un matiz plateado. El tono del otro es más verdoso, ¿lo ves? Este es más azul.

Son todos grises.

Normalmente estaría llamando a Cali por videollamada y diciéndole que escoja el maldito color de su armario, pero ahora no tiene teléfono y no me ha llamado desde la última ubicación. No podría contactar con ella ni aunque lo intentara (y lo he intentado), lo que me inunda el estómago de terror.

—Ya veo. —No veo nada—. Este —digo señalando la segunda muestra de color—. El más azul.

Luke frunce el ceño.

—Ese es el más…

Salgo del vestidor.

—Estás haciendo un trabajo increíble. Gracias. Estaré en el suelo del salón si me necesitas.

Estoy rodeando las notas que abarcan mi segundo acto cuando me llama Penelope.

—Tu novio está en las noticias.

Pongo los ojos en blanco.

—No es mi… —Me incorporo—. Espera. ¿En qué canal?

Lo digo como si tuviera tele por cable, o un televisor enchufado, y pudiera zapear por los canales con el mando a distancia. Por suerte, Penelope me envía un enlace a una transmisión en directo. Abro el portátil sujetando el móvil entre la oreja y el hombro.

Parker aparece en la pantalla. En la foto viste de traje y exhibe una expresión indescifrable. Sus ojos verdes muestran tanta intensidad como siempre.

En el texto de la parte inferior de la pantalla se lee: «Peligra la absorción de Atomic. Las acciones de Virion caen diez puntos».

—Un momento, ¿eso significa que la compra peligra?

—No —responde Penelope—. Solo es una filtración. Seguramente ha surgido algún obstáculo, pero ninguna de las empresas ha dicho nada.

No lo entiendo.

—¿Quién filtraría algo que pusiera en peligro la operación?

—La competencia, quizá —dice—. Salir en los medios no le viene bien, sobre todo teniendo en cuenta que todo lo que lo rodea se hace viral.

Siento la extraña necesidad de defenderlo. Me enfurece que intenten perjudicarlo. Una parte de mí espera que Charles filtre la noticia de nuestra «relación» para compensar estos comunicados, como pretendía Parker.

Aunque no tiene sentido. Apenas nos conocemos. Todo esto es poco más que una farsa.

El presentador da paso a un vídeo de hace unos meses en el que aparece Parker ante un comité del Congreso, en una intervención en la que se pronuncia en contra de la venta de datos de clientes. La voz de Parker es clara; sus argumentos, rotundos.

—Esto es medio sexy —comenta Penelope.

Noto calor en las mejillas.

—Penelope.

—¿Qué? No es tu novio de verdad, ¿me equivoco? —pronuncia las últimas palabras como si albergara esperanzas de que lo sea, en secreto.

Pero no lo es.

—No —replico cortante, y luego le pido que se calle para poder oír el resto.

Estoy tecleando con más furia que de costumbre. El teclado suena como un caballo que camina sobre asfalto en mitad de la cafetería. Unas cuantas personas me observan de reojo, pero les hago caso omiso. Estoy en el segundo acto de mi guion, aunque escribo las palabras como si estuviera redactando una carta al administrador del edificio para quejarme por el vecino de abajo, que tiene la costumbre de dar recitales de piano en plena noche.

El sonido de las teclas ahoga el ruido del mundo. Ni siquiera me percato de que hay alguien delante de mí hasta que dice:

—¿Solamente una bebida? ¿Han racionado el café con leche y no me he enterado?

Una sensación eléctrica me recorre el pecho.

Le concedo un descanso al teclado y me acomodo en la silla. Parker está recostado contra la pared delante de mí.

—Has vuelto —le digo con voz queda.

Ha pasado fuera una semana. No me había dado cuenta, hasta que fui la única vecina de la planta, de la ilusión con la que había empezado a esperar las carreras matutinas y nuestros encuentros en el rellano.

—He vuelto —responde en un tono tan bajo como el mío.

Unas cuantas personas nos miran. No, no nos miran. Lo miran. Toma asiento como si no se percatara.

—He visto las noticias —susurro—. ¿Hay algún problema con la operación?

Mira en derredor. Se inclina hacia mí. Y yo también me inclino hacia él.

—Virion quiere vender nuestros datos —me dice al oído—. La auditoría reveló sus planes. Me negué.

Tiene sentido. Me he pasado la noche viendo descaradamente su comparecencia ante el comité del Congreso, de principio a fin. Incluso he rebobinado algunas partes.

—Nunca he vendido los datos de mis clientes, ni siquiera cuando los inversores se empeñaron. La empresa sería mucho más valiosa si lo hiciera.

Lo miro a los ojos, nuestros rostros están a pocos centímetros de distancia. Trago saliva y me inclino hacia su oído. Mi labio inferior roza su piel cálida cuando digo, en voz muy baja:

—Entonces, ¿crees que cancelarán la operación?

Niega con la cabeza.

—No —responde, y noto su aliento en la sien. Un escalofrío me recorre la columna vertebral—. Todavía están interesados. Ya veremos qué pasa.

Volvemos a mirarnos al mismo tiempo, y por poco nos chocamos. Se detiene a punto de rozar mis labios. Estamos demasiado cerca, los dos inclinados sobre la mesa de la cafetería. Compartiendo un mismo aliento. Nuestras miradas entrelazadas, como si volviéramos a estar en el balcón de cristal. Pasa un segundo. Dos.

Yo soy la primera en apartarme. Él hace lo propio.

De repente entorna los ojos. O Parker me conoce mejor de lo que pensaba o mis sentimientos son tan transparentes como la pasarela del otro día porque dice:

—Elle, ¿qué te pasa?

—¿Qué?

—Estás disgustada. Lo he notado en cuanto he entrado en la cafetería.

Me pregunto cuánto rato me habrá estado mirando antes de que reparase en su presencia.

—Además, me sorprende que no haya saltado ninguna tecla de tu ordenador.

No vale la pena que lo niegue, aunque sé que va a pensar que soy la persona más frívola del mundo. Sobre todo si tenemos en cuenta que él tiene problemas de verdad.

—Ya no venden el pastelito.

Frunce el ceño.

—¿El de arándanos?

Asiento, animada al ver que se indigna por mí.

—He venido esta mañana y no tenían. Cuando he preguntado, me han dicho que ya no los hacen por no sé qué del coste de los ingredientes o algo así.

Parker asiente.

—Ah. ¿Y no te has pedido café por solidaridad con el pastel descartado?

Exactamente.

—¿Cómo lo has sabido?

Se encoge de hombros.

—Me parece propio de ti.

Quizá sí sea una pasarela transparente. Me hundo en la silla.

—No quiero ponerme dramática —le digo, aunque me dispongo a ponerme más dramática que nunca—. Pero ese dulce me sacaba de la cama los fines de semana. Toda la semana lo esperaba con ilusión. Era mi alegría de vivir. Ya sé que es una tontería.

—No es una tontería —me dice. Y noto que habla en serio.

Un gesto muy amable por su parte porque objetivamente sí es una tontería.

Estiro los dedos contra el borde semipegajoso de la mesa. Vomitar mis sentimientos en el teclado los ha entumecido.

—¿Y qué? ¿Vas a buscar otra cafetería? —pregunta—. ¿Una que tenga tus pasteles?

Niego con la cabeza.

—No. Aunque no sea recíproco, soy fiel a más no poder a las cafeterías que me gustan. Y esta era perfecta…

Mi teléfono emite un sonido y frunzo el ceño. La única persona que me envía mensajes es Penelope, y se supone que hoy salía con el médico.

Mi desconcierto aumenta cuando leo el mensaje.

—¿Pasa algo? —pregunta Parker—. ¿Aparte del pastelillo?

—No… —respondo. Aunque… puede que sí—. Es Taryn. Me invita a una cena con Emily y Gwen.

Cuando levanto la vista, me está mirando con sorna.

—¿Qué? —le pregunto indignada.

—Estás buscando una excusa creíble para negarte, ¿verdad?

Todavía lo estoy fulminando con la mirada cuando respondo:

—Pues no, no estaba buscando nada.

Sí que lo hacía, desesperadamente.

—Entonces ¿por qué no vas a ir?

—No he dicho que no vaya a ir.

Me mira inclinando la cabeza.

—¿Vas a ir?

—No —contesto, y él adopta la expresión más autocomplacida del mundo—. Pero solo porque no creo que me lo haya dicho en serio. Lo dice... por ser educada. Seguro que solo me invita por eso.

La expresión risueña desaparece del semblante de Parker.

—Elle —dice—, ¿por qué te cuesta tanto aceptar que le puedas caer bien a la gente?

«Porque ni siquiera me caigo bien a mí», es la respuesta que me callo.

Nota algo en mi cara porque escudriña mis ojos entornando los suyos.

—No lo sabes, ¿verdad?

—¿No sé qué?

—Que eres divertida, Elle. Es entretenido estar contigo.

Por poco escupo el chocolate caliente que estoy bebiendo. Es la primera vez que la palabra «divertida» y yo estamos juntas en la misma frase.

—¿Por qué crees que quiero pasar el verano contigo? —me pregunta.

—Para dar buena imagen —le digo—. Por la operación. Para disimular delante de la prensa.

Parece irritado, pero se rinde y yo se lo agradezco. Empiezo a escribir una excusa en la conversación grupal mientras van entrando mensajes emocionados con una cantidad sorprendente de emoticonos. La verdad es que parecen divertidas.

Dejo de escribir.

Penelope me diría que fuera. Y está claro que Parker también piensa que debería ir. Noto que me mira con atención, aunque se muerde la lengua.

Se suponía que este verano iba a consistir en salir de los confines de mi hermética vida, ¿verdad?

Borro el mensaje que estaba escribiendo y tecleo otra respuesta antes de tener tiempo de arrepentirme.

—Iré —digo antes de abrir el portátil y volver a la escena. No veo su expresión, pero adivino que está contento.

Esta vez, tecleo con más suavidad.

Quedamos para tomar *dim sum* en un local llamado el Golden Unicorn de Chinatown. Le tocaba escoger a Emily porque, por lo visto, celebran estas cenas a menudo.

—Nunca invitamos a los chicos —me dice Taryn mientras recorremos las atestadas calles—. Charles se presentó una vez y llamamos a un Uber para que lo llevara de vuelta a casa.

Antes de reírme, echo un vistazo a Emily de reojo. Ella me mira a la cara y desdeña el asunto con un gesto de la mano.

—Rompí con Charles hace unos días —me explica con desenfado.

—Hemos salido a celebrarlo —dice Taryn.

Emily no parece demasiado triste por la ruptura. De hecho, no parece demasiado nada. Es la despreocupación personificada, como si no dejara que ninguna emoción la dominara.

Me gustaría ser tan guay como Emily. No permitir que nada me afectase.

El restaurante está lleno, pero no tardamos demasiado en encontrar una mesa. Llega el carrito y ocupamos hasta el último centímetro cuadrado de la superficie con toda clase de *gyozas* y aperitivos, que cogemos alargando el brazo por encima de las demás. No paramos de decir que estamos llenas, que no podemos comer ni uno más, pero volvemos a llenarnos el plato. Pruebo el *nigiri* de sandía. Las tartaletas de crema. Las *gyozas* en forma de cisne. Las *gyozas* de verduras. Una gelatina de café, de la que me enamoro al primer bocado. La conversación mengua mientras comemos. Estamos tan absortas en la comida que solo cuando salimos y recorremos varias manzanas de camino a un bar reanudamos la conversación.

Gwen, por lo que parece, se encarga de las bebidas.

—Tenemos un juego —me cuenta—. Yo pido y las demás intentan averiguar qué lleva su cóctel. No tienes que tomar nada si no quieres, claro. Solo si te apetece.

Yo no suelo beber alcohol. Pero tampoco suelo salir. Penelope y yo acostumbramos a pedir comida a domicilio y la devoramos sentadas en almohadones delante de la tele porque en nuestro apartamento no cabe una mesa de comedor.

Vivimos en el mismo piso desde que nos mudamos a Los Ángeles, aunque nuestras circunstancias han cambiado. Podríamos buscar una casa más grande, mejor, pero yo detesto mudarme. Lo considero el cambio supremo.

Nos mudábamos todo el tiempo cuando yo era niña, antes de que mi madre volviera a la universidad y consiguiera un empleo mejor. Nada parecía permanente, hasta que lo fue. Llevaba un año viviendo en la nueva casa cuando terminé de deshacer el equipaje, pero, una vez que lo hice, eché raíces. Me aferré a esa casa con uñas y dientes hasta que el banco nos la quitó.

Gwen espera mi respuesta. Sonríe. Me parece que nunca la he visto sin una sonrisa en la cara.

—Tomaré algo —le digo, y ella se concentra en la carta al mismo tiempo que tamborilea con los dedos en el borde de la mesa.

Pide con voz queda y se supone que tenemos que evitar escucharla.

Llegan las bebidas y Taryn es la primera en jugar. Su cóctel tiene un tono dorado. Turbio.

—¿Lichi?

Gwen asiente emocionada.

Emily prueba un sorbito. Luego otro.

—No tengo ni puta idea, pero está rico —dice, y apura todo el vaso.

Me toca a mí. Bebo un sorbo y hago una mueca. Solamente noto el sabor del alcohol. Intento concentrarme en la punta de la lengua. Percibo algo floral y aromático.

—¿Rosa?

—Casi. Lavanda.

—¿Cómo que «casi»? —protesta Taryn. Gwen pasa de ella.

Gwen bebe un sorbo de su bebida sin misterio. Parece café.

—Espresso Martini —dice—. Siempre.

Unos cuantos tragos de mi propio cóctel me vuelven atrevida. Miro de reojo a Emily, que está repantigada en la silla mirando a Gwen y a Taryn. Ellas están discutiendo cuál de las parejas de un *reality* de verano será expulsada.

—¿Te puedo preguntar por qué rompisteis Charles y tú? —le pregunto a Emily.

Me arrepiento de inmediato. Tampoco nos conocemos tanto. Es una pregunta demasiado invasiva.

Pero Emily se limita a obsequiarme con todo el resplandor de su mirada y me dice:

—Puedes preguntarme lo que quieras, Elle. —Toma un sorbo del té que ha pedido después del cóctel. Ni siquiera baja la voz cuando responde—. He descubierto que ha estado vendiendo información sobre Parker a la prensa.

Taryn y Gwen se quedan calladas. Me miran.

Me pregunto si debería simular que me sorprende, pero estando con ellas se me quitan las ganas de fingir nada.

Taryn entorna los ojos.

—¿Lo sospechabas?

Asiento.

—Y Parker.

Emily suelta una carcajada.

—Bueno, pues puede que Parker quiera seguir siendo colega de Charles sabiendo eso, pero yo no. —Toma un sorbo de té—. Si es capaz de hacerle eso a un amigo, ¿qué me haría a mí? ¿Me explico?

Todas asentimos. Todas sabemos lo que le haría.

Frunzo el ceño.

—Pero… si ha vendido información sobre Parker, ¿por qué no le ha hablado a la prensa de lo nuestro?

Que el Soltero Milmillonario esté saliendo con alguien debería estar ya en las portadas de toda la prensa rosa.

Emily se arrellana en la silla.

—Porque le dije que, como vendiera alguna información sobre ti, le reenviaría a su jefe los correos electrónicos que mandó a la prensa. —Hace un mohín—. No creo que les haga mucha gracia tener a un soplón en el equipo ejecutivo de una empresa de seguridad en internet.

Miro a Emily con asombro.

—Gracias —le digo, aunque nuestro objetivo desde el principio fue que los medios conociesen nuestra relación. Pero ella no sabe que el noviazgo es falso. No está enterada del acuerdo que tenemos Parker y yo.

Apenas intercambiamos unas palabras durante el partido de baloncesto y, sin embargo, ha querido protegerme.

Me siento culpable por haberles mentido. Pero ¿cómo explicarles por qué he accedido a fingir que soy la novia de Parker sin revelarles mi propio secreto?

Emily se encoge de hombros.

—Si las mujeres no nos cuidamos entre nosotras, nadie más lo hará.

Taryn brinda por eso.

Y todas bebemos demasiados cócteles.

Estamos en un estrado apenas más grande que una mesa, cantando una canción de principios de los 2000 como si nos pagaran por ello. Dudo que la gente oiga nada entre nuestras risas y el vozarrón de Gwen, que confunde la letra a voz en grito. Hemos entrelazado los brazos para evitar que alguna caiga de esta plataforma, que, lo mires como lo mires, no merece el nombre de «escenario».

Los cócteles han dado paso a más bebidas en un bar con karaoke en Koreatown. Nos habíamos amontonado en un taxi para que me acompañaran a casa, y Taryn ha insistido en que viniéramos porque nos pillaba «de paso». El bar en realidad está en dirección contraria, pero todas hemos gritado de emoción y lo que pensaba que sería una noche viendo a otras personas cantar de viva voz canciones que ya no suenan en la radio se ha convertido en nosotras cuatro en el escenario. Ahora bizqueamos para leer lo que aparece en una pantalla demasiado pequeña, preguntándonos si todas necesitamos gafas y conectadas como los eslabones de una pulsera de la suerte.

Si Penelope estuviera aquí, se sentaría entre el público, nos aplaudiría y lanzaría ese silbido que requiere meterte una porción de mano considerable en la boca.

Cuando termina la canción, bajamos del estrado a trompicones y compartimos un abrazo, que es todo codos, pelo, champú seco y risitas. Igual que la tradición de los cócteles, ahora nos turnamos para escoger las canciones de las demás, que solo se revelan una vez que la cantante ha subido a escena.

—¡Esta no la conozco! —insiste Gwen.

—¡Buena suerte! —dice Taryn.

Emily se une a Gwen para ayudarla y de algún modo convierten un tema bailable de música pop en un dueto.

Esto es divertido. Es algo que harían los personajes de uno de mis guiones. Por primera vez en una buena temporada, estoy viviendo la vida en lugar de limitarme a escribir sobre ella.

Me siento de maravilla. No me puedo creer que estuviera a punto de poner una excusa y perdérmelo. Hay momentos en la vida, me paro a pensar, en los que no puedes sino dar gracias por no haberte quedado en tu habitación.

Para cuando salgo del ascensor y me encamino a la puerta del piso, estoy tarareando, sonriendo y trastabillando una pizca. Y mi teléfono no tiene batería.

Un momento. Mi teléfono no tiene batería.

Aprieto varias veces los botones laterales como si fueran un desfibrilador capaz de devolverle la vida a mi móvil por arte de magia. Por más fuerte que apriete o más veces que lo haga, mi teléfono se limita a mostrar una señal que me informa, en términos muy claros: «No, no me voy a conectar».

Ya sabía yo que esta estúpida cerradura de última tecnología sería mi perdición. Hay una llave de emergencia, pero está en el piso, cómo no.

En el vestíbulo no hay una copia porque Cali le dio la de repuesto a Luke.

Llegará mañana a primera hora. Intento ver la hora en el móvil y maldigo al comprobar que, sí, sigue muerto.

Seguro que pasa de la medianoche. Nos hemos quedado en el karaoke hasta la hora del cierre. Las dos de la madrugada. Me planteo durante un instante si llamar a la puerta de Parker y pedirle un cargador, pero recuerdo que su móvil es último modelo, con un nuevo *hardware*.

Nunca me había alegrado tanto de ver ese absurdo sofá decorativo. Me desplomo en el mueble, encojo las piernas y espero a Luke.

Hay un hombre alto delante de mí. Está pronunciando mi nombre, me parece. Lo veo borroso hasta que parpadeo unas cuantas veces y distingo un pantalón de chándal gris y una camiseta ajustada sobre un cuerpo musculoso.

Al principio pienso que es Luke, pero no, conozco ese cuerpo… más íntimamente de lo que debería.

Debe de ser un sueño. O una alucinación provocada por el alcohol.

No puedo estar soñando con Parker de esa guisa: sudado, musculoso e inclinado sobre mí. No es sano.

—Largo —le digo con una especie de graznido, pensando que el sueño, la alucinación o lo que sea va a desaparecer.

El espejismo tuerce el gesto.

—¿Seguro que quieres que me vaya? Eso no parece nada cómodo.

No lo es. Tengo el cuello tan torcido que si me viera un exorcista se arremangaría para ponerse a trabajar.

Me muevo y un fuerte tirón me hace tomar consciencia de la realidad. Esto no es un sueño. No, en un sueño la espalda no me dolería tanto. Ni tendría un hormigueo en los pies. Ni notaría un latido en la cabeza más propio del corazón.

Me siento en el sofá y descubro que estoy descalza. Mis zapatos de tacón están tirados en la moqueta.

Cierto. Hoy he decidido arreglarme. Llevo puesta una falda y una blusa un poco más transparente de lo que pensaba. La tela áspera me roza la piel. Desde luego no está diseñada para dormir con ella. Tendré que comentárselo a Penelope para la próxima vez que se le ocurra meter ropa en mi equipaje.

—No puedes entrar en casa, ¿no?

Bostezo.

—No, la verdad es que prefiero dormir como una contorsionista. Deberías probarlo.

Tiene el pelo alborotado. Parece cansado. Nunca lo había visto tan desaliñado, ni siquiera cuando salimos a correr.

—¿Estabas… entrenando?

Asiente.

—En el gimnasio de abajo.

Frunzo el ceño.

—¿Hay un gimnasio en el edificio? —Tampoco es que vaya a servirme de mucho—. Espera…, ¿ya es de día? —Me vuelvo a mirar la ventana del rellano y descubro que hay oscuridad en el exterior.

—No, es que… no podía dormir —me explica—. Hago pesas para librarme del estrés. —Parece confuso—. No estabas aquí fuera hace una hora…

Qué raro. La mera idea de levantar peso me estresa.

—¿Qué hora es?

—Las tres, más o menos.

Gimo. Seis horas más en el diván. Qué maravilla.

—Por casualidad no tendrás un cargador, ¿verdad? —le pregunto sacando el móvil.

Niega con la cabeza.

Suspiro y me dispongo a acurrucarme otra vez en el sofá.

El silencio se alarga. Él se queda ahí plantado y me mira mientras me transformo en un *pretzel* humano. Por fin me dice:

—Puedes dormir en mi casa.

Le lanzo una mirada que viene a decir: «Ni de coña».

—Tengo cuatro dormitorios.

Vale. Es amable por su parte ofrecérmelo…, pero ser su novia de mentira es una cosa y dormir a pocos pasos de distancia el uno del otro es otra muy distinta.

—No, gracias —rehúso—. La verdad es que no estoy tan incómoda.

Es posible que estalle en llamas por mi flagrante mentira.

—Vale —dice.

—De todas formas, Luke llegará dentro de unas horas.

Se pone tenso.

—¿El contratista?

Asiento.

—Él me abrirá la puerta.

Niega con la cabeza.

—No te voy a dejar aquí sola. Me iré a un hotel si dormir en la misma casa que yo te incomoda. Puedes quedarte en mi piso.

Lo miro con perplejidad.

—No voy a echarte de tu casa.

—No me importa —me asegura—. No es ninguna molestia.

Es absurdo. Desdeño la sugerencia con un gesto de la mano.

—No te preocupes por mí. Estoy bien.

Nos desafiamos con la mirada hasta que lanza un suspiro. Se encamina a su puerta y la abre. Se vuelve a mirarme.

—Entra, Elle —insiste.

Su voz transmite una sinceridad poco habitual en él. Algo se me retuerce dentro.

Intenta ayudarme. Por retirar la alambrada una noche no me voy a morir.

—Muy bien.

Casi pierdo el equilibrio en los pocos pasos que me separan de su puerta, aunque llevo los zapatos de tacón en la mano y no en los pies.

Me sujeta y me quita los zapatos de la mano como si temiese que le pueda clavar los tacones de aguja sin querer. Los deposita con tiento junto a la puerta, delante de lo que en el piso de mi hermana es el armario de los abrigos.

—¿Has… bebido? —intenta averiguar, que viene a ser la manera más educada de preguntar: «¿Estás borracha?».

Asiento.

—Sí. Estoy bien. No te preocupes.

Me he tomado dos cócteles y medio en toda la noche, algo que normalmente implicaría vomitar en el suelo de la casa de Parker, pero, por suerte, he comido lo suficiente como para que mi estómago aguante.

Lo adelanto y me quedo parada. Su casa es sorprendentemente… cálida. No tan aséptica como yo esperaba.

Lo oigo detenerse a mi lado. Debe de haber notado que estoy sorprendida porque dice:

—¿Qué pasa? ¿Esperabas ver pantallas de ordenador por todas partes?

Eso era exactamente lo que me esperaba.

Suelta una especie de risa al ver la expresión de mi cara.

—Soy el CEO de una empresa de tecnología, Elle, no un pirata informático.

Lo miro de reojo.

—Entonces, ¿no podrías jaquear los satélites del gobierno si quisieras?

—Yo no he dicho eso —responde antes de cruzar la sala con aire relajado y entrar en lo que supongo que es su dormitorio.

Solo tarda un momentito en volver a salir con una camiseta y unos pantalones de algodón muy bien doblados en las manos. Me tiende las dos prendas. Desenrollo los pantalones sujetándolos por la cintura.

—Gracias —le digo—. Si decido crecer espontáneamente treinta centímetros, me vendrán de maravilla.

En lugar de reaccionar a mi broma con una sonrisa, parece genuinamente decepcionado consigo mismo, como si le supiera mal no haber previsto que su novia falsa se quedaría fuera de casa algún día en minifalda y necesitaría un pijama.

—Siento no tener nada de tu talla —dice—. He pensado que... si querías cambiarte..., pero no hace falta si no quieres.

—Gracias —le respondo con sinceridad esta vez porque ha sido un gesto muy considerado.

La suavidad de mi tono de voz lo pilla por sorpresa y comprendo que nunca le había dado las gracias de corazón, aunque objetivamente ha tenido varios gestos amables conmigo a lo largo de estas últimas semanas.

Me indica que lo siga y lo hago, notando el escozor de las incipientes ampollas contra la fría tarima. El dormitorio es más grande que mi habitación y la de Penelope juntas en Los Ángeles, y parece sin estrenar. Las sábanas están inmaculadas.

—Hay toallas en el baño si quieres ducharte —dice, y luego titubea. Está mirando mi manera de apoyarme en la pared, como si no estuviera segura de poder aguantarme de pie sin tambalearme (porque no lo estoy)—. Aunque... no te lo recomiendo. —Se le dibuja un gesto de preocupación en la frente—. ¿Necesitas algo, Elle? ¿Puedo ayudarte?

—Estoy bien —respondo, y lo digo en serio, aunque mañana por la mañana necesitaré ibuprofeno y un burrito para desayunar, cuando aparezcan la resaca y el arrepentimiento.

No parece convencido, pero no insiste.

—Me voy a duchar —dice—. Estaré aquí al lado si me necesitas.

Asiento, imito lo mejor que puedo a alguien que no tiene la sensación de que el suelo se mueve y lo echo de la habitación, aunque esta sea su casa.

Tan pronto como sale al pasillo, me siento en el suelo. Sí, el mundo se parece mucho menos a estar en un barco en plena tormenta cuando estás en el suelo. Me quedo un rato en esa posición, contemplando la habitación y preguntándome si Parker compró el piso tal como está o contrató a un decorador y por qué estoy pensando siquiera en la decoración cuando estoy a dos minutos de vomitar sobre el suelo, antes de despojarme del top. El tejido es áspero, y suspiro aliviada cuando me libro de él. Suspiro aún más aliviada cuando lo sustituyo por la camiseta de Parker. La tela es tan suave como unas sábanas. Huele a detergente. A él.

Cuando me levanto, descubro que me tapa un poco más que la falda. Por mucho que me enrolle los pantalones a la cintura, acaban deslizándose a mis caderas, así que los tiro al rincón de una patada.

Gimo y me llevo la mano a la frente, como hacía mi madre cuando tenía náuseas en casa. Aunque estas náuseas hayan sido en buena parte autoinducidas. Mañana me voy a encontrar fatal. Tengo que beber agua. Necesito que me la inyecten en vena como esas estrellas de los *realities* después de una noche de juerga.

La puerta apenas cruje cuando la abro unos centímetros.

—¿Parker? —pregunto por probar. No me responde. Debe de seguir en la ducha.

Salgo al pasillo sin hacer ruido y entro en la cocina, que parece muy usada para pertenecer a alguien que seguramente tiene cocinero privado. Aunque, ahora que lo pienso, no he visto ni oído entrar a nadie en su casa en las semanas que llevo viviendo aquí.

La cocina tiene una isla de mármol en cascada (gracias, programas de reformas, que siempre combinan bien con un café y la ansiedad matutina), electrodomésticos elegantes y armarios azul oscuro. La casa mental que construyo cada vez que veo esos programas, como si yo también estuviera a punto de embarcarme en una gran reforma, tiene armarios blancos. Pero esta cocina es… bonita. Masculina. ¿Sexy?

Tuerzo el gesto. Todo salvo un horrible jarrón lleno hasta el borde de cinco tipos de pasta seca. Descansa precariamente en el borde de la isla, como si supiera que no pega nada ahí.

¿A qué había venido?

A buscar agua. Cierto. Normalmente usaría el grifo, pero hay una máquina de agua muy chula, que zumba una pizca aquí cerca y tiene un aspecto demasiado interesante como para no probarla. Solo necesito un vaso. Empiezo a abrir un armario tras otro y encuentro una provisión de aperitivos impresionante. Todo es semisaludable hasta extremos irritantes («chips de kale» debería ser un oxímoron), pero hay una bolsa grande de palomitas, algunos *pretzels* y almendras recubiertas de chocolate.

Me cargo el botín entre los brazos sin reparos, como si hoy fuera el Black Friday y hubiera olvidado llevar un carro, sonriendo como un ladrón que se ha propuesto sufrir una indigestión, tan satisfecha conmigo misma que me doy la vuelta con demasiada rapidez y empujo ese jarrón tan horrendo.

Se hace añicos contra el suelo, proyectando pasta por todas partes.

Una puerta se abre en alguna parte, y Parker entra a toda prisa en la cocina con el pelo chorreando sobre la frente y sin nada encima salvo un pantalón de chándal.

Intento mirar a cualquier sitio que no sea la parte superior de su cuerpo, que resulta ser más musculosa de lo que me imaginaba. Sus hombros son enormes, exhibe todos los músculos imaginables como si los coleccionase, y esos abdominales…

—¡Perdón! —exclamo—. Estaba buscando un vaso de agua.

Posa la mirada en las bolsas que todavía llevo sujetas contra el pecho.

—¿En el cajón de los aperitivos?

Asiento como si fuera lógico.

En ese instante me acuerdo del montón de cristales rotos que tengo delante. Me dispongo a dar un paso para buscar una escoba o algo, pero voy descalza y me falla la estabilidad…

Antes de que pise las esquirlas, o haga alguna tontería como tratar de recogerlos con las manos, Parker me sujeta por la cadera. Me pongo tensa, pero lo único que hace es levantarme sin esfuerzo para apartarme de todos los cristales y sentarme en la encimera.

Tengo la sensación de que todos los nervios de mi cuerpo empiezan a titilar. Noto el mármol frío contra la parte trasera de mis muslos y recuerdo de sopetón que solo llevo una camiseta encima.

Su camiseta.

Y no llevo nada debajo salvo las braguitas.

Parker parece comprenderlo al mismo tiempo que yo mientras me mira. El pelo se me derrama por encima de los hombros y veo sus ojos bajar a mis pechos, erectos por el frío y claramente visibles a través de la camiseta blanca. Ahora su inmovilidad es antinatural. Me pregunto si debería sentir vergüenza o taparme, pero no quiero hacerlo. Desvía la mirada a toda prisa.

Y luego se arrodilla delante de mí.

De repente, este apartamento perfectamente refrigerado parece un horno. El calor se me acumula directamente entre las piernas. Pero lo único que está haciendo es recoger el jarrón roto. Lo observo, embelesada, mientras toma con tiento los pedazos grandes de cristal, sin cortarse como me ha pasado a mí cien veces de cada cien cuando he derrumbado algo frágil. Luego va a buscar un aspirador y se deshace del resto, incluida toda la pasta. Mientras tanto, sus hombros y brazos están tensos, y yo no soy quién para mirarlo con tanta atención, pero también tengo la sensación de que no podría parar aunque quisiera. Tiene músculos que ni sabía que existían.

Para cuando vuelve a erguirse ante mí, me parece que no soy capaz de respirar. El alcohol me hace ser atrevida.

Traga saliva y yo alargo la mano despacio hacia él, pero Parker no hace ademán de buscar una camiseta ni de querer estar en cualquier otra parte.

—No sabía que las personas de verdad tuvieran abdominales —le digo mientras arrastro las uñas por ellos con suavidad.

Me responde con voz tensa:

—¿Solo las generadas por ordenador?

—Solo las generadas por Hollywood.

—Ah —dice, y mi mano vuelve al mármol.

—Siento lo de tu… ¿tarro de pasta?

Mi salida le hace gracia.

—Era un jarrón.

Mi pasarela debe de ser aún más transparente después de unas copas porque pregunta:

—¿Qué pasa?

Me encojo una pizca de hombros.

—No sé. No pegaba con todo lo demás. Desentonaba un poco.

—¿Desentonaba?

Se me escapa la verdad.

—Era… muy feo.

Sigue mirándome con sorna.

—Me lo regaló mi madre.

Hago ademán de saltar de la encimera al suelo.

—Vale. ¿Me tiro por el hueco del ascensor? ¿O prefieres empujarme?

Se ríe y me apoya una mano delicada en la cadera para que no me mueva. El calor que noto dentro se transforma en un incendio. Tiene los dedos muy largos y los ha doblado cerquísima de donde los quiero.

—Vas descalza —dice—. Podría quedar algún cristal que no he visto.

Sacudo la cabeza. Trago saliva.

—No, has sido muy concienzudo. Te estaba mirando. —Sus ojos buscan los míos—. Quería… quería asegurarme de que no te cortabas ni nada. No te has cortado, obvio. Ha sido impresionante. Tienes unos dedos… muy…

—¿Impresionantes? —apunta con una sonrisa disimulada en la cara.

Sus ojos me clavan a la encimera. Su mano arde contra mi cadera. Enderezo el cuerpo y su pulgar se me hunde un poco más en la piel cuando se desliza por la tela.

—Hábiles —termino de decir, aunque la palabra surge más bien como un susurro.

Ahora lo tengo más cerca que antes. Es mucho más alto que yo, incluso estando sentada en la isla de la cocina.

La sangre me late en las arterias; noto la piel a punto de entrar en combustión. Separo ligeramente las rodillas, una invitación, y Parker avanza un paso y se sitúa entre mis piernas. Todavía está demasiado lejos. No me he sentido así desde aquella noche en la escalera. Eléctrica. Ávida.

—¿Puedo volver a levantarte? —me pregunta en tono dulce. Noto su aliento cálido contra la frente y asiento, deseosa de que me pida más.

Pasado un momento, sus hábiles dedos —«¿de verdad esa es la mejor palabra que se te podía ocurrir?»— se curvan sobre mi cintura y me levanta con una facilidad que ahora atribuyo a su entrenamiento intensivo en el gimnasio. Se da la vuelta para sortear la zona de los cristales y luego me devuelve al suelo.

Hace ademán de soltarme, pero le sujeto las manos con los dedos sin pararme a pensar lo que estoy haciendo. La lógica ha saltado por la ventana. Y solo queda esta necesidad profunda y latiente. Traga saliva. Sosteniéndole la mirada, me pongo de puntillas. Apenas unos centímetros separan nuestros labios.

—Parker —le digo, y no reconozco mi propia voz. Es tan solo un susurro grave.

Se inclina hacia mí como si no pudiera evitarlo. Nuestras frentes se pegan. Apenas nos estamos tocando y no basta. Quiero tenerlo mucho más cerca.

Debe de ver el deseo grabado en mis facciones porque dice:

—Elle, me odias, ¿no te acuerdas?

—Te odio —le digo asintiendo—. Te odio con toda mi alma.

Nos quedamos ahí de pie, compartiendo aliento, y nuestros pechos se tocan con cada inspiración. Cada roce de la fina tela contra mi piel acalorada me supone una tortura. Sus manos siguen en mi cintura y las quiero más arriba, más abajo, por todas partes. Quiero decirle lo mucho que lo odio mientras me tiende sobre la encimera.

No entiendo mis pensamientos, mis deseos. Le acerco la mano al rostro, despacio. Le deslizo el pulgar por el corte que tiene en la ceja, sigo bajando por la mejilla, suave, muy suavemente, y juro que se estremece. Apoyo la otra mano en su pecho desnudo. El corazón le late desbocado bajo mi contacto.

—Te eché de menos cuando te fuiste —le digo porque al parecer en este momento soy alguien que obra según sus deseos y expresa la verdad.

—Yo también te eché de menos —dice con una mano acunando mi cara.

Hace lo mismo que yo acabo de hacer, explora solo un momento. Noto el roce de sus dedos callosos contra la mejilla. En la sien. A lo largo de los labios. Trago saliva, y sus dedos bajan por mi cuello. Recorre mi clavícula con el pulgar. Estoy lista, deseosa.

Pero retrocede. Yo vuelvo a apoyarme en los talones con cuidado y lo veo acercarse a un armario de la cocina que no he llegado a abrir, sacar un vaso muy pijo y llenarlo de agua en la máquina chula antes de depositarlo en mi mano con delicadeza.

—Bebe, Elle —dice. Obedezco.

El agua fría apaga casi al instante el fuego que tengo debajo de la piel. De repente soy muy consciente de mis pechos erectos y de la ausencia de camiseta en su torso, y de que acabo de romper el jarrón de su madre.

—Yo…

—Deberías descansar —dice a la vez que se aleja, y asiento.

—Ya lo creo. —Levanto el vaso—. Gracias otra vez.

Tras eso, vuelvo a mi habitación corriendo.

—Nunca más volveremos a beber —le digo a mi reflejo.

La máscara de pestañas y el lápiz de ojos se han marchado de vacaciones. Tengo el pelo tan alborotado como si hubiera pasado la mañana en una montaña rusa.

Me he despertado apoyada en una almohada de seda mucho más agradable que la que uso en casa de mi hermana, me he espabilado de golpe y he gemido cuando me han inundado los recuerdos de ayer.

Yo, dormida en el sofá decorativo del rellano.

Parker y yo, en su apartamento.

Yo, convertida en la peor ladrona de comida del mundo, y rompiendo un jarrón.

Parker, recogiendo el cristal de rodillas después de levantarme en volandas y sentarme en la encimera de la cocina.

Yo, mirándolo, y él, mirándome a mí. Yo, enfundada en su camiseta.

Una parte de mí esperaba que se hubiera compadecido de mí y se hubiera marchado antes de que me levantara.

Pero por desgracia, cuando salgo de puntillas de la habitación, de nuevo vestida con el top incómodo de ayer y la falda después de dejar su camiseta doblada sobre la cama hecha, oigo el suave tintineo de unos cuencos de cristal. Un leve chisporroteo. Y…

¿Beicon?

Entro en la cocina despacio y encuentro a Parker vuelto hacia los fogones sosteniendo el mango de una sartén con gesto experto.

Se ha puesto una camiseta, gracias al cielo —ya, claro, ¿a quién quiero engañar?— y lleva los mismos pantalones de chándal de ayer. Aunque me encantaría observar cómo se le tensan los músculos de la espalda mientras remueve algo en la sartén, mis ojos se posan en algo mucho menos atractivo.

Un jarrón lleno de pasta en la encimera.

Me quedo helada.

El mismo jarrón exacto descansa en el mismo lugar, y es todavía más feo a la luz del día.

Me recorre una oleada de pánico.

¿Ha regresado de entre los muertos para atormentarme?

¿Tuve ayer un sueño raro en el que lo rompía?

¿Tengo el don de ver el futuro?

Parker se da la vuelta y cualquier miedo a sentirme incómoda por lo que pasó anoche se esfuma al instante. Su cara se ilumina como si se alegrara sinceramente de verme. Puede que le alivie descubrir que no me he ahogado en mi propio vómito mientras dormía. Tiene un aspecto un poco desaliñado, aún más que después del gimnasio. Este es Parker Warren antes de enfundarse el traje y refinar su talante para enfrentarse al resto del mundo.

Me quedo parada al llegar a la encimera y señalo el tarro de pasta que ha decidido perseguirme.

—Iba a volver a disculparme por romper el jarrón de tu madre, pero… ¿ha resucitado?

Me masajeo las sienes con los dedos y hago una mueca al notar un dolor latiente.

—No… no me habré imaginado lo de anoche.

«Anoche».

Su mirada se vela una pizca, como si él también se acordara. Yo sentada en el mármol. Él entre mis rodillas. Sus manos en mi cintura…

—No —responde con la voz un poco más grave que de costumbre—. Formaba parte de un juego.

Debo de parecer horrorizada ante la idea de que hubiera al menos dos jarrones de esos en circulación porque dice:

—¿Sabes qué? Empiezo a pensar que tiraste el otro adrede. Si le pasa algo a este, lo sospecharé muy en serio.

Casi sonrío.

—No te preocupes, no soy una asesina en serie de tarros de pasta. Me van más los homicidios aislados.

Le da la vuelta con facilidad a algo que está preparando en la sartén. Ahora veo que es una tortilla de lo que parecen espinacas, champiñones y trocitos de beicon.

—¿Qué… qué haces?

—Te preparo el desayuno. —Inclina la sartén y la tortilla resbala a un plato. Me mira—. Por favor, dime que no eres una de esas personas que no desayunan.

—Oh, no, yo desayuno —le digo. Parece aliviado—. Solo que no desayuno verduras. —Ahora se muestra alarmado—. ¿No tienes cocinero?

Asiente.

—Normalmente sí. Pero no durante el verano.

Vale. Este es su verano de normalidad. Su verano de disfrazarse de alguien cuyo patrimonio neto no equivale al PIB de un país pequeño.

—Y… ¿has aprendido a cocinar?

—Aprendí cuando era adolescente. Mi madre me enseñó. Pero lo tenía muy oxidado, así que eres afortunada de que haya tenido tiempo de practicar. Al principio del verano esto habrían sido unos tristes huevos revueltos.

La idea de que Parker aprendiera a cocinar en la adolescencia no encaja con ningún guion que haya escrito en mi mente sobre su vida.

Es posible que en realidad no lo conozca.

Empuja el plato hacia mí.

—Te puedo preparar otra cosa si no la quieres. Aunque pienso que deberías darle una vuelta al concepto «comer verduras».

Cojo el plato. Me tiende un tenedor.

—Sí, me han dicho que son buenas para la salud —comento con una seriedad fingida.

—Imprescindibles para la vida humana, dicen algunos.

Penelope afirma que es un milagro que no me haya dado un patatús delante del ordenador a estas alturas. Yo le he dicho que es un milagro que no me haya buscado una nueva compañera de piso después de que haya asesinado tres robots de cocina tratando de preparar zumos verdes en casa.

Apoyo la cadera en la isla de la cocina y pincho un trocito de tortilla. Parker se queda ahí con las manos apoyadas en su lado de la isla, mirándome.

—¿Tú no comes?

Niega con la cabeza.

—Ya he desayunado.

Miro la hora frunciendo el ceño. Son poco más de las nueve.

—¿Cuánto rato llevas levantado?

—Desde las seis.

Señala el plato. Me llevo el trocito a la boca. Él me observa expectante, como si le importara mucho mi opinión de la tortilla.

—Está buena —le digo cortando otro trozo—. Para ser de verduras.

Él sonríe, satisfecho de sí mismo. Me llena un vaso de agua. Yo me siento en uno de los taburetes que hay delante de la isla y lo observo fregar los platos.

—¿Y qué? —me pregunta cuando termino y se lleva mi plato—. ¿Se parece a tu piso? —Hace un gesto amplio.

Niego con la cabeza.

—No. Y no es mío, es de mi hermana. —Echo un vistazo al espacio—. El tuyo me gusta más, creo —le digo—. Tienes una cocina sexy.

No sé por qué he dicho eso, la verdad. Los restos de alcohol en mi organismo deben de tener la culpa.

Se queda inmóvil. Me mira.

—¿Una cocina sexy?

Asiento.

—En plan… Es un espacio que invita al sexo. Esta cocina.

Ay, Dios mío, necesito vender mi voz como hizo la Sirenita para no volver a decir nada parecido.

Parker se limita a sonreír. Otra vez se apoya contra la encimera. Los músculos se le marcan tanto que noto una opresión en el pecho. Su mirada brilla con intensidad.

—¿Eso es una proposición?

Me parece que no puedo respirar.

—No —le digo a toda prisa, negando con la cabeza. Noto el calor que se expande por mi cara. Él me mira con sorna, así que añado—: Me tomo los contratos muy en serio. Incluso los verbales.

¿Por qué me molesto en hablar siquiera?

—Es verdad. Nada de sexo. Casi se me olvida.

Me bajo del taburete.

—¡Sí! —digo con una vocecita chillona, tratando de parecer despreocupada. Tengo que salir de aquí antes de que siga diciendo cosas que esta noche reproduciré mentalmente en un triste bucle de ansiedad.

—Bueno, gracias otra vez. Por… acogerme. ¡Y por darme de comer! —Hablo como un perro abandonado.

—De nada, Elle —responde.

Recojo mis zapatos en la entrada.

—Por cierto —le digo. El resto de la noche vuelve a mi mente a retazos—. Emily ha roto con Charles porque estaba vendiendo información sobre ti.

Parker no parece demasiado sorprendido de que sus sospechas hayan resultado ciertas.

—Le dijo que si le contaba a la prensa lo nuestro se encargaría de que lo despidieran.

Parece gratamente impresionado.

—Emily siempre me ha caído bien. —Aprieta los labios con ademán pensativo—. En ese caso, habrá que buscar otra manera de que nuestra relación se haga pública.

—Nuestra relación falsa.

Sigue hablando como si no me hubiera oído.

—Tendrá que ser un evento que aparezca en todos los medios. Con periodistas y fotógrafos.

Frunzo el ceño. Eso suena a mi peor pesadilla. Y a algo que no sucede a menudo.

—¿Tú crees que puede haber un evento así durante el verano?

Me mira a los ojos. Algo titila en los suyos.

—¿Qué te parecen las subastas de arte?

—A mi hermana le encantan.

Parece sorprendido de que le haya proporcionado otra gota de información.

—Vale. ¿Qué te parecen a ti?

No respondo de inmediato, no como suelo hacer. En vez de eso, me formulo la misma pregunta, como si no llevara toda la vida viviendo con esta mente y este cuerpo. «¿Qué pienso de las subastas de arte?».

La historia del arte siempre me ha fascinado, aunque no tanto como a mi hermana. Me metí en una asignatura optativa en Columbia, con Penelope. Lo único que sé de las subastas son las cosas que he visto por la tele: las palas que parecen de pimpón, las discretas llamadas telefónicas de postores de todo el mundo. A lo mejor es interesante.

Decidí que dedicaría este verano a salir de mi zona de confort.

—Podría ser divertido —respondo intentando que mi tono suene convincente.

Parker parece un poco sorprendido.

—¿Has oído hablar de Christie's?

# 15

Esto recuerda mucho al estreno de una película. Mi nerviosismo se dispara tan pronto como nos detenemos delante del edificio. Hay un *photocall* y muchísimos paparazis esperando en la calle. Incluso he visto a unos cuantos reporteros pertrechados con micrófonos gigantes.

—¿Siempre hay tanta prensa en las subastas? —le pregunto. No sé si será demasiado tarde para dar media vuelta.

Lo es. Parker ya ha salido del coche. Me tiende la mano.

—No. Hemos tenido suerte. Hay un diamante rosa muy raro a la venta, pero lo que ha atraído tanta atención es un collar con uno de los diamantes más grandes del mundo. Todas las empresas de joyería van a pujar por él. —Señala con un gesto el racimo de fotógrafos, que no para de crecer y que todavía apuntan en la dirección opuesta—. Han venido a ver quién se lo queda.

—Ah —digo. Mis conocimientos sobre diamantes rosas se limitan a la película *La pantera rosa,* en la que sale Beyoncé.

No sabía qué ponerme, pero he tenido la suerte de que otra vez hubiera un vestido esperándome en el sofá del rellano. Era sencillo, azul oscuro, sin tirantes, con unos zapatos de tacón a juego.

Nos encaminamos a una puerta lateral que nos permite esquivar a la prensa.

—Las fotos vendrán después —me susurra Parker al oído cuando sigue la trayectoria de mi mirada.

«Genial», pienso, ya con el miedo en los huesos.

Pero fui yo la que accedió. Conocía las condiciones desde el principio. Y, por muy mal que me sepa reconocerlo, nuestro acuerdo me ha servido para ser mucho más productiva. Ya tengo muy avanzado el segundo acto de mi guion.

Unas cuantas fotos son un precio razonable.

Un representante de Christie's acude a recibirnos.

—Señor Warren —dice el hombre a la vez que le estrecha la mano. Parker se vuelve hacia mí.

—Le presento a mi novia, la señorita Leon.

Ahora el hombre me estrecha la mano a mí. Sonríe.

—Elle, encantado de conocerla. ¿Les gustaría echar un vistazo previo a las piezas?

Parker asiente y me coge de la mano. Yo busco cámaras, pero en el interior no hay. No obstante, el mensaje está claro. De cara al público soy la novia de Parker Warren, tanto si la prensa está cerca como si no.

Las joyas están protegidas por un cristal, expuestas como un banquete. Por lo que parece, los diamantes pueden adoptar toda clase de formas y colores. Me recuerdan a frutas maduras. Los hay de color azul, amarillo, verde e incluso naranja.

También hay piezas talladas con otras piedras preciosas. Algunas son más hermosas que otras. Detrás de una pulsera rara que recuerda a un champiñón hay unos pendientes de rubíes en forma de lágrima. Tengo unos idénticos, de plástico, que venían en un kit de joyas de juguete. Cuando estaba embarazada de Cali, mi madre me los prendía a las orejas y nos paseábamos por la casa de puntillas fingiendo que éramos dos señoras elegantes.

Normalmente era una persona muy seria. Firme. Se cerraba como una cárcel, como si quisiera evitar que el dolor se le escapara, como si ser fuerte implicara rechazar los sentimientos, como si ser lista exigiera estar sola.

Fue una de las pocas veces en que recuerdo haberla visto echando la cabeza hacia atrás y riendo a carcajadas. Como si hubiera olvidado, solo por un momento, las cargas de la vida.

Sonrío al acordarme de ello. Rodeo mi colgante con los dedos. No vale nada, sobre todo si lo comparamos con las piedras que hay detrás del cristal, pero para mí tiene un valor inmenso.

¿Qué pensaría si me viera ahora, con un milmillonario tecnológico? ¿A punto de desfilar delante de las cámaras?

Me pregunto si lo entendería, teniendo en cuenta las circunstancias. Si le molestaría, sabiendo que todo es una representación.

—Y, por supuesto, la pieza estrella —dice el hombre a la vez que señala el único collar que tiene su propia vitrina—. Winston, De Beers y Tiffany van a pelear por ella.

Entiendo el motivo. El diamante tiene un tamaño impactante, aun desde lejos. Parece una obra de arte.

Nos acompañan a una sala llena de sillas y nos señalan una de las primeras filas. Le entregan a Parker una pala.

Empieza la subasta.

Parker no parece demasiado interesado en nada. Se pasa casi todo el tiempo quieto, aburrido, y yo intento no sonrojarme cuando empieza a dibujar formas en el dorso de mi mano con aire ausente. Luego las formas se convierten en letras. Me está escribiendo notas.

«Socorro», dice una.

Lo observo de reojo. Él sigue mirando al frente, impertérrito.

«Aburrido», dice otra.

Yo empiezo a escribir mis propios mensajes en esa mano ridículamente grande que tiene.

«Culpa tuya», le digo.

Por suerte, después de esta pieza hay un descanso. Miro el reloj y la extraña pulsera en forma de champiñón llena la pantalla.

La puja empieza en cien mil, una cifra sorprendente para algo tan feo. Por poco se me escapa la risa.

Parker levanta la pala.

Le echo un vistazo, perpleja, pero él no me mira.

Alguien ofrece ciento cincuenta.

Él sigue con ciento setenta y cinco.

Otra persona puja doscientos.

Parker parece enfadado.

—Trescientos mil —dice, y algunas personas contienen el aliento detrás de nosotros.

Esa pulsera no puede valer tanto. Me pregunto qué demonios piensa hacer con ella. ¿Acaso se la quiere regalar a su madre? Parece algo que podría gustarle…

Cae el mazo y la pulsera queda adjudicada. Parker me rodea los hombros con el brazo y yo intento no ponerme tensa. Sé lo que estamos haciendo. Estamos fingiendo. Noto las miradas de curiosidad que nos lanzan. A pesar de todo, el aleteo en mi pecho es muy real.

Cuando salimos de la sala, respiro aliviada. Ahí dentro había demasiada gente y el aire se había enrarecido poco a poco. No sé cómo voy a aguantar sentada en la sala lo que queda de subasta.

La gente se acerca a hablarle, a felicitarlo. Cuando por fin llegamos a un rincón tranquilo, lo miro frunciendo el ceño.

—¿Por qué tenías tantas ganas de conseguir esa pulsera?

La respuesta de Parker es instantánea:

—Te ha arrancado una sonrisa.

Me quedo pasmada. No tengo claro si me sorprende más que acabe de gastar trescientos mil dólares en algo que me ha arrancado una sonrisa… o el hecho de que no recuerdo haber sonreído.

Entonces caigo en la cuenta.

—Parker —le digo con sumo tiento—, sonreía por los pendientes que había detrás.

—Mierda —dice, y se da media vuelta.

Y así, sin más, me quedo sola. Y un tanto confusa. Estoy a punto de sacar el móvil del bolso cuando alguien se me acerca. Lleva el pelo rubio trenzado en forma de corona alrededor de la cabeza.

Es Carissa, de la cena del otro día. Genial. Al menos, en esta ocasión, lleva un vestido que obedece a las leyes de la física.

—Lo reconozco —dice—. No me esperaba que esto fuera nada serio.

Frunzo el ceño.

—¿La subasta?

Me lanza una mirada cáustica.

—No. Lo tuyo con Parker.

Ah. «Bueno, no lo es», tengo ganas de decirle. Pero me muerdo la lengua. Y, bien pensado, no me gusta lo que insinúa.

—¿Y por qué no iba a ser serio?

Carissa hace una mueca a la vez que me mira con desprecio. Lleva tacones mucho más altos que los míos.

—A todo el mundo le gustaría estar con él. Puede escoger a quien quiera. Me sorprende que te haya elegido a ti.

Noto la rabia acumularse debajo de mis costillas. Puede que sea una ermitaña, que no se me dé bien hacer amigos y que tome una cantidad alarmante de cafeína diaria, pero conozco mi valía como persona. Me mantengo callada, pues sé que intenta precisamente eso: sacarme de quicio.

En respuesta a mi silencio dice:

—Bueno. Puede que no sea tan serio. Los romances de verano son muy frecuentes.

Sonrío.

—Buena suerte el verano que viene, supongo.

Me lanza una mirada furiosa antes de alejarse.

Parker ha vuelto. Carissa intenta hablarle, pero él pasa de largo como si no la viera. No. Sus ojos están clavados en mí.

—Los pendientes están en el próximo lote —dice.

—Parker —le contesto alto y claro—. No quiero los pendientes. Por favor, no me compres nada. Regálale la pulsera a tu madre. Seguro que le encanta. —Espero que no piense que lo digo porque su madre tiene un gusto horrible—. O sea, a las madres les encantan las pulseras —aclaro—. A mi madre le encantaban al menos y…

Ha posado la mano en mi espalda. Me mira con sorna.

—No te preocupes —dice—. Tienes razón. A mi madre le encantará.

Asiento. Bien.

En realidad no estamos saliendo. Un regalo de verdad, solo porque he sonreído, supera de largo los límites de nuestro acuerdo.

¿Hace todo esto para aparentar? ¿Les va a decir a los periodistas que me ha comprado la pulsera? Es la primera vez que estamos entre tanta gente, comportándonos como si estuviéramos juntos. No estoy acostumbrada: se me acelera el pulso cada vez que lo tengo cerca, mi cuerpo no entiende que todo esto es una farsa.

De repente necesito poner distancia. Solo un poco, para recomponerme.

Veo el cartel de un avance de otra subasta, que tendrá lugar el próximo mes, en la sala contigua. Está dedicada a pinturas impresionistas. Era mi parte favorita de historia del arte.

—¿Te importa si me voy un momento? Me gustaría ver el avance.

Me pregunto si me dirá que eso no forma parte del plan.

No me lo dice.

—Claro, ve —responde sin la menor traza de irritación.

Se entablan conversaciones a nuestro alrededor, pequeños grupos que hablan de las piezas que les han arrebatado y de las que todavía quedan por subastar. A pesar de todo, parecen pendientes de nosotros, de la mano de Parker, posada en la base de mi columna. Se inclina y me pega los labios a la mejilla con suavidad. Solo es la insinuación de un beso, pero luego se marcha y su calor de algún modo ha quedado atrás y se extiende por mi cuerpo.

Sin aliento, entro en la presentación.

«Tranquilízate», me ordeno. «Lo hacemos por las apariencias».

Trato de distraerme observando las pinturas con atención. Estoy familiarizada con algunos artistas. Busco en Google los que no conozco.

El último, protegido por un cristal y con un cartel de advertencia en varias lenguas, es un Monet. Muestra a una mujer con un sombrero muy recargado que está sentada entre flores y hierbas altas, leyendo un libro. Tiene detrás una sombrilla olvidada. Está perdida en las palabras, en otro mundo. A una parte de mí le gustaría estar allí, igual que ella, enterrada en los narcisos.

Recuerdo haber estado sentada delante de la tele, tan cerca que mi nariz casi rozaba la pantalla. «Es como si quisieras meterte en la película», decía mi madre muerta de risa.

Me sacó un carnet de la biblioteca, pero los libros no me ofrecían las mismas posibilidades de evasión. Solo cuando descubrí que podía coger películas empecé a sacarle partido. Algo nuevo que mirar cada semana. Otra vida en la que perderme, aunque solo fuera por un par de horas.

Cuando he terminado de ver todas las piezas, espero en un banco y reviso los mensajes antes de guardar el móvil. De repente siento una necesidad urgente y preocupante de hablar con Parker. De que me escriba mensajes en la mano. De mirarlo y saber lo que está pensando. Me doy cuenta, en ese momento, de que ni siquiera hemos intercambiado los números de teléfono. No hace falta enviar mensajes cuando vives en la puerta de al lado.

Tengo que tranquilizarme.

Pasa otra hora antes de que las puertas vuelvan a abrirse y de inmediato oigo las charlas emocionadas. La subasta ha terminado. La gente la comenta de viva voz, las piezas vendidas, los precios absurdos… «Cincuenta millones de dólares». Una de las empresas de diamantes ha comprado el collar por cincuenta millones de dólares.

Me levanto y al momento Parker se reúne conmigo. Con una mano en mi espalda, me lleva hacia la doble puerta, donde vislumbro los fogonazos de las cámaras y el revuelo. Nos quedamos a un lado.

Ha llegado el momento. A esto hemos venido.

Noto el pecho como invadido por un manojo de globos de *Up*. Tengo la garganta anudada.

Nadie me ha prestado nunca demasiada atención. Y yo lo prefería así porque no me gusta ser el centro de atención. Siempre he vivido en la sombra, protegida por el anonimato.

Ahora eso está a punto de terminar. Al menos para Elle Leon, la persona. No para mí, la guionista. Frunzo el ceño al preguntarme en qué momento mi profesión se convirtió en mi prioridad.

¿Quién es Elle Leon? Descubro que apenas lo sé. Se me da mejor escribir la historia de cualquier otro que la mía.

—Elle.

Levanto la vista hacia la cara de Parker, que no refleja nerviosismo ni incertidumbre.

—No hace falta que hagamos esto. Podemos salir por detrás.

—Pero hicimos un trato —le digo con un hilo de voz. Por eso he venido a esta subasta. Si no fuera por eso (si no formara parte de nuestro acuerdo), ¿qué haría yo aquí con él?

Ni siquiera se lo piensa.

—A la mierda el trato. No quiero que hagas nada que no quieras hacer.

Estoy a punto de tomarle la palabra. Estoy a punto de escapar por la puerta lateral que hemos usado para entrar.

Sin embargo, aunque creo que Parker cumpliría igualmente su parte del trato, no sería justo. Hicimos una promesa. Y no pienso ser la única persona que obtenga algo de este acuerdo.

Además, necesita que la prensa rosa compense los titulares sobre los problemas de la absorción. Si esto le ayuda…

—Quiero hacerlo.

Parker me escudriña durante unos segundos. Luego asiente.

Los guardias de seguridad se encaminan hacia las puertas, donde se agolpan los paparazis. Llevan una caja en las manos. Creo saber lo que hay dentro: la estrella del espectáculo.

Frunzo el ceño cuando la charla se intensifica. Empiezo a tener dudas sobre el plan de Parker.

—Oye, nadie va a mirarnos. Solo tendrán ojos para el diamante de cincuenta millones.

—En ese caso, es una suerte que vayas a llevarlo tú —dice Parker cuando el equipo de seguridad se detiene a nuestro lado. Antes de que yo pueda reaccionar, abren la caja. Sin esperar un instante, Parker me pone el collar.

—No... No puedo llevarlo —le digo a Parker con los ojos como platos.

—¿Por qué no?

Gesticulo con frenesí.

—¡Esto debería estar en un museo! ¡O en una estatua! ¡O dentro de una vitrina!

Niega con la cabeza.

—No —dice—. Es mío.

Roza la cadena con el dedo y luego arrastra la yema por mi piel, hasta la piedra preciosa. Yo me estremezco.

—Debería estar en el cuello de alguien que sea capaz de eclipsarlo. —Tira con suavidad del diamante—. Este es su sitio.

Parker se vuelve hacia las puertas. Antes de que pueda procesar la situación, las cruzamos y los *flashes* prácticamente me ciegan.

Hay luces por todas partes que me deslumbran, estrellas que estallan y se desvanecen antes de que otras las reemplacen: una galaxia infinita. El rugido de exclamaciones de emoción suena como una tormenta. La prensa está exultante. Nos empujan al centro de los fotógrafos, que nos gritan:

—¡Mira aquí!

—¡Aquí!

—¡No, a este lado!

—¡Daos un beso!

—¡Apártate el pelo!

—¿Quién eres?

Pestañeo y apenas vislumbro nada. Solo veo los fogonazos, solo oigo un barullo de órdenes apremiantes que me llegan por todos los frentes. El corazón me late a toda velocidad, me encorvo, el vestido me agobia y…

Las manos de Parker me rodean la cintura. Es como un ancla en medio del caos. Levanto la vista y, a través de los *flashes,* veo que me está mirando. Sus ojos verdes. Un color tranquilizador, pienso. El tono de los bosques que yo recorría con mi madre en busca de las secuoyas durante la breve temporada que pasamos en California del Norte. Ella amaba la naturaleza tanto como yo. Más, incluso.

Recuerdo el miedo de Parker en el Summit. Recuerdo haberle dicho: «No mires abajo. Mírame a mí».

Casi le oigo decirme lo mismo cuando advierte que estoy entrando en pánico.

*No los mires. Mírame a mí.*

Lo hago. El mundo se emborrona. Solo estamos nosotros, mirándonos. Ayudándonos a atravesar un momento difícil. Comunicándonos sin palabras, un lenguaje que hemos desarrollado a través de un mosaico de cientos de pequeños momentos. Uno que ni siquiera era consciente de estar aprendiendo.

Ahora mi respiración entrecortada no tiene nada que ver con los fotógrafos, pero Parker se percata del estrés que me embarga y dice:

—Ya está bien.

Se aleja conmigo haciendo caso omiso de los gritos de los periodistas, que nos piden entrevistas y «una última foto».

—Elle, ¿te encuentras bien?

Estamos en un pasillo. Parpadeo una y otra vez con la esperanza de que eso me ayude a borrar las estrellas que todavía me deslumbran. Asiento.

—Sí. Solo intento recuperar la visión.

Me dibuja con el pulgar suaves círculos en la base de la columna mientras me conduce por el pasillo.

«Esto se le da bien», pienso mientras él se vuelve a mirarme…, mientras me mira como si yo fuera más importante que el diamante de doscientos quilates que descansa en mi pecho.

De sopetón el vestido palabra de honor cobra sentido.

—Lo tenías planeado —le digo con voz queda mientras recorremos una sala de prensa llena de periodistas, representantes de Christie's y guardias de seguridad. Carissa está aquí con un grupo de celebridades, y me fulmina con la mirada. Los dejamos atrás a pesar de las protestas que estallan a nuestro paso.

Esboza una sonrisa de medio lado.

—Pues claro que sí —reconoce—. No tomo decisiones impulsivas por valor de cincuenta millones de dólares.

Por poco me atraganto al recordar el precio. Los círculos en la base de mi columna se ensanchan.

—¿Por qué? ¿Solo para esto? ¿Para exhibirme?

Se encoge de hombros.

—Mis asesores financieros llevan un tiempo diciéndome que diversifique mis inversiones. Y lo he hecho.

Frunzo el ceño.

—Pensaba que los diamantes eran… en plan… una inversión horrible.

—No cuando ostentan récords.

Niego con la cabeza.

Cierra la puerta a nuestra espalda y miro en derredor, aliviada al descubrir que estamos solos. En el interior solo hay un sofá.

Una vez que me siento, asimilo la magnitud de lo que acaba de pasar. «El colgante de mi madre». Llevo este otro encima, como si no fuera nada, como si careciera de significado, como si pudiera ser reemplazado porque no vale decenas de millones de dólares.

¿Qué me diría si estuviera viva y me viera en las fotos junto a Parker Warren? ¿Con un collar como este, como si yo fuera una especie de trofeo?

—Quítamelo —le digo en un tono demasiado brusco.

—Si es lo que quieres…

Parker me lo desabrocha como si fuera un collar cualquiera y abre la puerta. Les tiende la joya a los guardias. Vuelve a cerrar.

Niego con la cabeza, todavía sin aliento. Ahora que no lo llevo encima me siento liberada. Acerco la mano al colgante de mi madre. Le doy vueltas entre los dedos para que me recuerde quién soy, a quién crio mi madre.

—Por esto nunca podría estar con alguien como tú.

Parker, que me acercaba la mano como para pasarme un mechón por detrás de la oreja, se detiene en seco.

—¿Alguien como yo?

—Alguien con tanto dinero.

Pega el brazo al cuerpo.

—¿Y eso por qué?

Me recuesto contra los almohadones del sofá. De repente estoy agotada. Vacía.

—Las tarifas por un guion son exorbitantes. He tardado años en alcanzar ese nivel. Pero tendría que escribir como cien películas para comprar ese collar, sin descontar impuestos e invirtiendo hasta el último dólar. —Niego con la cabeza—. Mi trabajo ya no tendría importancia. ¿Por qué iba a tenerlo? Sería como una gota en el mar.

Parker parece más dolido de lo que me esperaba. Las trazas de dulzura que su rostro pudiera albergar desaparecen.

—¿Escribes guiones solo por dinero?

Reacciono a la defensiva, casi demasiado.

—No. Claro que no.

—¿Y entonces qué cambiaría?

No puede entenderlo y no se lo voy a explicar.

—Cambiaría.

Parker me sonríe, pero no con los ojos. En absoluto.

—Pues entonces tenemos suerte de que todo sea una representación.

Hunde la mano en el bolsillo y deposita una bolsita en mis piernas.

—Por las fotos —dice antes de salir de la sala. Supongo que ha cambiado de idea sobre lo de hablar con la prensa.

Abro la bolsita. Le doy la vuelta.

Y los pendientes de rubíes me caen en el regazo.

El trayecto de vuelta es largo e incómodo. Estamos atrapados en un atasco. El Escalade no se mueve durante varios minutos. La Quinta Avenida podría ser un autocine, como aquel al que nos llevó mi madre una vez, durante el primer cumpleaños que mi padre no se molestó en aparecer.

El autocine cerró poco después, pero ponían películas gratis en el parque cada día de verano e íbamos a verlas todas. Llevábamos mantas y palomitas, que mi madre preparaba en el fogón, y chucherías, y yo me quedaba mirando la pantalla fascinada.

Una noche mi madre advirtió que yo estaba muy callada de camino a casa.

—¿Qué te pasa? —me preguntó.

—No me ha gustado el final de la película. Era una tontería.

Se rio con ganas.

—¿Crees que tú podrías haber escrito uno mejor?

La miré entornando los ojos.

—Sí. Me parece que sí.

Se encogió de hombros.

—Muy bien. Pues hazlo.

«Pues hazlo». Esa era su frase. Cada vez que me quejaba por algo, cada vez que quería algo, siempre me decía: «Pues hazlo». De niña me irritaba, pero con el tiempo aprendí a valorarlo. Implicaba pasar a la acción: no limitarse a pensar, no limitarse a desear, no limitarse a soñar, sino hacer algo.

Esa noche escribí un nuevo final para la película en papel. Se lo enseñé a mi madre. Lo leyó, lo dobló en cuatro partes, se lo guardó en el bolsillo y dijo:

—Bien. ¿Por qué no escribes otro?

—¿Otro?

Se encogió de hombros.

—Puede que sea aún mejor.

Eso también fue muy irritante. Enfurruñada, traté de escribir lo mismo de memoria, pero no pude. Me acordaba de una parte, aunque, cuando ella me devolvió el otro, comprendí de mala gana que el segundo era mejor. Así que escribí un tercero. Y luego un cuarto. El final no paraba de mejorar. Pasaría un tiempo antes de que se me ocurriera volver a escribir películas, pero nunca olvidé aquella lección.

Un claxon me devuelve a la realidad del coche. Hemos avanzado exactamente media manzana en los últimos diez minutos.

Luminosos bicitaxis con la radio a todo volumen nos adelantan. Casi siento la tentación de parar uno y pagar prácticamente el alquiler de un mes para volver a mi piso, únicamente para no tener que pasar ni un solo segundo más con Parker Warren. Llevaba un tiempo sin pensar tanto en mi madre y el sentimiento de culpa me está devorando. Sé que no aprobaría esto, sé que estaría decepcionada.

Echo un vistazo para asegurarme de que no se acerca ninguna bici y abro la puerta del coche.

Oigo a Parker volverse hacia mí de inmediato.

—Elle, ¿qué…?

Cierro la puerta del vehículo antes de oír nada más.

Sí, tengo unas horribles ampollas en los talones por culpa de los zapatos de tacón. Sí, llevo unos pendientes de rubíes en el bolso que seguramente valen más que un coche deportivo. Sí, veo los nubarrones negros acumularse en el cielo, como si mi estado de ánimo hubiera decidido sincronizarse con el tiempo.

Me da igual.

No he avanzado ni un paso cuando oigo otra portezuela cerrarse. Luego noto una presencia a mi lado.

—Vuelve al coche, Parker —digo con voz apagada.

—No hasta que tú lo hagas.

Los pies me están matando, pero sigo avanzando con unas zancadas formidables a pesar de los tacones.

—Llevas una parte considerable de tu patrimonio neto en el maletero. No creo que quieras perderlo.

Un vehículo de seguridad proporcionado por la casa de subastas sigue a su coche. Seguramente se estarán preguntando por qué el comprador de un colgante que vale cincuenta millones de dólares lo abandona como si nada.

—No es ni un uno por ciento, Elle —dice.

Pongo los ojos en blanco.

—Vaya. Qué fuerte. ¿Estás seguro de que yo quepo en tu coche, estando tú y tu ego dentro?

Parker suelta una carcajada de sorpresa. Ni siquiera lo miro.

—Mira —le digo correteando para cruzar la siguiente intersección a tiempo. Los nubarrones son cada vez más oscuros—. Nuestra comparecencia ha terminado hace unas pocas manzanas. Voy a volver andando. Puedes responder una llamada o atender cualquier asunto importante que quieras… en el coche.

Pasado un minuto, sigue a mi lado. Pues él verá. Si quiere empaparse de camino a casa, es problema suyo.

Caminamos las cinco manzanas siguientes en silencio. No paro de mirar por encima de los rascacielos mientras me pregunto si la suerte estará de mi lado y me dejará llegar a casa antes de que empiece a llover. Es como viajar contra corriente, un mar de gente con las mochilas en el pecho y cargados con toda clase de bolsas multicolores con logos impresos. Nunca me había fijado en que había tantas tiendas de Lego en Nueva York.

Un trueno me hace dar un respingo mientras esperamos a que cambie el semáforo siguiente.

—¿Te da miedo la lluvia, Belle?

Lo fulmino con la mirada.

—¿De verdad piensas que abreviaría mi nombre con una letra menos?

Se encoge de hombros.

El semáforo cambia y yo corro al otro lado. Camino tan rápido como puedo con estos zapatos, mientras que Parker parece moverse a cámara lenta a mi lado: cada uno de sus pasos equivale a tres de los míos.

A pesar de la lluvia inminente, la Quinta Avenida está repleta de turistas que entran y salen de tiendas parecidas a gigantescas vallas publicitarias.

—La lluvia no sería una amenaza si nos hubiésemos quedado en el coche, ¿sabes?

Pongo los ojos en blanco.

—Odio el tráfico —le digo, y trastabillo cuando se me atasca el tacón en una rejilla. Lo saco—. Odio esta ciudad —añado maldiciendo por lo bajo.

—Ah, ¿sí? ¿Por qué?

No sé por qué me sigue hablando. No sé por qué sigue aquí. La subasta ha terminado. Ya ha conseguido la publicidad que quería. Las palabras me salen a borbotones y se me saltan las lágrimas al recordar los peores años de mi vida, cuando iba y venía de California a Nueva York tomando decisiones de las que pronto me arrepentí, aunque estuviera haciendo lo que era mejor para mi madre.

—Porque está cargada de recuerdos… De malos recuerdos. La ciudad está prácticamente pintada con ellos.

No sé por qué le cuento esto, algo que es la pura verdad, cuando él mismo lo ha dicho: todo esto es una farsa. Sobre todo teniendo en cuenta que uno de esos malos recuerdos, el último, guarda relación con él.

Parker se limita a mirarme.

—Pues pinta encima —dice—. Crea otros nuevos.

Ojalá fuera tan fácil.

Suena otro trueno. Yo medio echo a correr y mis pies gritan en protesta. Tendré que sumergirlos en agua caliente cuando llegue a casa. Sigo avanzando mientras visualizo la agradable ducha de vapor que Cali ha instalado en el piso.

Solo diez manzanas más. Menos de diez minutos a este paso.

Casi me convenzo de que lo voy a conseguir.

Y entonces empieza a diluviar. No es una lluvia sutil, tipo visillo. No, cae en cortinas gruesas, como si las nubes llevaran un rato reuniendo un buen arsenal para un ataque más efectivo.

Al cabo de un momento estoy empapada y jadeando, y luego Parker está a mi lado, rodeándome la cintura con el brazo para alejarme del bordillo. Pasado un instante, el agua salpica el lugar que acabo de desalojar.

Lo aparto de todas formas.

Él también está chorreando. Le gotea agua de las pestañas. Tiene la camisa blanca pegada al cuerpo y se le distinguen los abdominales.

—Tu traje está para tirar —le digo por encima del rugido de la lluvia.

—¿De verdad crees que me importa el traje? —me grita a su vez.

Corremos por debajo de unos andamios. Parker me obliga a detenerme allí, como si quisiera que esperara con él a que pare de llover, pero yo solo quiero llegar a casa. Estamos muy cerca.

—Sí —respondo entre dientes, aunque no sé si me oye siquiera—. A ti solo te importan tu dinero y tu empresa.

Me mira con asombro.

—¿De verdad piensas eso?

«Pues claro que lo pienso», digo para mis adentros mientras me viene a la mente aquella noche en el hueco de la escalera, que claramente él no recuerda. La rabia me inunda, tan explosiva como el trueno que resuena. Vuelvo a la lluvia para cruzar la calle siguiente. Y luego otra.

—Me consideras una especie de villano, ¿verdad? —me pregunta con un brillo intenso en los ojos, a juego con el rayo que zigzaguea en el cielo—. Ese es mi personaje tópico, ¿no? El CEO sin corazón al que en el fondo no le importa nada salvo su negocio.

«Sí». Lo pensé hace dos años y desde entonces he leído casi todos los artículos que hablaban de él y las entrevistas que le han hecho, y todo ha confirmado lo que pensé en el hueco de la escalera. Hará lo que haga falta para asegurarse de que la fusión salga adelante, incluso fingir que tiene una relación. Y yo no me puedo quejar porque accedí a participar en ello.

Cuando dejamos atrás la calle y entramos en el edificio, me inunda un chorro de alivio más grande que el charco que estoy dejando en el vestíbulo. Me apresuro a meterme en el ascensor con Parker pegado a mis talones. Hemos recorrido las últimas manzanas corriendo. Los dos estamos resollando. Lo miro a través de mi cortina de pelo mojado y veo sus ojos clavados en los míos.

Llegamos a nuestra planta y me alejo a toda prisa. Únicamente me detengo cuando dice:

—Te equivocas.

—¿Qué?

Camina hacia mí hasta que mi espalda toca la pared. Lo tengo tan cerca que las gotitas que le caen del pelo se estrellan en mi frente.

—Has dicho que solo me importa el dinero y mi empresa. Te equivocas.

Algo en mi interior se incendia ante su cercanía. Ante el traje húmedo pegado a su cuerpo. Ante el hecho de que está mirando las gotas de lluvia que me resbalan por el cuello, por el pecho, y desaparecen en mi vestido.

No. No tiene derecho a quedarse ahí y fingir que le importa algo más cuando dejó sus prioridades muy claras el día que nos conocimos. El pudor me ha cerrado la boca, pero ahora toda la rabia y la amargura emergen de golpe.

Levanto la barbilla y lo miro directamente a los ojos cuando digo lo que he querido decirle desde el día que los dos pulsamos el mismo botón del ascensor.

—Nos conocíamos de antes. Y te portaste como un cerdo.

Parpadea.

—Me tomaste... —continúo—. Me tomaste por una persona que no soy, me juzgaste...

Por alguna razón, estoy aturullada, la respiración se me ha acelerado y noto la cara roja como un tomate.

Él sigue ahí, muy cerca, observándome, y su expresión no revela nada.

Levanto las manos.

—Y lo peor es que ni siquiera te acuerdas...

—Me acuerdo de ti, Elle —dice.

Mi pensamiento frena en seco. El mundo parece detenerse.

—¿Qué?

Ladea la cabeza. El pelo mojado se le riza junto a las orejas.

—¿De verdad pensabas que no me acordaba? —Se inclina hacia mí hasta que prácticamente tengo su cuerpo pegado al mío—. ¿De verdad pensabas que olvidaría una noche como esa?

«Una noche como esa». Por favor.

—Fueron cinco minutos.

—Yo llevaba mucho más rato tratando de reunir el valor para hablarte.

¿Me había estado... observando? ¿Había querido hablar conmigo?

No. Miente.

—Demuéstralo —le digo—. ¿Dónde nos conocimos?

—En la fiesta de Próximas Salidas a Bolsa, hace dos años, en una discoteca. Prácticamente me arrastraste al hueco de una escalera.

—No es verdad —resoplo y un brillo divertido baila en sus ojos.

—Tienes razón. Te acompañé por voluntad propia —dice. Levanta la mano y sus nudillos barren las gotas de lluvia de mi rostro antes de resbalar por mi cuello. Le dejo hacerlo—. Me habría puesto de rodillas para convencerte de que me acompañaras a casa esa noche.

—En vez de eso, te ofreciste a pagarme —le digo con rencor.

Frunce el ceño.

—Yo no…

—Me tomaste por una cazafortunas. —Niego con la cabeza—. Nunca lo olvidaré.

—Cielo —me dice en tono de reproche—, tú me juzgaste tanto como yo a ti.

—Yo no te juzgué —le espeto con toda la convicción del mundo.

Enarca una ceja.

—Pensaste que era un segurata. Me juzgaste por mi aspecto, igual que yo a ti. —No respondo—. ¿Te habrías creído que era el fundador de una gran empresa de tecnología?

No. La respuesta, si escarbo en el fondo de mi corazón, es que no. Pues claro que no. Pensé que era modelo, no un graduado en Informática de Stanford.

Tiene razón. Lo traté igual que él a mí. Casi. No fui yo la que le ofreció un helicóptero a cambio de sexo.

—Lo siento —dice, y cualquier vestigio de humor ha desaparecido de su semblante—. Siento haberte juzgado. Siento no haber comprendido al instante lo especial que eras. Siento haber insinuado que buscabas algo más que una buena noche.

—Me pasé tanto tiempo pensando en ti… —le digo.

«Me pasé tanto tiempo odiándote…».

—Yo también —me responde con voz ronca y grave—. Te busqué después de esa noche. Intenté encontrarte en internet, pero no había nada. Eras un fantasma. Y ahora sé por qué.

No quiero creerlo. No quiero notar este incesante tirón que me atrae hacia él, como si nos uniera nuestra propia gravedad. Aparto la mirada.

«Da igual. Nada de esto es serio», me digo. Puedo sentirme atraída por él y todavía odiarlo a pesar de todo.

Me rodea la nuca con la mano y me fuerza con delicadeza a mirarlo a los ojos. Durante un breve instante, pienso que podría besarme, pero no lo hace. Baja la mano despacio y sus dedos callosos se deslizan por mi piel húmeda. Trago saliva. Su pulgar resbala por el escote de mi vestido y un escalofrío me recorre la columna. Se me pone la piel de gallina. «Por la lluvia fría», me digo, aunque sea mentira.

Jadeo cuando sus cálidos dedos se hunden en mi vestido. Su pulgar se curva para repasar el contorno de mi pecho y mi respiración se acelera porque deseo esto, casi demasiado. Se detiene como para darme la oportunidad de decirle que pare, pero no lo hago. No, en vez de eso, arqueo la espalda para que se acerque aún más, para que me acaricie más piel.

Parker gruñe satisfecho y curva la otra mano sobre mi cadera para atraerme hacia sí. Con el pulgar dibuja amplios círculos en la sensible piel de la zona, a pocos centímetros de donde se concentra mi deseo. Luego desliza la mano hacia mi trasero, igual que hizo aquella noche en la escalera, como para recordármelo, como para demostrarme que se acuerda.

Su otro pulgar me acaricia el pecho por debajo del vestido con movimientos circulares, cada vez más cerca del pezón. Lo roza por fin y mis hombros se estremecen. Aprieto los labios para que no se me escape nada parecido a un gemido.

Apoya la frente contra la mía. Los dos estamos empapados. Sus cálidos labios recorren mi mejilla cuando los acerca a mi oído y dice:

—Me acuerdo de todo.

Luego, de súbito, se marcha. Me abandona ahí mojada y jadeando a solas en el rellano.

# 16

Parker tenía razón. La noticia está por todas partes.

«¡El Soltero Multimillonario ya no está soltero! ¡La Mujer Misteriosa luce su compra de cincuenta millones de dólares!».

Penelope es la primera en llamar. Como era de esperar, sus palabras iniciales son:

—Bueno, ¿y cuándo me lo vas a prestar?

Resoplo.

—¿El colgante? No es mío. Solo me lo puse para las fotos.

—No —responde al vuelo—. A tu novio milmillonario buenorro.

Pongo los ojos en blanco, aunque ella no me ve.

—¿Hablas del novio falso?

—Aún mejor —dice—. Las relaciones auténticas pueden ser un rollo. —No se equivoca—. Además… —continúa—, he visto las fotos. Yo no he visto nada falso ahí.

No he entrado en los enlaces. Lo hago ahora y veo las imágenes de las que habla Penelope. Trago saliva. Tiene razón. Es posible que a Parker y a mí se nos dé demasiado bien esta relación de mentira.

Nos estamos mirando como si no hubiera cincuenta millones de dólares interpuestos entre los dos. Nos miramos como si no estuviéramos rodeados de cámaras y preguntas impertinentes.

Este artículo en concreto ha decidido comentar hasta qué punto soy «distinta» de las mujeres con las que lo han fotografiado antes. Incluye una lista de ligues, pero abandono la página sin mirarla. La idea de ver a Parker con esas otras mujeres me provoca un desgarro en el pecho que no quiero examinar con demasiada atención.

«Apenas se sabe nada de la novia misteriosa de Parker Warren», dice un pie de foto. Bien. Mejor así.

—Hay algo más —le digo a Penelope—. Dice… dice que se acuerda.

—¿De qué?

—De la noche en la escalera.

—No.

—Sí —respondo con voz chillona.

—Oh, Dios mío. Puede que tenga memoria fotográfica.

—Tal vez —respondo sin contarle a Penelope las otras cosas que me dijo, que llevaba un rato mirándome antes de abordarme o que me estuvo buscando después en internet. Seguramente quiso adornarlo. Estoy convencida de que se lo dice a todas las mujeres con las que se lía.

Y desde luego no le cuento lo que pasó después.

No fue nada, me digo a mí misma. Ni siquiera nos besamos.

—Eso lo hace todo aún más divertido —dice Penelope como si estuviera encantada.

—Me alegro de que mis desgracias te entretengan.

—Lo que sea con tal de que escribas —replica—. Por lo que dices, estás haciendo progresos, Elle, pero es probable que la agencia me secuestre y te pida el guion como rescate si no lo entregas en septiembre, al día siguiente del Día del Trabajador.

Sarah me dejó dos mensajes de voz la semana pasada para saber cómo iba. Penelope no se equivoca.

—Tienes razón —le digo, aunque una parte de mí no quiere volver a verlo. Algo ha cambiado entre nosotros, como si el muro se estuviera desmoronando poco a poco. Tengo que fortificarlo.

Durante tres días consigo evitar a Parker Warren. Puede que la prensa piense que vivimos juntos y que nos encaminamos «directos al altar» (y qué más), pero el tiempo que hemos pasado separados ha servido para demostrar hasta qué punto todo esto es una farsa.

No llama a mi puerta ni yo llamo a la suya. No salimos a correr por las mañanas. En vez de eso, salgo a caminar escuchando música. Luke y su equipo están terminando el segundo cuarto de baño y yo bajo a la cafetería, donde lloro la ausencia del pastelillo perfecto.

Escribo. Mucho. Escribir siempre me ha proporcionado una distracción ideal y funciona como un hechizo. Escribo hasta bien entrada la noche y luego duermo. Camino. Escribo. Vuelta a empezar.

El cuarto día no tengo escapatoria. Lo tengo todo escrito y he repasado el resto dos veces. He de visitar la siguiente localización.

Cuando llamo a su puerta, me digo que no está enfadado conmigo. El estar enfadado implicaría que yo le importo, y no es así. Como se ha encargado de señalar, lo nuestro es una representación.

Así acabo sentada en un taxi con él, los dos fingiendo que hace unos días no me palpó todo el cuerpo. El trayecto es largo. Treinta minutos como poco. A pesar de todo, viajamos en silencio, como si ninguno de los dos supiera qué decir. No pasa nada porque la radio y un programa de entrevistas en la minúscula pantalla de la zona trasera del vehículo parecen encantados de llenar el silencio. Veo el mismo fragmento tantas veces que lo memorizo.

Cuando llegamos, Parker me ayuda a bajar al gastado adoquinado.

Un castillo se yergue a lo lejos. Vale, no es un castillo de verdad, pero lo parece.

—¿Alguna vez has estado en Los Claustros? —me pregunta mientras recorremos el camino que lleva a la entrada del museo. Está muy serio. Mantiene un talante cauto y profesional.

Niego con la cabeza.

—No, nunca.

Llegamos cuando acaban de abrir las puertas. Está casi vacío, justo como me gusta. Escanean nuestras entradas y accedemos a la primera sala. Tiene un techo alto, abovedado, y hay un tapiz que ocupa casi toda la pared izquierda.

Parker se queda a mi lado mientras yo voy recorriendo las distintas estancias, leyendo cada una de las pequeñas placas informativas y tomando notas en mi cuaderno para obtener inspiración. ¿Se pararían los protagonistas a admirar esta pieza? ¿Suscitaría una conversación?

Una de ellas representa a un ermitaño del siglo IV. Busco «ermitaño» en internet para conseguir más información histórica y descubro que hubo un grupo viviendo en una isla en mitad del lago de Como.

Me gustaría ser una ermitaña en mitad del lago de Como.

—Son como tú —me dice Parker.

—¿Ermitaños?

Levanto la vista y no está mirando la estatua del ermitaño. Está mirando la sala. Frunce el ceño.

—No. O sea, en parte sí. Pero me refería a que cuentan historias.

Observo las estatuas. Contemplo los tapices, que debieron de provocar incontables cataratas y síndromes del túnel carpiano. Tardarían años en confeccionarlos. Décadas quizá. Y todo para contar historias.

—Nunca lo había visto así —digo, aunque ahora me parece evidente. Me recorre una corriente de gratitud por vivir en los tiempos de Final Draft, del portátil y del yoga para las manos (sí, existe, y seguramente debería practicarlo más a menudo).

En particular, cuando veo iluminado un manuscrito gigante abierto por una página con los bordes decorados con flores. Debe de contar con miles de páginas y cada una de las letras fue trazada con suma meticulosidad.

Hay historias por todas partes: en los bordes de las paredes, en las vidrieras, en los inmensos aparadores. De tanto en tanto suena una estrepitosa señal de alarma cuando alguien se acerca demasiado a las obras de arte. Todos los personajes que aparecen en las pinturas llevan una corona. Hay portales enteros, tallados, que han sido transportados a este lugar. Me pregunto adónde llevaban. En todo se exhiben pequeñas caras, incluso en la madera de sillas ridículamente pequeñas.

—Oh, Dios mío, hay una sala del unicornio —exclamo porque es la única reacción lógica a una «sala del unicornio» medieval.

Solo hasta que descubro que la sala describe la caza de un unicornio.

Enormes tapices decoran las paredes. Cada uno cuenta parte de una historia, un capítulo distinto. Uno muestra a los cazadores reunidos, ataviados con una desconcertante mezcla de chalecos azules sobre camisas rojas de manga larga y gorros con plumas. Un guía le explica a un grupo que, gracias a esos atuendos, los historiadores saben en qué época exacta se crearon los tapices porque las modas cambiaban entonces con tanta rapidez como ahora. Me pregunto si esos hombres se miraban años después y querían morirse al ver las pintas que llevaban, igual que nos pasa a Penelope y a mí cuando miramos nuestras fotos de la universidad. Hay dos grandes iniciales tejidas en las esquinas de cada pieza, un detalle que ha llevado a algunos a pensar que se confeccionaron como regalos de boda.

—Imagínate incluir un tapiz tejido a mano en tu lista de bodas —le murmuro a Parker.

—He visto cosas peores.

Lo miro intrigada.

—He visto islas privadas.

—No.

—Te lo juro.

Estallo en carcajadas, y el guía me lanza una mirada de reprobación.

Nos retiramos a un rincón, donde una alarma me chilla al oído porque he estado a punto de chocar contra un enorme cuerno de unicornio.

No, al parecer es un colmillo de narval.

¡¿Un colmillo de narval?!

La mirada del guía es fulminante.

Estoy alucinando con el colmillo del narval y el hecho de que lo considerasen una prueba de que existían los unicornios.

—¿Por qué no creer en los caballos con cuernos si existen ballenas con enormes colmillos? —le susurro a Parker.

Se encoge brevemente de hombros.

—Hasta hace cinco segundos pensaba que los narvales eran un invento de *Elf*.

Le apoyo la mano en el brazo y, fingiendo seriedad, le digo:

—¿Voy a tener que informarte de que los unicornios no son reales?

Se lleva una mano al corazón simulando desolación.

Los dos estallamos en carcajadas y salimos de la estancia detrás de un tipo que le está diciendo a su acompañante:

—No me extraña que no queden unicornios. ¡Los mataron a todos!

Llegamos a un patio flanqueado de «plantas venenosas», según alertan las etiquetas. Y luego entramos en una sala llena de grandes frescos.

—Eso es… ¿un dragón? —pregunto.

Parece más bien una cobra con la cola en espiral, alas, patas de pollo y cuernos. El fresco que tiene enfrente representa a un camello. Como si las probabilidades de que cualquiera de los dos existiese fueran las mismas.

También hay una inquietante imagen de un león, hecha por alguien que claramente nunca había visto uno de esos félidos.

Noto un aleteo en el pecho al acordarme de mi madre. Ella siempre nos llamaba a Cali y a mí «sus leoncitas». Nos solía decir que éramos lo bastante fuertes como para enfrentarnos a cualquier cosa.

—¿Por qué el estudio eligió estas localizaciones? —pregunta Parker—. No parece haber un tema común.

—Querían una película sobre Nueva York. Una especie de muestra de sus mayores atractivos. No lo sé.

—Entonces, ¿todas las localizaciones están en la ciudad?

—Todas menos una.

Parece intrigado.

—La última está en París.

Al oírlo se muestra aún más interesado.

—Deberíamos ir —dice.

Me río. Debe de estar bromeando.

—Es algo así como lo último que deberíamos hacer —le digo mientras esperamos el coche en la acera. Está tardando.

—Podríamos ir andando a casa —propone, y juraría que bromea solo a medias.

Resoplo.

—Yo no llegaría ni a Central Park.

—No, claro que llegarías. Has mejorado mucho. ¿No te has dado cuenta?

Sí, me he dado cuenta a regañadientes. Hemos salido a correr a diario hasta hace pocos días. E, incluso en mis caminatas a solas, he descubierto que podía andar más de una hora sin demasiado esfuerzo.

—Ese debería ser nuestro objetivo —dice Parker—. Antes de que termine el verano, recorreremos andando todo Manhattan.

Lo miro como si acabara de sugerir que corramos en pelotas por el museo.

—¿Qué?

—La gente lo hace. Bajan andando a Broadway. Podríamos acabar en Battery Park, ver la puesta de sol y curarnos las ampollas.

Hablando de ampollas… Las que me salieron por los zapatos de tacón y por mi brillante idea de volver andando a casa bajo la lluvia apenas han empezado a cicatrizar. Llevo un mosaico de tiritas de distintas formas y diseños bajo unos botines nada apropiados para la estación.

Niego con la cabeza justo cuando el coche se detiene delante de nosotros.

—Has dicho un montón de cosas absurdas en el tiempo que llevamos juntos —le digo—, pero me parece que esta se lleva la palma.

—Cree en ti, Elle —me contesta en un tono que me llega al alma—. Yo lo hago.

Me detengo en seco. El aroma del azúcar y la mantequilla recién horneadas inunda el local. Pestañeo unas cuantas veces mientras me pregunto si me lo estoy imaginando, pero no. Ahí mismo, en la vitrina de la panadería, hay tres pastelillos que parecen sacados de mis mejores recuerdos.

—Eso es… ¿Es…? —le pregunto al dependiente que está detrás del iPad, como si acabara de ver a un ser legendario en el mostrador.

—Sí, han vuelto a la carta —me dice como si le trajera sin cuidado—. Y ahora los tenemos cada día. ¿Quieres uno?

—¿Uno? —respondo casi atragantándome con la palabra—. Los quiero todos. —Me lo pienso—. No, eso es muy egoísta. Ponme dos.

—Muy bien —dice, y usa las pinzas para depositarlos en mi plato—. ¿Café con leche caliente, leche entera?

Asiento.

—Gracias, Jeremy.

—De nada, Elle —contesta, y el hecho de que recuerde mi nombre, mi café favorito y mi amor sobrenatural por los pastelillos de arándanos me provoca un calor por dentro. Quizá estoy empezando a aceptar que puede ser agradable hablar con desconocidos y mostrarme amigable con ellos.

Sostengo el plato de pastelillos con una reverencia que suelo reservar a mi portátil. Me encamino a mi mesa favorita, pero está ocupada.

Y entonces, milagrosamente, cuando estoy a punto de escoger otra, se llevan las tazas de la mesa, como si nunca hubieran estado ahí. Mi mesa está ahí mismo, esperándome.

Qué raro. Las mañanas no suelen tratarme tan bien.

Me siento, me recuesto en el respaldo y pienso que si pudiera escribir aquí cada día de mi vida sería feliz. Por más que me guste portarme como una pirada en el piso, encorvada sobre el teclado, a solas y hablando conmigo misma mientras me llevo chips a la boca, estar con personas… es mejor.

Parker entra y me ve al instante. Sonríe mientras yo lo llamo con gestos vehementes.

—No te imaginas lo que ha pasado —le digo, sorprendida de las ganas que tengo de contarle el motivo de mi felicidad.

—Han recuperado el pastelillo —dice Parker, que los está viendo en mi plato.

Asiento con entusiasmo.

—Es posible que este sea el mejor día de mi vida.

Parker se ríe.

—Acepto el reto de superar de algún modo «el regreso del pastelillo de arándanos».

Niego con la cabeza.

—Imposible.

Tomo un bocado y suelto un gemido. Es aún mejor de lo que recordaba. Miro mi plato y hago el sacrificio definitivo.

—Cógelo —le digo señalando el segundo bollito.

Una sonrisa baila en los labios de Parker.

—Qué generoso por tu parte.

Tomo otro bocado. Él me observa embelesado, como si le hiciera feliz verme contenta.

—Hoy ha sido un día perfecto —digo—. Sabes que esta es mi mesa favorita, ¿verdad?

—Es la única mesa en la que te sientas —responde.

Asiento.

—Vengo a primera hora casi todos los días para poder ocuparla.

—¿Y?

—Cuando he llegado había gente. Pero, justo cuando me estaba acercando, de repente ha quedado libre. Ha sido una auténtica... Suerte.

Ahora que lo pienso..., ¿no ha sido un empleado el que ha cambiado las tazas y ha dejado la mesa libre? ¿No es curioso que quedaran tres pastelitos de arándanos cuando a esta hora de la mañana ya deberían haberlos vendido todos?

—Parker —empiezo muy despacio, tratando de conservar la calma—, ¿has comprado la cafetería?

Está recostado en su silla con aire relajado, como si no tuviera una sola preocupación en el mundo.

—No —responde.

Me derrito de alivio.

—Uf, menos mal, pensaba que...

—He comprado la cadena. —Me mira con seriedad—. Hay otra en Brooklyn, y en los Hamptons. ¿Lo sabías?

No me muevo. Durante unos segundos me quedo patidifusa. No sé por qué. Sé que tiene dinero suficiente para hacer algo así. Sé que ha hecho otras veces cosas tan escandalosas como esta.

—¿Por qué? —le pregunto.

Se inclina hacia delante, algo menos relajado al percatarse de mi tono.

—Y no me digas que lo has hecho porque tu asesor financiero te dijo: «Diversifica tus inversiones».

Apoya los brazos en la mesa, me mira a los ojos.

—He comprado la cafetería porque te encanta. La he comprado para que te puedas comer tu pastelillo favorito, con tu café con leche favorito, en tu mesa favorita, cada mañana. —Se acerca a mí—. La he comprado porque te hace feliz, y eso, Elle, para mí, no tiene precio.

No sé qué decir. Ni siquiera sé cómo me siento.

—¿Van a publicar... un artículo sobre esto?

En sus ojos brilla algo. Ira, quizá. O dolor.

—No, Elle —responde.

Entonces no tiene lógica. No, teniendo en cuenta que todo esto es una farsa. A menos que…

—Parker, esto no va a llegar a nada. Lo sabes, ¿verdad? Nosotros… nosotros no podemos estar juntos. Te dije que yo…

—Ya lo sé —me dice, más serio que nunca—. Lo entiendo. Solo quiero hacerte feliz, Elle. Nada más.

Me echo hacia atrás cuando noto un pellizco súbito de dolor. Me siento herida.

—¿Piensas que comprarme cosas es la manera de hacerme feliz?

Recuerdo la noche en el hueco de la escalera, la noche que él también recuerda. La clase de persona por la que me tomó. Está claro que eso no ha cambiado demasiado.

Creyó que podía comprar mi afecto entonces, y cree que puede comprarlo ahora.

Me levanto.

—No puedes comprarme, Parker —le digo—. No puedes comprar mi felicidad. Y si piensas que puedes, no me conoces en absoluto.

Le dejó ahí, con los pastelitos, cuando abandono la cafetería.

# 17

Alguien llama a mi puerta. Por una vez en la vida miro por la mirilla, con la esperanza de congraciarme con los *podcasters* de asesinos en serie.

Apoyada contra la pared hay una figura inmensa que conozco bien. Lleva algo en las manos que no alcanzo a distinguir.

—¿Qué quieres? —pregunto sin abrir la puerta.

—Disculparme —dice. Ahora está mirando a la mirilla, buscando mis ojos, y yo vuelvo a apoyarme en los talones.

Tomo aire, abro la puerta y empiezo a echarle la bronca.

—Si te has creído que puedes… —me interrumpo repentinamente, extrañada al ver lo que ha traído—. ¿Qué es eso?

Lleva un montón de guiones debajo de un brazo y una bolsa de palomitas en la otra.

—¿Son… míos? —Frunzo el ceño.

—No. —Se endereza—. Lo siento. Tenías razón. No estoy acostumbrado a disponer de tanto tiempo, así que empleo el dinero para compensar. Compro cosas para los demás en lugar de pasar un rato con ellos. Funciona casi siempre. Al final me he habituado a ello. —Traga saliva—. No me estoy justificando. Solo te lo explico. Y yo… no quiero ser así. Quiero pasar tiempo contigo, Elle —continúa—. Quiero conocerte.

Echa un vistazo a los papeles que ha traído.

—He pensado que podíamos hacer algo normal. Una noche de pelis. He buscado los guiones de los estrenos más recientes.

Le hablé de eso hace semanas. Me sorprende que le concediera la suficiente importancia como para recordarlo.

—No tengo tele —digo volviendo la vista hacia el piso—. No la he sacado de la caja. Todavía no la han instalado.

Parker bien podría sugerir que fuéramos a su casa. En vez de eso, dice con entusiasmo:

—Te la instalaré. Solo tardaré unos minutos.

—No tengo muebles.

Eso tampoco lo desanima.

—Me puedo sentar en el suelo. O sea, si a ti te apetece.

La idea de Parker Warren sentado en el suelo mirando una película en un televisor que también está en el suelo casi me hace reír.

—¿En serio?

Asiente.

—Ya te lo he dicho. Solo quiero pasar el rato contigo. Lo demás no me importa.

«No dirás eso cuando el trasero empiece a dolerte», pienso porque he pasado muchas horas sentada en esta misma tarima, planificando mi guion. A ver cuánto aguanta.

—Muy bien —le digo a la vez que abro la puerta.

Me quedo esperando a ver un matiz de decepción en su cara al descubrir que no propongo ir a su casa.

Pero no veo nada. En todo caso, solamente advierto alivio.

El suelo parece decidido a ponerse más incómodo que nunca esta noche, pero Parker no se queja ni una vez mientras ve la película ni se muestra irritado por el sonido al pasar página según tomo apuntes en los márgenes del guion.

—Buena frase —me digo antes de apretar los labios porque no estoy acostumbrada a tener público cuando estoy viendo películas.

Parker se limita a emitir un gruñido de asentimiento y mi vergüenza pierde cierta gravedad.

—Este es el punto medio…, ¿verdad? —dice Parker volviéndose a mirarme.

Estoy acostumbrada a que solamente muestre seguridad en sí mismo, pero ahora percibo cierta vacilación.

Frunzo el ceño.

—¿No lo es? —me pregunta.

—No, sí que lo es. Pero ¿cómo lo sabes?

Devuelve la vista al televisor.

—Busqué información sobre la redacción de guiones. Quería aprender un poco sobre lo que haces.

Señala mi monstruo de notas autoadhesivas, que se despliega a pocos pasos.

—Empleas la estructura en tres actos, ¿no?

Me parece que me va a dar algo. Asiento, un poco agobiada.

—Yo no sé nada de lo que tú haces —le digo con la sensación de que estoy en inferioridad de condiciones.

Sonríe.

—Podría explicártelo. Pero te entraría sueño.

Si bien nunca he sentido el menor interés en nada relacionado con las nuevas tecnologías, siento deseos de conocerlo y eso me sorprende. Siento deseos de saber qué ha creado. De saber en qué trabajará cuando termine este verano. Aunque no debería sentir nada de eso.

Tal vez pueda conocerlo e interesarme por él solamente durante el verano. Puede que eso no tenga que significar nada. Como una aventura de una noche. Pero sin sexo.

—Me parece perfecto —le digo a la vez que me llevo un puñado de palomitas a la boca—. Puedes ser mi pódcast.

Enarca una ceja.

—Escucho un pódcast cada noche antes de dormir. Me sirve para no oír mi voz mental, para calmar la ansiedad. Solo así puedo conciliar el sueño.

Asiente comprensivo. Lo miro.

—Si pudieras grabarte hablando de tu trabajo en cómodos segmentos de cuarenta y cinco minutos, sería genial.

Vuelve a sonreír. Yo miro la pantalla y me alegro de ver que ha dejado la película en pausa hace rato.

—Me pondré a ello.

Quita la pausa, y yo sigo escribiendo. El argumento está bien, pero la película es demasiado larga. Y yo estoy cansada.

Tan cansada que no llego al final.

Acabo de saltarme una de las normas que rigen mi vida. No me puse un pódcast ayer para conciliar el sueño y, sin embargo, aquí estoy, en mitad de la noche.

Con la cabeza en el regazo de Parker.

Él se ha dormido contra la pared. Tiene la mano en mi pelo. El guion está doblado delante de mí y el boli ha rodado a la otra punta de la habitación. Reina el silencio en el piso.

Me incorporo despacio, pero Parker debe de tener el sueño ligero porque abre los ojos de inmediato.

—Eso es bueno —le digo todavía medio dormida—. Si viene un asesino en serie.

De pronto parece preocupado.

—¿Qué?

—Tener el sueño ligero. Es bueno. Quizá tendrías alguna oportunidad. —Bostezo—. Yo duermo como un tronco. Siempre pienso: «Si alguien me asesinara en plena noche, seguiría durmiendo sin enterarme de nada».

—Elle —me dice con sumo tiento—, ¿de qué cojones estás hablando?

—De mi pódcast. El que escucho siempre. Es de crímenes reales.

—Ah.

Frunzo el ceño.

—No sé por qué, pero al decirlo en voz alta…

Tengo miedo. ¿De qué tengo miedo?

—No quiero dormir sola esta noche.

—Pues no duermas sola —dice a la vez que me atrae de nuevo hacia su regazo. Le dejo hacerlo. Y me vuelvo a dormir.

Oigo cerrarse la puerta de la calle y yo me incorporo de golpe. Estoy en mi cama, sobre el edredón.

Frunzo el ceño. Antes de que tenga mucho rato para preguntarme cómo he llegado aquí, Parker está apoyado en el marco de la puerta de mi dormitorio.

—Sí que duermes como un tronco —dice. Lleva en la mano un café con leche de su cafetería. En la otra sostiene una bolsa llena de dulces.

—¿No estábamos en el suelo?

Asiente.

—Toda la noche —dice. Alarga el cuello haciendo una mueca de dolor—. Te he traído aquí hace unos minutos, cuando he bajado a comprar café. Me parecía raro dejarte sola en el suelo.

—Ah.

—Es sábado —dice.

Normalmente no lo habría tenido presente. Cuando escribo, sobre todo cuando me dan plazos cortos como este, con frecuencia olvido qué día es porque no descanso los fines de semana. Es como los veranos de primaria: todos los días parecen el mismo.

Ahora, sin embargo, lo sé. He adoptado un horario. Vuelvo a saber en qué día de la semana vivo.

—¿Tenías algo pensado para hoy?

Niego con la cabeza. Luego me lo pienso mejor.

—Bueno, tenía pensada una cosa que seguramente es una tontería.

Me mira poco convencido.

—Es muy raro que tú hagas una tontería.

Lo contemplo enarcando una ceja.

—Casi todo lo que hago son tonterías. —Me desperezo para estirar los músculos—. Como insistir en que nos sentáramos en el suelo.

Y decidir que podía divertirme y nada más con Parker este verano.

—Fue genial —responde, aunque intuyo que a él también le está matando la espalda—. Bueno, ¿y esa tontería que tenías pensada guarda relación con tu guion?

Asiento.

—Te va a sonar raro.

Espera, impertérrito.

—Hay un momento en la historia en el que la protagonista dice: «En tal sitio hacen la mejor pizza de Nueva York». Y es una broma recurrente entre los dos porque él tiene otro restaurante favorito. —Me encojo de hombros con un gesto mínimo—. Me gusta investigar cuando escribo un guion. Pienso que eso le da autenticidad a la historia, que le otorga realismo. Solo es una frase, pero es importante para mí.

—Ya, y quieres probar todas las pizzas de Nueva York —deduce Parker.

—No todas. Hay una lista en una página web.

Lo miro. Pienso en el armario de los aperitivos, lleno de opciones saludables. Me pregunto si la pizza forma siquiera parte de su dieta.

—¿Te apuntas?

Se encoge de hombros.

—¿Por qué no?

Cogemos el metro. Parker está sentado, estudiando el mapa que hemos confeccionado y añadiendo pequeñas pegatinas de pizzas para señalar nuestras paradas, y yo lo miro a él.

Se ha vestido con prendas informales. O más informales que de costumbre, al menos. Pantalón de chándal, camiseta y un calzado que parece cómodo pero de lujo, creado por uno de esos diseñadores que prescinden de la marca.

Se vuelve a mirarme.

—¿Qué pasa?

—Me preguntaba si alguna vez habías cogido el metro antes.

Parker me lanza una mirada molesta.

—Hasta hace pocos años, apenas ganaba lo suficiente para comer fideos chinos. Dormía en los sofás de mis amigos. Estuve viviendo aquí un verano durante la fase de incubadora y literalmente tuve que alquilar un vestidor.

Eso no tiene sentido.

—Hace mucho que tu empresa vale un montón de pasta.

Asiente.

—Es verdad. Pero, sin un evento de liquidez, su valor solo era una cifra. Cuando los medios empezaron a definirme como milmillonario, yo solo tenía dos mil dólares en la cuenta del banco y vivía en el salón de un amigo. Hasta hace algo más de tres años no pude vender algunas acciones a empresas secundarias.

—Pues debió de ser raro pasar de tener muy poco a tenerlo… todo. De la noche a la mañana.

Me acuerdo de Cali.

—Lo fue.

—¿Y qué hiciste con el dinero?

El vagón del metro está casi vacío. Estira sus largas piernas ante sí.

—Lo primero que hice fue pagar la hipoteca de mi madre. Lo segundo fue emborracharme hasta caer redondo en un club nocturno.

Me parece la reacción lógica de un chaval de veintipocos años con acceso súbito a un montón de dinero. Parece pensativo.

—Y luego compré el club.

—No me lo creo. —No sé por qué me sorprende—. A ver si lo adivino. Tu asesor financiero se emocionó al saber que tus inversiones eran tan diversas.

Eso lo hace reír. Niega con la cabeza.

—Al parecer era un pasivo inmenso, y nada conveniente para mi imagen. El consejo me obligó a venderlo, pero solo después de que celebrara un fiestón por todo lo alto con todos mis amigos y conocidos. —Suspira con nostalgia—. ¿Y tú?

—Ah, ¿estamos intercambiando historias sobre la primera vez que compramos un club?

Una sonrisa baila en las comisuras de sus labios.

—¿Qué hiciste cuando te pagaron el primer cheque inmenso por un guion?

—Lloré.

Me mira desconcertado.

—¿De felicidad?

Niego con la cabeza.

—No. Me… me invadió un terrible sentimiento de culpa. O sea, si lo hubiera conseguido solo un año antes…, todo habría sido distinto.

Espera a que continúe. No tengo muy claro por qué, pero lo hago.

—Mi madre se puso muy enferma cuando estaba en la universidad —le cuento—. Hacia el tercer mes de tratamiento había gastado todos sus ahorros. Los ensayos experimentales, los medicamentos…, todo era demasiado caro. No tenía un buen seguro.

Trago saliva para deshacer el nudo que tengo en la garganta.

—Cuando cobré el primer cheque, pensé: «Si lo hubiera conseguido un poco antes, podría haberlo pagado todo».

La mano de Parker se curva en torno a mi rodilla.

—Lo siento —dice.

Intento sonreír.

—Después de llorar, le di una buena parte a la organización benéfica con la que colaborábamos Penelope y yo en la universidad y usé lo demás para pagar mis créditos de estudiante.

Parker lo medita.

—¿Nunca has soñado con comprarte algo? ¿No querías nada?

Hay una cosa.

Parker aguarda. Debe de verlo en mi cara.

—Cuenta.

No me puedo creer que vaya a confesarle esto.

—Cuando estaba en la universidad, le daba clases de lengua a un niño. Su familia vivía en una casa azul marino que estaba justo enfrente del Gramercy Park. Tenía una claraboya en la última planta y una cocina de mármol. A veces me quedaba parada delante de esa casa y pensaba: «Escribiré tantas películas como haga falta para poder comprarla algún día».

No le cuento que, cuando sufría bloqueo de escritora o estaba bajo un gran estrés, cogía el metro y paseaba alrededor del parque mirando la casa para inspirarme. Para motivarme. Me parece demasiado triste como para confesarlo.

No le cuento que hace poco lo hice. Que busqué la casa en internet para mirar si estaba a la venta. No lo está. Hace años que no está en el mercado.

—Supongo que tenían llave del parque.

—Sí. En secreto siempre esperaba que me invitaran a entrar, pero nunca lo hicieron. ¿Por qué iban a hacerlo? Solo me habían contratado para ayudar al niño con los deberes.

El metro se detiene.

—¿Listo? —le pregunto.

Suspira antes de levantarse.

—¿Es buen momento para decirte que en realidad no me encanta la pizza?

Nuestra primera parada es la pizzería Patsy's, que está en Harlem del Este. El exterior está pintado de verde oscuro y hay fotografías de las pizzas expuestas en el escaparate. Las familias que pasan por delante hablan español. Llegamos justo cuando están abriendo, a las once de la mañana.

La pizzería te ofrece la opción de sentarte dentro o llevarte las pizzas. Me encojo de hombros. Decidimos comer en el restaurante. Solo aceptan efectivo. Hay manteles blancos en las mesas y fotografías enmarcadas en las paredes.

—Bueno —dice Parker mientras consultamos la carta—. ¿Pedimos el mismo tipo de pizza en todos los restaurantes? ¿Para que la elección sea más justa?

—Sí. Probaremos lo más parecido a una pizza de queso.

Pedimos la pizza Redonda a la Vieja Usanza, que está hecha con masa fina, salsa de tomate y *mozzarella* gratinada.

Llega antes de lo que esperaba. Cogemos una porción —hago un gesto de dolor cuando me quemo los dedos— y hacemos un brindis raro por encima del plato elevado.

No despegamos los ojos cuando damos el primer bocado. Esperamos, saboreamos y luego asentimos sin dejar de masticar. «Es buena. Está rica», parecen decir nuestras expresiones.

Lo de abajo está requemado, y lo siento áspero contra mi lengua. La cantidad justa de queso, caliente en mi boca, se derrite sobre mis papilas gustativas. Se estira en hebras perfectas desde mi muñeca. Está deliciosa. Tengo que contenerme para no ir a la puerta de al lado a comprarme una porción para el camino al próximo restaurante: me recuerdo que seré pizza margarita más o menos en un 60 por ciento hacia el final del día. Volvemos al metro.

La próxima parada es la pizzería L'Industrie de Brooklyn. En un pequeño cartel de cartón se lee «Carta» sobre una pizarra con las letras imantadas. La primera letra de cada producto es inmensa. A la pizza «Margarita» le falta la «g», y esa es la que pedimos.

Venden galletas junto a la caja registradora. Preparan las pizzas delante de nosotros, por lo que vemos que todas las personas detrás del mostrador llevan manga corta y tatuajes. Los hornos están apilados y tienen puertas de cristal, a través de las cuales atisbas las pizzas chisporroteando. Esta vez pedimos dos porciones en lugar de una entera. Un tipo con un micro grita nuestros nombres cuando están listas. Nos las sirven en finísimos platos blancos de papel. Han espolvoreado unas hojas de albahaca por encima junto con algunas hebras de queso recién rallado.

—¿Lista? —dice Parker, y yo tengo una excusa para volver a mirar sus ojos verdes.

¿Quién iba a pensar que probar la pizza se iba a convertir en un concurso de sostener la mirada? El crujido es audible cuando mordemos la masa y los dos asentimos. «Sí, así debería sonar, ¿verdad? Esta es la textura de una buena pizza», dice nuestro gesto. Mantenemos el contacto visual mientras masticamos, mientras elogiamos la porción, mientras nos planteamos probar otra distinta.

Hacemos lo mismo durante todo el día, pero las sensaciones nunca son las mismas. Nunca se torna aburrido. Cada vez que probamos una nueva variedad —en Philomena's en Queens, en Joe's en Greenwich Village, en Scarr's en Lower East Side, en Emily en West Village, en Rubirosa en Nolita— agrandamos los ojos como si fuera el primer bocado del día. Pasamos mucho tiempo caminando y en el metro. A veces volvemos atrás, de un modo nada eficiente, a causa de las horas de apertura y de las nuevas recomendaciones que nos ofrece todo aquel que ve nuestro mapa. Todo el mundo tiene una opinión sobre las pizzerías que deberíamos probar. Algunas pizzerías, como Una Pizza Napoletana, abren tarde y es casi imposible entrar. Pero hay un restaurante que todo el mundo nos recomienda con insistencia, aunque haya que esperar horas para entrar. Por eso, a última hora de la tarde, emprendemos el rumbo de nuevo a Brooklyn.

Lucali está en un edificio de ladrillo y tiene un toldo de rayas verdes que parece más propio de un restaurante de pueblo. Tan solo un cordón de terciopelo ante la puerta señala el local como uno de los restaurantes icónicos de Nueva York.

Ah, y la cola de la entrada.

Todavía no han abierto, pero ya hay una larga fila que rodea la manzana junto a lujosas casas adosadas que son típicas de Nueva York. Miro a Parker y me pregunto cuándo fue la última vez que tuvo que hacer cola. Puede que ahora proponga por fin que volvamos a casa. Pero no parece que esté harto. Nos ponemos en la fila y nos miramos.

—Bueno —le digo—. ¿Ya has decidido cuál es tu favorita?

Lo medita.

—Sí. Pero no me parece justo emitir un veredicto antes de probar esta.

Asiento.

—Lo mismo digo.

Me muerdo el labio. Llevo todo el día queriendo preguntarle algo.

—Sé sincero. ¿Cuándo fue la última vez que comiste pizza?

—Hará unos veinte minutos.

Le lanzo una mirada de aburrimiento.

—Hace cinco años, más o menos.

Agrando los ojos.

—¿En serio?

—Nunca me ha encantado la pizza. Mi madre es una de esas personas que no compra nada con aditivos y conservantes. Nunca pedíamos pizza a domicilio ni nada parecido. Casi todo lo preparábamos en casa. —Mira los adosados—. Volvía a casa después de trabajar todo el día y se pasaba horas en la cocina. Yo siempre le decía que podíamos comer algo más rápido, que no pasaba nada. Pero ella se negaba. No quería que comiéramos cosas precocinadas y tampoco podíamos permitirnos ir a un restaurante.

—Por eso aprendiste a cocinar —adivino—. Para ayudarla.

Asiente.

—¿Y tu padre? —le pregunto.

Recuerdo haber leído que tanto su padre como su madre siguen vivos. No hay mucho más sobre sus padres en internet.

Parker lanza una carcajada amarga.

—Mi padre casi nunca estaba en casa y cuando estaba no se despegaba de la tele. Nunca movió un dedo.

—¿Se pasaba muchas horas en el trabajo?

Parker me mira. Parece casi... triste.

—Lo despidieron cuando yo era un niño y nunca más consiguió un empleo. No sé adónde iba, pero no iba a trabajar. Se marchó cuando yo era adolescente. Empezó una nueva vida por su cuenta.

Trago saliva al comprender que quizá no seamos tan distintos como yo pensaba.

—¿Tenéis contacto ahora?

Me pregunto si le estoy haciendo demasiadas preguntas... y cuántas contestaría yo si él me las formulara.

Pero no vacila antes de decir:

—Me llama de vez en cuando, solo si necesita que le pague una factura. —Aprieta la mandíbula—. Le compré una casa y un coche hace un tiempo, y más o menos pensé que no volvería a saber de él. Me alegré mucho cuando un día me llamó. Creía que solo querría hablar conmigo, pero no. Alguien le había destrozado el coche. Había perdido la casa no sé cómo. Siempre tiene algún problema.

—Ya —le digo frunciendo el ceño—. Eso es lo que tenemos en común, ¿no?

—¿El qué?

—Nuestros padres no pasaban mucho tiempo en casa.

Parece sorprendido, pero no pregunta. No sé por qué he dicho nada. Llevaba mucho tiempo sin hablar de mis padres. El hecho de que él se haya abierto me impulsa a abrirme también.

La pareja que tenemos delante está a varios pasos de distancia, absortos en su propia conversación. Inspiro hondo.

—Mis padres son de Colombia —le cuento—. Se mudaron a California y no tenían gran cosa. Mi padre estaba estudiando y mi madre pronto se quedó embarazada. Justo antes de que naciera mi hermana, se separaron. Al principio todo fue bien. Mi padre venía a vernos con cierta frecuencia. Luego encontró algo mejor, supongo. Cada vez lo veíamos menos, hasta que al final… desapareció.

»Mi madre no hablaba muy bien inglés. Le costaba encontrar trabajo. Recuerdo haberle corregido el currículum cuando yo todavía estaba en primaria. Las cosas fueron complicadas durante un tiempo y nos mudábamos con frecuencia, pero al final retomó los estudios y se hizo contable. Siempre encontraba la manera de que tuviéramos lo que necesitábamos.

No preparaba comida casera, como la madre de Parker —seguramente consumíamos demasiada comida rápida—, pero siempre se aseguró de que tuviéramos suficiente y nosotras se lo agradecíamos. Buscaba actividades gratuitas para que nos divirtiéramos, como el cine de verano en el parque.

—Luego, cuando yo estaba en la universidad, enfermó.

Odio hablar de esto. Siempre acabo llorando y no me gusta llorar delante de otras personas. Miro alrededor mientras intento contener el estallido de emoción. Parker entrelaza la mano con la mía. Su otra mano está fija en mi espalda. «Puedo contar con él», pienso.

—Murió cuando estaba en tercero.

No consigo decir nada más.

—Ese colgante que llevas era suyo, ¿verdad?

Ni siquiera me he percatado de que lo estaba tocando. Asiento.

—Sí.

Poco antes de las cinco, la fila empieza a avanzar a buen ritmo. Llegar a la puerta se nos antoja una victoria en sí mismo. Sucede antes de lo que esperábamos, pero solo porque nos apuntan en la lista de espera para una mesa. Únicamente hay diez. El tiempo de espera estimado es de dos horas como poco.

Las personas que tenemos delante pasan por esto una vez al mes. Han perfeccionado una rutina, nos dicen mientras pululamos por la entrada.

—Deberíais dar un paseo por Carroll Gardens y Cobble Hill mientras esperáis. Hay muchos bares y tiendas.

Seguimos el consejo. Caminamos y charlamos de todo un poco.

Pasamos por delante de una librería con una cola que da la vuelta a la manzana, igual que en la pizzería. Reconozco los libros que la gente lleva en las manos. Algunos lectores se han traído carritos llenos de ejemplares.

—¿Nunca has pensado en escribir libros? —me pregunta Parker.

—No —respondo—. Hoy día tienes que estar en las redes sociales para que te lean y preferiría morirme.

Señalo con la barbilla a la mujer que está en el interior de la librería, la escritora que atrae a tanta gente. Está grabando algún tipo de promoción con el móvil. Tan pronto como termina, su sonrisa se esfuma.

—Mírala. Se siente desgraciada.

Seguimos andando.

—Y si no quieres escribir libros, ¿por qué guiones?

La pregunta tiene sentido. Hay muchas formas de escritura.

—Lo primero que escribí de manera creativa fue un final alternativo de una película. Luego, tras eso, me aficioné a leer y empecé a escribir capítulos que pensaba que podría convertir en libros.

Guardo silencio. Nunca le he contado esto a nadie. Escribo desde el anonimato, así que no concedo entrevistas. Parker espera con interés.

—Cuando leo no soy capaz de ver imágenes claras en mi cabeza. Se llama afantasía. También se refieren a ello como «mente ciega». Yo ni siquiera sabía que las otras personas veían películas mentales mientras leían hasta que mi hermana me lo dijo. Al descubrirlo, comprendí que la única manera que tendría de ver mis relatos sería transformándolos en películas. Así que empecé a escribir guiones.

Parker parece fascinado.

—¿Y la primera vez que viste plasmada tu historia…?

—Fue uno de los mejores momentos de mi vida.

Para cuando nos avisan de que nuestra mesa está lista, los dos estamos de acuerdo en: «No parece que hayan pasado dos horas, ¿verdad?», aunque un vistazo rápido a la hora del móvil nos confirma que sí, ha transcurrido ese tiempo.

—Espero que sea la mejor pizza del mundo —dice Parker.

—Yo no creo que pueda volver a comer otra porción de pizza en mi vida —respondo mientras nos sentamos a una mesa rústica. El espacio es pequeño. Hay pizzas por todas partes, más que personas. Me pregunto si habrá también un aforo máximo para las pizzas.

—Esta es la última parada —dice Parker—. Deberíamos probar dos distintas.

—No creo que pueda volver a comer otra porción de pizza en mi vida —repito. Pero me zampo tres porciones diferentes según van saliendo.

Está rica. Tan rica como para esperar fuera más de dos horas, al calor del verano.

Cuando terminamos, ya con la cuenta pagada, me recuesto contra el respaldo saciada y también un poco mareada.

Parker me está observando.

—¿Te puedo llevar a un sitio?

—¿Más pizza? —pregunto automáticamente en tono horrorizado.

Esboza una sonrisa y niega con la cabeza.

—A un sitio cercano. Tengo una sorpresa para ti.

Lo miro con suspicacia.

—No me ha costado nada. Solo un favor.

Recorremos unas pocas manzanas a la parada de metro y cogemos la línea F de Carroll Street a York. Pronto, el puente de Manhattan está sobre nosotros. Los edificios son marrones e industriales. Pasamos por Main Street Park y Pebble Beach. Estuve aquí una vez, cuando estudiaba en la Universidad. Penelope y yo nos hicimos unas cuantas fotos en las rocas, intentando que se vieran al fondo los dos puentes y Manhattan.

—¿A dónde vamos? —le pregunto mientras seguimos andando.

—Ya lo verás.

¿Lo veré?

—Tengo muy mala vista —reconozco—. Por culpa de tanta lectura en la oscuridad y tanto escribir.

—Lo verás —me promete.

Y poco después lo veo.

Un tiovivo en una caja de cristal, parecido a una joya. Está iluminado y vacío como si nos estuviera esperando. Me vuelvo a mirar a Parker. Ya conocía este sitio, pero nunca le había prestado demasiada atención. Ahora, en este momento, me parece lo más bonito de toda la ciudad.

Sonrío de oreja a oreja. Él no puede dejar de mirarme.

—¿Qué pasa?

Niega con la cabeza.

—Me parece que nunca te había visto sonreír así. Como si… fueras feliz.

«Soy feliz», quiero decirle.

Pero pienso que sería una concesión excesiva. En vez de eso, le digo:

—¿Montamos?

Veo minúsculas bombillitas por todas partes. Los caballos parecen fabricados y pintados a mano. Hay muchísimos.

Escojo un majestuoso corcel marrón con las bridas doradas. Parker se sienta a mi lado en lo que parece un carruaje. Antes de que pueda preguntar cómo se pone en marcha, el tiovivo comienza a moverse. La música, que una esperaría oír en un carrusel como este, empieza a sonar. Es una fantasía. Parece un sueño.

El puente de Manhattan está allí mismo, ocupando todas las vistas. El agua tiene un tono oscuro. Puede que no se vean muchas estrellas, pero las luces de la ciudad suplen la ausencia. El otro puente está cerca. Este, pienso, debe de ser el mejor modo de ver el perfil del horizonte. Lo contemplo maravillada al pasar.

—No creo que haya visto nunca nada tan hermoso —digo.

Parker responde:

—Yo sí.

Tengo la clara sensación de que me está mirando, pero no lo compruebo. No quiero saberlo. No quiero explorar este sentimiento que se abre paso en mí desde aquella noche en la cocina.

Puede que me haya equivocado al elegir el asiento. Los caballos suben y bajan, y mi estómago se encuentra ahora mismo al máximo de su capacidad.

—Me… Me parece que tengo que bajar del caballo —digo.

Parker se levanta de la carroza. Echa a andar hacia mí.

—Juraría que eso va contra las reglas —le digo—. Una ofensa imperdonable a los tiovivos.

Me aferro al palo del caballo como si mi vida dependiera de ello.

—Ven —dice Parker alargando la mano hacia mí—. Suéltate.

Niego con la cabeza.

—No, me parece que no puedo.

—Sí que puedes. Pasa la pierna por encima.

Obedezco y al instante resbalo por la suave superficie del caballo. Ahogo una exclamación…, pero aterrizo sana y salva en los brazos de Parker. Él me deposita despacio sobre los pies. Permanecemos ahí de pie, todavía girando en la plataforma entre caballos que suben y bajan.

Levanto la cabeza.

Él la agacha.

Puede que sea el tiovivo. Puede que sean las vistas. Puede que sea el día que hemos pasado juntos. Pero empieza a inclinarse hacia mí, tan despacio como para darme ocasión de detenerlo. No quiero detenerlo.

Nuestros labios están a pocos centímetros de distancia.

Justo antes de que se encuentren, el tiovivo se detiene bruscamente y toda la pizza que he comido sale de golpe.

# 18

—Penelope, intentó besarme y le vomité encima.

—Ya —dice al otro lado de la línea. La oigo mover cosas—. Bueno, ¿y cuándo llegarás? ¿Esta noche? ¿Mañana?

—Penelope, le poté encima, y todavía quiere salir conmigo.

—¿Qué?

—O sea, todavía quiere fingir que salimos.

—Claro.

Me quedé de piedra al descubrir que Parker no parecía molesto por su camiseta ni por el hecho de que yo literalmente nos hubiera vomitado a los dos por todas partes. Solo estaba preocupado por mí.

Mientras yo me autoflagelaba a un nivel resistente a los antibióticos, él me llevaba a casa. Corría a la farmacia a comprar suero de rehidratación oral. Y me preguntaba cada quince minutos si me encontraba bien.

«Sí. Solo estoy muerta de vergüenza», respondía yo.

Imagina mi sorpresa cuando, al día siguiente, en lugar de esfumarse sin dejar rastro para toda la eternidad (algo que yo habría entendido), se presentó en mi casa con un café con leche y mi pastelillo favorito preguntándome si ya estaba mejor.

«Anoche, justo antes de que te marcharas, te dije que no podría volver a comer nada en toda la vida», le recordé.

«Ya lo sé», me dijo.

Depositó el dulce en un plato y lo empujó hacia mí. Devoré hasta la última migaja.

«¿Te encuentras mejor?», me preguntó.

Asentí.

«He planificado un día contigo. Pero si ya tienes planes o prefieres descansar…», me dijo.

—Un momento —dice Penelope entrometiéndose en mi relato—. ¿Había planificado un día entero contigo?

—¿Me dejas terminar?

«¿Qué has pensado?», le pregunté a Parker.

«Ayer, cuando íbamos de un lado a otro por la ciudad, me quedé pensando que llevo años viviendo aquí, a temporadas, y hay un montón de cosas que no he hecho. Mi lista de asuntos pendientes en Nueva York incluye unas cuantas experiencias. Lo tengo todo planeado. Ninguna es cara. Deja que te sorprenda».

—Y aquí estoy —le digo a Penelope—, hablando con mi mejor amiga y plantada delante del armario, sin saber qué ponerme.

—¿Y no te dio ninguna pista?

—Dijo que me pusiera algo cómodo e informal. Y que pasaríamos el día al aire libre.

Penelope se lo piensa durante unos segundos. Luego dice:

—¿Has recibido un paquete últimamente?

—Puede que lo tenga el portero. ¿Por qué?

—Pensaba ir a visitarte un día de estos, así que te envié una caja con un montón de ropa mía.

—¿Qué?

—Ya sabes que me revienta facturar maletas en el aeropuerto de Los Ángeles.

Es verdad. Solo viajamos con equipaje de mano, a menos que consigamos un vuelo que salga de Burbank.

Me fliparía que Penelope me visitara. Desde que la conozco, nunca había pasado tanto tiempo sin verla. Bajo al vestíbulo, recojo la caja y la abro en cuanto vuelvo al piso.

Dentro hay ropa de verano para dar y regalar. Le doy las gracias a Penelope, otra vez.

Y luego pienso que tendría que empezar a comprar prendas que no sean de estar por casa, ahora que tengo motivos para ello.

Jamás habría relacionado a Parker Warren con el Jardín Botánico de Nueva York. Miro el cartel con asombro.

—¿Querías venir? —pregunto volviéndome a mirarlo.

Me devuelve la mirada.

—Te encantan las plantas —responde como si fuera evidente.

Ah.

Sí que me encantan las plantas.

—Hala, todo el mundo vende artículos de *merchandising* hoy día —bromeo mientras paseamos por lo que parece un centro de jardinería: un espacio lleno de plantas a la venta—. ¿Compramos una por si hay paparazis escondidos entre los setos? Nada sugiere tanto una relación estable como comprar juntos una gardenia.

—No, deberíamos comprar uno de estos árboles de Navidad en miniatura —dice él fingiendo seriedad—. Dará a entender que lo nuestro durará más allá de las vacaciones.

Estoy segura de que el arbolito que señala tiene un nombre científico que no es «árbol de Navidad en miniatura», pero recuerda lo suficiente a uno como para que me ría.

—Los adornos tendrán que ser minúsculos —digo.

—O solo tres de tamaño normal.

Brilla un sol radiante, y estoy satisfecha con la ropa que he elegido (bueno, más bien, que ha elegido Penelope): pantalón corto, camiseta de tirantes y una camisa de algodón desabrochada. Puedo guardar la camisa en el bolso si tengo demasiado calor, según los mensajes de Penelope. Mi amiga añadió emojis de fuego, así que, bien pensado, no creo que se refiriese al sol.

—Hay de estos en el Amazonas —digo sonriendo al mismo tiempo que señalo un grupo de enormes nenúfares apiñados en el centro de un estanque—. Me encantaría echarme una siesta en uno, ¿a ti no?

Parker me mira con sorna.

—Me muevo mucho mientras duermo. Acabaría en el agua.

—Pues recuérdame que me compre mi propio nenúfar. No me gustaría que me arrastraras contigo.

—Tomo nota.

Caminamos por senderos interminables, flanqueados de árboles y flores. Pequeños letreros junto a las plantas nos ofrecen un poco de información. Yo exclamo sin cesar:

—¡No sabía que hubiera flores así!

Y Parker no se impacienta. No, solo parece tan interesado como yo. Me obsesiono un momento con un macizo de flores agresivamente altas que tienen unos tallos delgados rematados por un halo de diminutas flores moradas.

—¿Cómo es posible que no se caigan? —me asombro.

—Hacen mucho ejercicio.

Las corolas de algunas flores están cerradas, como nabos en miniatura. Vemos lirios de un día.

Entramos en un enorme invernadero. El techo y las paredes son de cristal. Las palmeras nos dan la bienvenida y me siento un poco en casa. Hay estanques. Plantas con hojas más grandes que nuestras cabezas. Ramas colgantes que bajan del techo. Flores tropicales de un lila intenso.

Los jardines continúan en el exterior. Hay muchísima naturaleza, muchísima variedad, colores que hacía tiempo que no veía.

—No me puedo creer que aún estemos en la ciudad —digo.

—Estaba pensando lo mismo.

Nos paramos delante de una rosaleda. Está en una zona en pendiente y el aire transporta el intenso aroma de las flores.

Momentos después, estamos en el centro del jardín de rosas.

—No sabía que existieran rosas de este color —digo mirando un rosal de flores color magenta. Las rosas, por lo visto, pueden ser de cualquier color, casi como los diamantes. Color crudo, color cereza, color rosa balé; las hay rayadas como caramelos.

—Entonces debería regalarte rosas.

Niego con la cabeza.

—No. No me gusta nada que me regalen flores —le digo muy en serio—. No soporto verlas morir.

Un recuerdo me anuda la garganta. No, prefiero mil veces verlas así. Vivas. Radiantes.

Me doy la vuelta y veo que Parker tiene el móvil en la mano. Me enfurruño.

—¿Acabas de hacerme una foto?

Asiente.

—¿Por qué?

—¿Por qué saca fotos la gente? Quiero recordar este momento.

No sé qué decir, excepto:

—Bueno, en ese caso al menos deberías salir en la foto conmigo.

Una señora mayor que está paseando por allí se para y nos pregunta si queremos que nos haga una foto.

—Sí, por favor —respondo, y diría que Parker quiere morirse. A pesar de todo, se queda ahí de pie mientras yo sonrío a su lado.

La mujer tuerce el gesto y baja el teléfono.

—Deberías mostrar más alegría teniendo una novia tan guapa —dice.

Miro a Parker, que está frunciendo el ceño.

—Sí, Parker —le digo—. Intenta simular que te gusto por un momento. A saber dónde acabará esta foto.

Me mira enfurruñado. Despacio, me pasa el brazo por la cintura. Se queda mirándome los labios. Yo le miro los suyos. Ojalá no hubiera vomitado la última vez que intentó besarme.

—¡Perfecto! —dice la mujer, y él aparta la mirada para recuperar su teléfono.

Todavía tengo la sensación de que no quepo en mi piel cuando me pregunta:

—¿Vamos al destino siguiente?

No me puedo creer que Parker haya planeado un día como este. Para ser alguien que, según dice, hace años que no tiene tiempo para dedicárselo a nada que no sea su empresa, está haciendo un gran trabajo.

—¿Cuántos hay en total?

—Solo dos más.

Antes de que nos marchemos, me detengo a admirar el bosque que tenemos detrás. Emana una paz absoluta. Qué distinto al conjunto de cristal, acero y asfalto al que antes o después vamos a tener que volver.

—Es el bosque que ocupaba esta zona antes de que existiera Nueva York —dice Parker—. Un bosque milenario.

Me parece una fantasía. Contemplo los últimos restos de aquel bosque primigenio y siento tristeza, y luego alivio de que al menos una mínima parte siga con nosotros.

Después… me inunda una paz sorprendente. Los bosques son plantas muertas alimentando a otras nuevas. Los bosques constituyen la prueba de que nada muere para siempre.

El zoo del Bronx está cerca. Pero no es ese nuestro destino.

—¿Intento adivinarlo o mejor no me molesto? —pregunto a la vez que me incorporo en el asiento para asomarme a la pantalla del Uber. Parker niega con la cabeza.

Seguimos circulando. Aún estamos en el Bronx cuando lo veo: el estadio de los Yankees. Me vuelvo a mirarlo.

Un brillo divertido asoma a sus ojos.

—¿Por casualidad has tenido ganas alguna vez, muy en el fondo de tu corazón, de ver un partido de béisbol?

—No. Cero ganas.

Odio las multitudes. La idea de sentarme al aire libre, en un asiento pegajoso y rodeada de gente, a ver un deporte cuyas reglas no estoy segura de entender, se parece a mi infierno personal.

Pero no en este momento. Ahora, estando con Parker y después de nuestro paseo… me apetece hacer eso con él.

—No tenemos que ver al partido. Podemos ir directamente al próximo destino.

Niego con la cabeza.

—No, quiero ir.

Seguimos al gentío por el control de seguridad y luego por el registro de entradas. A continuación, remontamos varias rampas. Nuestros asientos están justo en el centro, detrás del plato. Deduzco que son buenos asientos, pero nada loco ni extremo.

—¿Te parece bien?

—Es perfecto —respondo, y hablo en serio. Porque me ha hecho caso. Le dije cómo me sentía y está claro que me escuchó. Mi pecho parece ensancharse mientras él me sonríe.

—Quédate aquí. Vuelvo enseguida.

Y se marcha.

Espero en el asiento, googleando con desesperación las reglas del juego mientras la gente ocupa los asientos de alrededor y me acerco el móvil al oído para escuchar un vídeo sobre las distintas fases del partido. Pego un bote cuando algo interfiere en mi visión.

Una gorra de béisbol. Parker acaba de plantármela en la cabeza. Él lleva la misma: el pelo oscuro se le riza en torno a las orejas, por debajo de la gorra, y… es todo lo contrario a los trajes que suele llevar. Trago saliva, paralizada por la sorpresa, mientras él me tiende unas palomitas, un perrito caliente y una botella de agua. Ha comprado lo mismo para él. Por fin me recupero lo suficiente para decir:

—Tú no haces nada a medias, ¿verdad?

—Nunca —dice.

Todavía está ahí de pie, mirándome.

El sol nos achicharra. El asiento está, efectivamente, tan pegajoso como yo imaginaba. Tengo en la mano un cubo de palomitas del tamaño de una maceta con un perrito caliente apoyado en el centro. Acabo de aplicarme otra capa de protección solar apestosa y un tanto pastosa en las mejillas y en la nariz. Y estoy sonriendo, no sé por qué.

Penelope no se lo creería. Menos mal que existe una prueba.

Parker saca el móvil y me hace una foto.

Luego se sienta.

Después del primer lanzamiento, una parte del público empieza a corear un cántico de grada a los jugadores. Los jugadores lo entonan también.

—¿Crees que es hierba de verdad? —pregunto mientras los jugadores corren.

Niega con la cabeza.

—No lo sé. Lo poco que sé de plantas se ha quedado en el jardín botánico.

Para mi sorpresa, Parker entiende de béisbol. Se inclina hacia mí y me explica las reglas. Cada vez se acerca un poco más. Está tan cerca que voy asintiendo sin enterarme demasiado de lo que está diciendo. Estoy concentrada en el roce de su hombro contra el mío. Yo también me aproximo a él. Estamos tan pegados que al final me rodea la cintura con el brazo para atraerme.

Lo miro, pero él está pendiente del partido. Su mano empieza a trazar pequeños dibujos por debajo de la camisa, contra mi camiseta, y de repente soy muy consciente de mi piel. No hay protector solar para esto, no hay modo de aplacar el calor de su contacto, y yo intento respirar a través del deseo que se me enrosca en el vientre con cada roce de sus dedos.

—Eh, tú eres ese tío famoso —dice alguien.

Al levantar la vista, vemos a un chico de edad universitaria parado en las escaleras, junto a nuestros asientos.

—¡Eres tú! —insiste—. Hala. Felicidades por todo. ¿Me puedo sacar una foto contigo?

Parker rehúsa con educación. Pero el chico se lo toma bien y le hace unas cuantas preguntas.

Puede que Parker no sea generoso con su imagen, pero sí lo es con su tiempo. Cuando la conversación se alarga, se levanta para hablar aparte con el chico y así no molestar a los demás. Luego regresa conmigo.

Me encanta que de inmediato vuelva a rodearme la cintura con el brazo. Sus dedos reanudan el vagabundeo por mi piel.

Lo miro.

—¿Por qué no has querido hacerte una foto con él?

—Odio las fotos, joder.

Asiento. Me viene a la mente el retrato que salió publicado en la portada de aquella revista y en el que prácticamente estaba torciendo el gesto ante la cámara.

—Ya. Así que esa foto nuestra en la rosaleda ha ido a parar a la basura, ¿no? ¿La has borrado incluso de la papelera?

—No —responde lacónico.

La gente en derredor come cubos de alitas de pollo y patatas fritas, y bebe las cervezas más grandes que he visto en mi vida. Un hombre que sube y baja por las escaleras las vende en una enorme nevera portátil. Parker compra una y la compartimos, pasándonosla el uno al otro. Nunca había probado la cerveza, pero sabe bien, sobre todo si la compartes.

—¿Y cómo sabes tanto de béisbol? —le pregunto.

Asoma a sus ojos un gesto casi de dolor, como si la pregunta fuera un escalpelo que le hubiera hurgado en una zona sensible.

—No pasa nada, no tienes que…

—Me lo enseñó mi padre. —Nuestras miradas se encuentran—. Era una de las pocas cosas que le gustaban, así que fingí que me gustaba también. A veces me llevaba a los partidos, aunque casi siempre los veíamos desde el sofá. Supongo que… de tanto fingirlo se volvió real. Empezó a gustarme el béisbol.

Parece reticente a compartir eso conmigo, como si fuera a borrar lo que me contó anteriormente y la confesión pudiera dejar a su padre en buen lugar cuando está claro que no es una buena persona.

Pero sé lo que es. Antes de que mi padre nos dejara, recuerdo que lo acompañaba a alquilar películas. Puede que mi madre me llevara al cine de verano cada día, pero gracias a mi padre descubrí mi película favorita. Y es complicado saber que una persona a la que le guardo rencor plantó en mí una semilla que prácticamente se convirtió en mi mundo.

Las relaciones son complejas. Las personas también. Hay una gama de grises entre lo bueno y lo malo, ya lo sé.

No me detengo a pensar demasiado en el hecho de que Parker nos haya traído aquí, precisamente, como si quisiera tapar los malos recuerdos con otros buenos. Lo mismo que me sugirió que hiciera con la ciudad.

El partido dura horas, pero el tiempo pasa con rapidez.

Cuando un jugador hace *home run,* nos levantamos los dos. Nos sonreímos.

Es fácil estar aquí sentada con él. Trasladar todas las palomitas a un solo cubo para poder apoyarlo entre los dos. Recostarme contra su hombro. Mirarlo y descubrir que se le forman arruguitas junto a los ojos cuando sonríe y que estas le dan un aire aniñado, muy distinto al talante del hombre que aparecía en la portada de la revista sobre una cifra absurda.

«No me costaría nada enamorarme de él. Fingir que la vida es tan sencilla y ordenada como un partido de béisbol en pleno verano», pienso.

Pero no lo es. Esto es una representación. Tiene fecha de caducidad. Y, a diferencia de la devoción de Parker por el béisbol, lo que fingimos casi nunca se convierte en algo real.

Cuando el partido termina, descubro que siento nostalgia. Quizá de los tiempos en los que no tenía que preocuparme por nada, por los momentos en que los guiones no ocupaban todos mis pensamientos.

Ahora que lo pienso... hoy es el único día de todo el verano en que hemos hecho algo oficialmente ajeno al acuerdo. Esto no ha sido por su imagen. No ha sido por mi película. Lo hemos hecho por nosotros. No tengo claro cómo me siento al respecto.

La tarde casi ha llegado a su fin cuando salimos del estadio de los Yankees.

—Hay un sitio más —me dice—, si te apetece.

«Contigo me apetece todo», quiero decirle, pero no lo hago. En vez de eso, me limito a asentir.

Se llama Arthur Avenue, en la Pequeña Italia del Bronx. Los dueños de algunas tiendas nos dicen con vehemencia que esta es la Pequeña Italia «verdadera». Hay pan recién hecho con hendiduras en la corteza apilado en los escaparates, caballetes publicitarios que anuncian distintos tipos de queso. Entramos en una panadería y salimos con *pane di casa,* pan casero, una variedad redonda que comemos directamente de la bolsa, arrancando pedazos. Nos miramos con la misma expresión que ayer, sin necesidad de pronunciar palabras.

Nos encontramos con carnicerías, mercados de frutas y verduras y restaurantes, con la carta fuera en expositores de cristal. No hemos comido nada más que los tentempiés del partido en todo el día, así que entramos en un restaurante llamado Enzo's. Es un local con las paredes de ladrillo visto, manteles blancos y pasta hecha en casa, que devoramos hambrientos.

Para tomar el postre entramos en Gino's, que también es un negocio familiar: tienen las fotos de la familia colgadas en las paredes, en brillantes marcos dorados, con flores secas sobre los retratos. Las propias paredes son de un blanco roto, hay galletas multicolores detrás del mostrador y un dólar pegado a la caja registradora con cinta adhesiva.

Nos han dicho que tenemos que probar los *cannoli,* así que lo hacemos. Compramos dos, y son enormes o quizá yo nunca había probado uno de verdad. Están rellenos de crema y rebozados en chips de chocolate por un lado y en pistachos de un verde intenso por el otro, y luego espolvoreados con azúcar glas.

El polvillo de azúcar nos ensucia toda la cara y los dedos, pero nos sonreímos sin romper en ningún momento el contacto visual, como si hubiéramos acordado hacerlo cuando probamos cosas nuevas. Me produce una extraña sensación de intimidad eso de ver sus ojos agrandarse, su sonrisa ensancharse, mientras vivimos nuevas experiencias.

Devoro el último bocado de *cannoli* lamentando haber llegado ya al final cuando descubro que Parker me mira sonriendo.

—Tienes azúcar en la nariz —me dice y me lo retira con el pulgar—. Y por toda la boca también.

«El azúcar glas no se retira; tiene que disolverse», me gustaría decirle, pero no quiero insinuar nada. En vez de hablar, me paso la lengua por los labios a toda prisa y ha sido mala idea porque ahora me contempla la boca.

Me acuerdo de ayer, cuando estuvo a punto de besarme. Mira cómo terminó.

—Deberíamos coger un café —le digo a toda prisa al ver la máquina del rincón.

Sirven capuchinos enormes, cubiertos de nata recién batida, en tazas como las que uno tiene en casa. Seguramente es demasiado tarde para tomar café, pero yo me termino la mitad del mío antes de pasárselo a Parker para que lo pruebe.

—Conque compartiendo café conmigo… —dice él mientras me devuelve la taza—. Ahora nunca me voy a creer que me odias.

Se me eriza la piel al recordar aquella noche en su cocina con su camiseta y nada más entre nuestros pechos desnudos. «Me odias, ¿no te acuerdas?».

«Te odio. Te odio con toda mi alma».

Paseamos un poco más. Entramos en una charcutería que vende olivas de una decena de variedades distintas, de todos los colores posibles, y mozzarella fresca.

—Tienes razón —dice Parker cuando vemos una camiseta en la que se lee: «Sin pasta no hay fiesta»—. Todo el mundo vende artículos de *merchandising* hoy día.

Para cuando damos el día por finalizado y volvemos en coche a casa, me siento… llena. Y no solo porque hemos vuelto atrás para comprar más *cannoli* antes de marcharnos. No, una parte de mí, una parte que estaba vacía sin que yo me percatase del todo, se ha colmado.

Me duermo sobre el hombro de Parker en el camino de vuelta, acunada por las formas que dibuja en mi brazo.

—Siempre te quedas dormida encima de mí —me dice cuando me despierta—. No sé si tomármelo mal.

Me río y bostezo.

—En realidad es una buena señal quedarse dormido encima de alguien. Significa que confías en esa persona. Que te hace sentir segura.

Me limito a repetir algo que leí en internet, pero su manera de contemplarme, como si de repente agradeciera que seguramente le haya estado babeando el hombro durante los últimos cuarenta y cinco minutos, me provoca un brinco en el pecho.

—No he sido sincero —dice—. Hay una última cosa, si te apuntas.

Miro alrededor. Volvemos a estar en Manhattan. El reloj del coche marca que solo son las ocho y media. Después de todo lo que hemos hecho hoy, pensaba que sería más tarde.

—Vale. Hagámoslo.

Nos apeamos en una esquina, no muy lejos de nuestro edificio. Hay mucha gente fuera, como si estuvieran esperando algo. Me vuelvo a mirar a Parker frunciendo el ceño.

Señala la calle. No hay nada excepto unos cuantos coches aguardando en la intersección.

—Espera y verás —dice.

Lo hago. Pasa un ratito y unos rayos de luz dorada empiezan a brillar entre los edificios, como si el sol intentara colarse por el resquicio.

Pues claro. Manhattanhenge. Penelope y yo lo vimos casualmente una vez cuando estábamos en la universidad. El atardecer se alinea con la cuadrícula de las calles. Solo sucede cuatro días al año.

No recordaba que fuera tan hermoso, pero, durante unos instantes, es como si la ciudad que nunca duerme se hubiera paralizado. Todos se detienen para volverse a mirar el sol.

La ciudad, pienso, puede ser maravillosa.

No caigo en la cuenta de que estoy sonriendo hasta que miro a Parker y descubro que me observa. Pongo los ojos en blanco y lo obligo a girarse hacia el ocaso. Mi mano roza su brazo y me la coge. Le dejo hacerlo.

Tengo la sensación de que el tiempo se ha congelado, como un instante atrapado en una bola de nieve. Parece como si la luz dorada pudiera derramarse por los edificios por siempre.

Pero igual que el verano tiene que llegar a su fin, también lo hace el atardecer. La ciudad se oscurece. Volvemos andando a casa, en silencio.

Arriba, nos detenemos en el rellano.

—El fin de semana que viene hay una fiesta —me dice Parker—. No tenía en mente ir, pero he pensado que podría ser divertido. Contigo.

Contigo. Esa única palabra me inunda de calor, como si llevara en el bolsillo un poco de la luz de ese sol que se acaba de poner.

—¿Qué tipo de fiesta?

—La revista la organiza para celebrar la portada. —Su expresión se ensombrece una pizca—. Es… en la misma discoteca.

«La misma en la que nos conocimos».

Las palabras hacen mella en mí y de repente el espacio vacío, el hueco que él ha llenado, parece desocupado otra vez. El calor se apaga.

Recuerdo la escalera de la discoteca. Las palabras que pronunció.

Me mira con algo parecido a esperanza en los ojos. A una parte de mí le gustaría machacarla. Una parte de mí quiere cerrarle la puerta en las narices, y me pregunto si eso lo atormentaría del mismo modo que él y aquella noche me han atormentado a mí durante años.

Pero la otra parte tiene ganas de asistir a la fiesta, de encontrar pruebas de que él no es el tipo de la escalera, sino la persona que me lleva a jardines botánicos y a partidos de los Yankees, que come *cannoli* conmigo y me deja dormirme en su hombro más de una vez.

—Allí estaré —le digo, aunque solo sea para recordarle que, por muy bien que hayamos estado hoy, nunca he pretendido que esto durara más allá del verano.

# 19

La semana pasa volando. Cada mañana voy a la cafetería y me siento a mi mesa favorita con un café con leche y mi pastelito de siempre. Que Parker sea el dueño tiene algunas ventajas, y no solo para mí. Hay nuevos sabores en la carta. Dulces nuevos. Y ahora te puedes sentar en la terraza.

Mi historia marcha viento en popa y es como si no pudiera escribir con la suficiente rapidez. Esta es mi parte favorita de la creación de un guion, cuando tengo la sensación de que me he caído dentro. De que estoy a su merced. Me quedo despierta hasta las tantas y me levanto temprano por la mañana para volver a meterme en la historia. La ansío como si fuera una droga: la vivo como una segunda vida.

Las ansiedades que siempre me acompañan se esfuman. Se parece a meditar, esto de estar tan enfocada en una cosa. En esta fase suelo pasar largos periodos de tiempo sin salir de casa. Es el momento en el que Penelope tiene que obligarme a comer verdura y recordarme que no he bebido agua en todo el día. Es la fase en la que el portátil se queda sin batería porque estaba tan enfrascada en las páginas que no me he percatado de los avisos de batería baja. Mis guiones se tragan mi vida, a veces durante meses.

Esta vez no es así. Descanso de mi relato cuando Parker pasa a saludar. No me enfado cuando me interrumpe para dejar una taza de chocolate caliente delante del portátil. Cuando Taryn me pregunta si me apetece salir a comer, acepto. Nos reímos durante dos horas seguidas y yo le pregunto por su trabajo de marketing en una empresa de moda porque me importa. El jueves quedamos con Emily y Gwen para beber chardonnay y pintar cerámica en Tribeca. Nos comemos los agujeros de dónut que ha traído Gwen. Caminamos por calles de adoquines, y entramos y salimos de las tiendas solo para echar un vistazo. Parker y yo salimos a correr tres veces a lo largo de la semana, y de repente mi cuerpo y mi mente ansían el ejercicio. Visitamos Little Island y alucinamos al ver cómo está construida, de manera caprichosa, con carreteras culebreantes como si fuera un juego de mesa transitable. Corremos por la West Side Highway.

—Cada vez se te da mejor —me dice Parker mientras yo me doblo sobre mí misma y respiro el aire cálido del verano con las palmas sudorosas resbalando por mis rodillas.

Levanto la vista para mirarlo con incredulidad. Estoy al borde de tener que llamar a una ambulancia.

Se ríe al ver mi expresión.

—Hablo en serio. Hace pocas semanas no podías correr ni una manzana y ahora acabamos de correr un kilómetro y medio.

«¿Un kilómetro y medio?». Responde a mi cara de sorpresa con un asentimiento.

—Un kilómetro y medio. Dentro de nada podremos recorrer andando todo Manhattan.

Pongo los ojos en blanco al recordar el objetivo que fijamos en Los Claustros.

He construido una vida al margen de la escritura, fuera del apartamento. Sucedió de repente, sin previo aviso. Un día me desperté y había una pequeña ciudad levantada a mi alrededor.

Ya no soy una isla desierta.

El viernes por la noche llego al punto medio del guion. Me echo hacia atrás, asombrada de haber escrito tantas páginas. Media película. He escrito media película. La sensación siempre es nueva. Se lo cuento a Sarah y me envía más champán. Esta vez, en lugar de dejarlo burbujeando en un rincón de la nevera, hago planes para tomarnos las botellas. Puede que invite a Taryn, Gwen y Emily a compartir las dos botellas conmigo. Puede que las lleve al apartamento de Parker.

Antes de que me dé cuenta, es sábado por la noche.

Y ha llegado el momento de ponerme el vestido. El que lleva todo el verano colgado en el armario.

—Has ganado —le digo a Penelope por videollamada mientras extraigo la percha.

—Genial, ¿y cuál es mi premio?

—Echarme una mano mientras me arreglo.

Llevamos una hora y media al teléfono. Me ha dado detalladas instrucciones de cómo secarme el pelo con el secador y yo he intentado no quemarme el cuero cabelludo. Luego me ha observado mientras me maquillaba. Entretanto me contaba su última salida con el médico buenorro y se ha interrumpido para decir:

—No, más difuminado. Más difuminado.

Para cuando he terminado, llevo más maquillaje encima del que me he aplicado en toda mi vida.

Ahora, al mirarme al espejo, no me siento una persona diferente, como seguramente me habría pasado en algún momento anterior. Todavía me siento yo. Solo que soy… una versión distinta de mí.

—Espera… —me dice Penelope cuando dejo el móvil sobre la cama, de cara al techo, mientras me cambio—. ¿Te llevaste la lencería bonita?

Se refiere al conjunto de encaje negro que me compré hace un año, por si alguno de mis ligues cuajaba. Nunca fue así.

—Sí —reconozco. Ni siquiera sé por qué.

Penelope no añade nada más. Quiero decirle que no la necesitaré, que esta noche no va a pasar nada. Pero me la pongo de todos modos sin rechistar.

Voy a un local nocturno. Quiero sentirme sexy. Lo hago por mí.

A continuación me enfundo el vestido.

—Estás muy callada. ¿Qué pasa? —dice Penelope desde la cama—. ¡No veo nada!

Cojo el teléfono y cambio el sentido de la cámara para que vea el espejo.

Contiene el aliento. Hay un silencio dramático. Luego pregunta:

—¿Parker sufre alguna patología cardiaca preexistente?

Frunzo el ceño.

—No lo creo, ¿por?

—Porque le va a dar un puto ataque al corazón cuando te vea.

Penelope está exagerando. Pero es cierto que estoy… distinta. El vestido es casi demasiado escandaloso para llevarlo por la calle, al menos en mi caso. Es corto y negro. Tiene dos tirantes finos y es de un tejido ajustado que se me pega a la cintura y a las caderas antes de descender por los muslos.

Como si no revelara ya suficiente, lleva una raja.

Con tacones, el vestido parece aún más corto. Trago saliva.

Cambio el sentido de la cámara.

—Estoy asustada —reconozco—. No sé… no sé qué hacer en una discoteca. No bailo, no sé mantener charlas intrascendentes y no sé llevar algo así sin sentirme ridícula.

—Respira —me aconseja Penelope—. De todas formas la música estará demasiado alta como para hablar con mucha gente. Estará tan concurrido que bailar será más bien balancearse sosteniendo una bebida. Mantén la barbilla alta, los hombros bajos y la espalda recta. Coge toda la seguridad en ti misma que puedas reunir y enfúndatela como si fuera un maldito jersey de cachemira porque estás espectacular y eres alucinante y no, no soy objetiva porque eres mi mejor amiga, pero diría lo mismo aunque no lo fueras.

Se me saltan las lágrimas.

—Ojalá estuvieras aquí —le digo.

—Ojalá —dice—, aunque solo fuera para ver la cara que pone Parker cuando te vea.

Parker está esperando en el vestíbulo. Ha dicho que no quería meterme prisa.

Mientras bajo en el ascensor me planteo si volver a subir. Si decirle que me encuentro mal.

Entonces las puertas se abren y lo veo.

Está hablando por teléfono. Parece una conversación importante. Cuando levanta la vista para mirarme, el móvil se le cae de la mano y se estrella contra el mármol, donde se rompe en pedazos.

Ni siquiera lo mira. Me está mirando a mí.

—Me parece… me parece que se te acaba de romper el móvil —le digo avanzando un paso hacia él. Noto la corriente del aire acondicionado en una porción excesiva de piel.

—Me compraré otro —me dice casi sin mover los labios mientras me observa.

Recorre con los ojos mis piernas desnudas y asciende hasta la cintura, hasta el pecho, hasta el rostro, como si quisiera asimilar hasta el último detalle. Luego vuelve a empezar.

—Elle, ¿pretendes matarme la noche de mi fiesta?

Sonrío.

—Puede que fuera mi plan desde el principio. Una larga maquinación.

Avanza un paso hasta situarse delante de mí.

—A lo mejor ni siquiera me importa.

La discoteca tiene el mismo aspecto que hace dos años.

Tengo el corazón en un puño cuando entramos. No sé si ha sido buena idea. Todos los sentimientos que he tratado de ahuyentar sobre Parker podrían resurgir. El odio… o el deseo. No tengo claro cuál es peor.

Me vuelvo a mirarlo mientras pasamos junto al portero, y él ya me está observando. Esto se parece a retroceder en el tiempo. Los guardias de seguridad nos acompañan abajo, por delante de una versión ampliada de la portada de Parker.

—Te ayudaré a llevarla a nuestro edificio después —le prometo, y él me hace una peineta.

Su mano se posa en la parte inferior de mi espalda. La tela de mi vestido es tan fina que noto sus dedos casi como si estuvieran en contacto con mi piel. La sala principal está atestada, igual que la noche que nos conocimos.

A diferencia de aquella noche, tan pronto como entramos todo el mundo se vuelve a mirarnos. Unas cuantas cámaras se ponen en marcha: los fotógrafos del evento.

La mano de Parker me rodea la cintura y me atrae hacia sí, con un ademán casi protector, mientras la multitud nos envuelve.

Todo el mundo quiere hablar con él. Hay unas cuantas personas de la revista, algunos individuos de la industria y unas pocas mujeres tan osadas como para coquetear con él mientras su mano dibuja círculos perezosos en mi costado. Se libra de todas ellas con indiferencia y conversa con las personas que quieren hablar de negocios. Maneja con pericia las preguntas sobre la fusión y es interesante verlo en esta situación. En modo profesional. Su mirada es intensa; su expresión, fría, igual que aparece en la portada de la revista.

Por alguna razón que no me explico, le apoyo la mano en la espalda. Se vuelve a mirarme en mitad de la conversación y me pregunto si habré hecho mal, pero noto que su cuerpo se relaja, solo un poco. Cada vez que alguien se acerca me presenta antes de nada y yo no digo gran cosa aparte de responder alguna que otra pregunta.

Por fin se acerca otra persona de la revista y nos acompaña a nuestra mesa.

Solo es un trozo de sofá, con apenas espacio suficiente para los dos. Las mesas están atestadas de gente que claramente lleva allí un buen rato. Botellas vacías descansan en hielo delante de sus rodillas. Hay bolsos de diseño amontonados tras ellos, y se apretujan o se sientan en el regazo de otro porque no caben todos.

Una mujer se acerca a preguntarnos qué vamos a tomar. Parker me pregunta qué quiero y yo se lo digo con seguridad, dando gracias a Gwen en silencio por haberme hablado de los distintos tipos de bebidas alcohólicas y qué marcas serían apropiadas para esta noche. Cuando nos traen la botella, él me sirve a mí en primer lugar. Estamos tan juntos que tengo su muslo pegado al mío.

—Lo siento —me dice al tiempo que intenta ofrecerme más espacio, pero yo niego con la cabeza.

—No pasa nada. —Levanto mi copa hacia él—. Enhorabuena —le digo porque me alegro por él. Quiera lo que quiera, haga lo que haga… me alegro por él.

La música ahoga el tintineo del brindis y no rompemos el contacto visual mientras bebemos.

—¡Warren!

Parker entorna los ojos antes de volverse a mirar a un hombre bajito de unos treinta años que se encamina hacia nosotros. Dos mujeres lo acompañan.

—Benson —dice Parker sin emoción y alarga la mano para estrechar la del hombre—. Esta es Elle, mi novia. —Se vuelve hacia mí—. Este es Benson. Estuvimos en la misma incubadora hace unos años.

—Salí a bolsa hace poco —dice Benson estrechando mi mano casi demasiado rato—. Nada tan espectacular como lo de Warren, claro, pero no estuvo mal.

Esbozo una sonrisa forzada porque no recuerdo haberle preguntado nada. Me levanto y alargo la mano hacia las mujeres, y Benson se sobresalta, como si no se le hubiera pasado por la cabeza la idea de presentarlas. Ni siquiera tengo claro que conozca sus nombres. Lo esquivo y me presento. Las dos son altas y preciosas. Mira es pelirroja y pecosa, y Adriana es brasileña, de piel marrón, con el pelo oscuro y los ojos castaños. Las dos estudian un máster en la Universidad de Nueva York y han conocido a Benson cuando intentaban entrar en la discoteca.

—Nos ha facilitado la entrada —dice Mira encogiéndose de hombros.

Adriana se ríe.

—Quería pasar con dos mujeres para presumir, pero ¿qué importa? Estamos aquí y vamos a bailar. Sin él. ¿Te vienes?

Miro a Parker por encima del hombro. Sigue sentado, con el brazo extendido por el respaldo del espacio que yo ocupaba, charlando con Benson. Parece notar mi mirada y nuestros ojos se encuentran. Sonríe mínimamente.

—Claro —respondo. ¿Por qué no?

Ya me he tomado media copa y noto el zumbido de la bebida en mis venas. Sirvo dos copas más para Mira y Adriana, y nos llevamos los vasos a la pista de baile.

Es un caos, igual que hace dos años, según recuerdo. Pero esta vez me trae sin cuidado. Me mojo el pelo en el cubata de alguien, pero no me importa. Los cuerpos me empujan, pero eso no me hace estremecer como me pasó aquella noche.

Suenan canciones que no escuchaba desde la universidad, y bailo con Mira y Adriana, riendo y hablando a voz en cuello, me muevo como si no tuviera una sola preocupación en el mundo. Nadie me mira. A nadie le importa. Lo único que queremos todos es divertirnos. Bailamos durante lo que parecen horas, hasta que noto sudor en las raíces de mi cabello. Ni siquiera he bebido mucho, pero estoy borracha de emoción, de libertad, de música. Estoy meneando las caderas, siguiendo el ritmo, cuando me doy la vuelta y veo que parte del gentío ya no está. Parker sigue allí sentado, mirándome, y la intensidad de sus ojos verdes por poco me dobla las rodillas.

Adriana me da unos golpecitos en el hombro.

—Nos vamos a otra fiesta. ¿Quieres venir?

Niego con la cabeza.

—Mejor me quedo.

Nos despedimos con un abrazo y luego me giro. Parker aún me está observando.

No me encojo ante su mirada. No, esta noche la disfruto mientras camino hacia él entre la multitud. Estudia mi cuerpo como si quisiera memorizarlo.

Aún hay menos espacio en el sofá que antes porque en la mesa de al lado hay demasiada gente, y se levanta para cederme el asiento, pero yo le empujo los hombros con suavidad y me siento en su regazo.

Se queda inmóvil debajo de mí.

—Elle —me dice en un susurro que suena como una advertencia, hablando contra mi hombro.

Me vuelvo a mirarlo.

—Tú y yo estamos saliendo, ¿ya no te acuerdas?

Me acomodo en su muslo y no creo que él esté respirando.

—Me levantaré si quieres.

Hago ademán de alzarme, pero al instante me rodea la cintura con el brazo.

—No —susurra con un tono de voz ronco y torturado.

Por alguna razón, Benson escoge este momento para acercarse a nuestra mesa otra vez.

—¿Dónde están las chicas? —pregunta, y me entran ganas de expulsarlo por la fuerza del local.

—Las *mujeres* se han marchado —le digo.

Me lanza una mirada de admiración.

—Si alguna vez te cansas de él, dímelo. Acabo de comprar un yate de sesenta metros de eslora. Está amarrado en el puerto.

Me limito a mirarlo. No quiero malgastar aliento gritando para hacerme oír por encima de la música.

—Mala suerte, Benson —dice Parker en tono desenfadado, aunque su expresión es fría—. A Elle no le impresiona el dinero.

Debe de captar la indirecta por fin porque murmura algo de pedir una botella de ginebra en el bar y nos deja solos.

Me vuelvo hacia Parker.

—Eso no es verdad —le digo—. A veces sí que me impresiona el dinero.

—¿En serio?

Asiento.

—Cuando entra un gran donativo en la organización con la que colaboramos Penelope y yo. Eso me impresiona muchísimo.

Sin perder un instante, Parker saca un teléfono nuevo a estrenar. Me quedo atónita. Por lo visto, mientras yo estaba bailando, alguien se lo ha entregado.

Me lo tiende.

—Escoge tu causa favorita —me anima Parker—. Luego elige una cifra.

No puede hablar en serio. Escribo la URL de una fundación dedicada a animales en peligro de extinción. Es la primera que me viene a la cabeza y sé que acepta tarjetas de crédito porque es una de las organizaciones cuya cuota tengo domiciliada. Entro en la página de donativos y tecleo una cifra absurda. Una cantidad sin sentido. Suficiente para comprar una casa. Inclino el móvil hacia Parker para que me dé el visto bueno.

Frunce el ceño.

Recupero el teléfono.

—Perdona, ya sé que es muchísimo, voy a…

Cierra despacio los dedos sobre los míos.

—Podemos hacerlo mejor —dice hablándome directamente al oído.

Y entonces añade otro cero.

Pestañeo. El cargo se hace efectivo. Ni siquiera sabía que fuera posible cargar una cantidad tan grande a una tarjeta de crédito.

«Debería haber escogido otra organización. Otra causa. Hay tantas…», pienso.

Parece notar mi inquietud porque dice:

—Hazme una lista. Donaré la misma cantidad a todas.

La sinceridad de su tono me derrite algo en el pecho.

No solo por el dinero, porque debería donarlo, teniendo en cuenta que es sumamente rico. Es por saber que le importa lo que a mí me importa. Se está esforzando.

Parker se guarda el móvil en el bolsillo. Nos quedamos sentados un rato en silencio. La música retumba a todo volumen, el baile es ahora desenfrenado. La gente se está liando en la mesa de la izquierda. El grupo de la derecha se ha marchado y ahora tenemos más espacio, pero no me aparto de su regazo.

Está ardiendo. Su mano descansa en mi cadera con naturalidad. Tengo las manos entrelazadas delante de mi cuerpo.

Me echo hacia delante para coger una botella de agua de la mesa y lo noto tenso debajo de mí. El movimiento ha desplazado mi trasero por su muslo.

Y la tiene dura.

De repente noto la boca mucho más seca que antes. Mi piel está en llamas. Me olvido del agua y vuelvo a sentarme, deslizándome despacio por su erección. Me aferra las caderas para impedir que me mueva, y dice:

—Cuidado.

Lo miro por encima del hombro. Sus ojos se han oscurecido; está ligeramente sonrojado. No creo que haya bebido mucho más que un sorbo y yo apenas he bebido un poco más que él.

—Esta noche, no —le digo—. Esta noche no quiero llevar cuidado.

Durante un momento se queda paralizado. Me mira como si no me hubiera oído bien. Cuando por fin asimila mis palabras, me aferra las caderas con más fuerza.

Despacio, muy despacio, empieza a desplazar los dedos por mi muslo hasta el dobladillo del vestido. Lo recorre con sumo cuidado, deslizando el dedo corazón por la raja de la falda y luego retirándolo. Me deja al borde de la combustión. Empiezo a mecerme contra su cuerpo con suavidad, desesperada por más fricción.

—Joder —musita contra mi cuello, y yo me pego a él con más fuerza, frotándole las caderas. La discoteca está llena de gente. Nadie nos mira. La gente está demasiado pendiente de su propia noche como para fijarse en nosotros.

Me vuelvo a mirarlo y le digo:

—Te necesito.

Pronto estamos en el hueco de la escalera. Yo estoy pegada a la pared y él se yergue ante mí. Me mira con ojos hambrientos, desesperados, aún más que aquella noche.

«Aquella noche».

Titubeo. Parker lo nota.

—Lo siento —dice. Se está disculpando por segunda vez—. Siento no haberme comportado como un ser humano decente aquella noche porque, si lo hubiera hecho, quizá podría haber pasado más veranos contigo.

Desliza los dedos por mi sien y me pasa el pelo por detrás de la oreja.

—Me miras como si estuvieras a punto de salir corriendo o de dar esto por terminado, pero espero que te quedes porque este está siendo el mejor verano de mi vida y no quiero que acabe. No quiero pasar el resto del verano sin ti.

—¿Qué quieres? —le pregunto. Mi pecho se mueve deprisa mientras repito sus palabras de aquella noche.

—A ti —responde de inmediato—. Te quiero a ti.

Bajo la vista. Veo lo mucho que me desea. Se me seca la garganta solo de ver lo mucho que me desea.

—Yo también te quiero a ti —le digo con una voz que apenas reconozco. Pero no aquí. No en esta escalera—. ¿Te puedes marchar?

Parece a punto de enloquecer.

—Puedo hacer lo que quiera —dice antes de cogerme de la mano y llevarme a su coche.

No hablamos en el trayecto de vuelta al edificio. Nos limitamos a mirarnos con una expresión que solo podría describirse como hambrienta. Recorremos el vestíbulo a toda velocidad y nos metemos en el ascensor.

Se recuesta contra una pared. Yo me recuesto contra la otra. La energía circula entre los dos, una electricidad que casi saboreo, una fuerza de gravedad a la que quiero ceder. Lo miro a los ojos, negando con la cabeza, rebosante de emociones que no sabía si volvería a experimentar.

—¿Qué pasa? —me pregunta.

Sesenta plantas nunca se me han antojado un trayecto más largo. Veo ascender la cuenta y le pido mentalmente al ascensor que acelere. Estoy tan impaciente, tan inundada de sentimientos que solo puedo ser sincera.

—Durante años solo sentía dolor, pero al menos el dolor implicaba sentir algo. Luego pasé por una fase en la que no sentía nada en absoluto. —Mi pecho sube y baja a un ritmo más rápido de lo normal—. Por eso no podía escribir.

Era como si me hubieran extirpado las emociones, como si ya no fuera capaz de sentir.

—¿Y qué te sacó de ese estado? —pregunta Parker con las manos pegadas al acero del ascensor, los dedos tensos, como si fuera una tortura no tocarme ahora mismo.

Mi voz se convierte en un susurro.

—Odiarte.

Sus ojos perforan los míos. No puede soportarlo más.

—Ven aquí —dice, y nos precipitamos el uno contra el otro.

Nuestros labios chocan y somos puro frenesí, igual que la primera vez. Saborearnos no es suficiente, tocarnos no es suficiente. Le rodeo el cuello con los brazos, sus dedos se curvan en torno a mi nuca para atraerme más y más.

Desliza la lengua contra la mía, me recorre la boca y yo estoy jadeando mientras le clavo las uñas en los hombros. Sus manos resbalan a mi trasero. Me levanta y yo entrelazo las piernas en su espalda, y los dos gemimos cuando se frota contra mí. Despacio. La fricción es casi insoportable y yo quiero más mientras me restriego contra él con avidez. Él busca mi boca otra vez.

Las puertas del ascensor se abren y me lleva a su puerta, la abre al instante y la empuja.

No llegamos muy lejos.

Una vez dentro me pone contra la puerta cerrada, como si no pudiera esperar más. Los dos respiramos pesadamente y nos miramos a los ojos cuando apoyo los pies en el suelo. Gracias a los tacones no tengo que inclinar tanto la cabeza hacia atrás para mirarlo a los ojos, pero todavía es más alto que yo y noto su aliento cálido en la sien cuando se acerca para susurrarme al oído, con una voz que me estremece hasta las entrañas:

—Quiero comprarte este vestido en todos los colores solo para poder arrancártelo.

Ahora sí. Lo deseo. Lo deseo aquí mismo, contra esta puerta.

Respiro a toda velocidad. Tengo los pezones duros contra la seda. Recorre mi muslo con la mano sin despegarme los ojos ni un instante. Encuentra la raja de mi vestido. Sigue avanzando.

—¿Te parece bien? —me pregunta.

—Sí —le digo—. Por favor.

Al momento encuentra el encaje de mi cadera y desciende, despacio, torturándome, hasta que llega justo encima de donde quiero que esté. Se demora ahí un segundo, dos, y luego, justo cuando empiezo a decir algo, desliza los nudillos contra mi palpitante centro de placer, y suelto un jadeo.

—Joder —dice al notar el encaje empapado. Lo retira a un lado.

Con la primera presión de sus dedos callosos, arqueo la espalda. Emite un gruñido de placer y me ve retorcerme mientras traza lentos círculos en mi centro. Tiene los dedos largos y diestros —hábiles— y quizá un poco juguetones. Levanto los ojos para mirarlo, para fulminarlo en realidad, con los labios separados mientras respiro con rapidez. Él se toma su tiempo.

—Por favor —le suplico aferrándole la muñeca. Arrastrándola despacio más abajo.

—Solo porque me lo pides con dulzura —dice antes de introducirme un dedo.

Cuando empieza a moverlo, echo la cabeza hacia atrás ahogando un gemido, sin soltarle la muñeca. Primero despacio, luego acelera el ritmo. Lo potencia. Chispas de fuego me recorren la columna. Mi piel se eriza, emana deseo. Emito un sonido que nunca había salido de mis labios.

—¿Era esto lo que querías, Elle? —me pregunta. Su boca está en mi oído y su voz suena dominante y tensa.

Asiento con determinación y sus labios descienden para recorrer mi mandíbula adelante y atrás. Me arrastra los dientes por el cuello con suma suavidad. Se detiene. Murmura satisfecho. Luego me derrito cuando me lame el pulso despacio, como si quisiera notar el latido con la lengua. Como si quisiera saborear mi placer.

La razón, el pensamiento y lo que pasó hace dos años se han esfumado. Solo queda este deseo abrasador. Yo jadeo sin aliento, aferrada a sus hombros mientras él mueve el dedo dentro de mí a un ritmo implacable.

—Puedo añadir otro —dice, y espera a que se lo confirme. Lo hago y grito cuando me introduce el segundo dedo. Mis músculos se contraen tensos en torno al placer que se acumula, pero empieza a mover los dedos otra vez, y yo estoy resollando. Me toca el centro con la palma y veo las estrellas.

Empiezo a cabalgar sus dedos sin pudor, retorciendo las caderas, y Parker apoya la otra mano contra el marco. Me mira con los ojos muy abiertos. La erección le tensa los pantalones.

—Eso es —dice—. Fóllate mis dedos, Elle.

Lo hago. Me muevo con abandono y por una vez mi mente está vacía, felizmente vacua, salvo por el placer que se acumula en mi columna. Nunca nada me había producido una sensación tan placentera, tan completa, tan correcta.

Me frota el centro con el pulgar y yo grito, latiendo en torno a sus dedos mientras él continúa y maldice cuando me ve romperme y rehacerme delante de él, temblorosa, jadeante, antes de desplomarme contra la puerta.

Retira los dedos despacio y de inmediato me siento vacía, necesitada.

—¿Qué quieres? —le pregunto por segunda vez esa noche mientras le acerco la mano a los pantalones. Le recorre un estremecimiento cuando nota mi caricia y su mano envuelve la mía para detenerla.

—¿Qué quiero? —pregunta haciendo un gesto de negación con la cabeza.

Asiento y me pego un poco más a la puerta.

Su voz es un gruñido torturado.

—Quiero arrodillarme y hacer que te corras otra vez, ahora con la boca. Quiero arrancarte el vestido. Quiero hacerlo contigo contra cada uno de los muebles que tengo. Quiero odiarte porque solo puedo pensar en ti, incluso en las reuniones más importantes, y a veces es una putada.

Estoy lista para todo eso. No sabe hasta qué punto.

Retrocede un paso.

—Pero no esta noche.

—¿Por qué no? —le pregunto sin aliento.

—Porque solo estamos en julio, Elle —dice—. Y me has prometido todo el verano.

Me recorre el cuerpo con los ojos. Me mira como si quisiera devorarme.

—Tengo intención de tomarme mi tiempo para disfrutarte.

# 20

Sí que se toma su tiempo. Cuando despierto en su cama, envuelta en una de sus camisetas, me está acariciando la espalda con movimientos largos y lentos. Acaba por aferrarme el trasero, lo que provoca que yo lo monte a horcajadas y frote las caderas contra las suyas, y que él esté a punto de darme todo lo que quiero. Al final me ofrece los dedos de nuevo y yo los cabalgo hasta que llego al clímax y me desplomo contra su pecho.

Es una locura. Nos besamos, demasiado. Cuando me deja en casa después de salir a correr, acabamos liándonos contra la puerta. Sus manos terminan debajo de mi camiseta.

Las semanas pasan volando. Invito a Taryn a cenar conmigo. Hablamos de que su compañera de piso se marcha y de sus planes de ir a visitar a su familia en otoño, a la otra punta del país. Yo le hablo de Penelope y de mi hermana, y luego un poco de lo que Parker y yo hemos hecho este verano.

—Pareces contenta —me dice—. Más contenta que antes.

Lo estoy. Tengo la sensación de que irradio felicidad. Soy como una alquimista que convierte en oro todo lo que toca. Me cuesta menos conversar. Mis estados de ánimo son más sosegados. Las cosas que antes me preocupaban… ya no lo hacen.

Parker se marcha a San Francisco para otra reunión relativa a la absorción de su empresa y yo trabajo para terminar el segundo acto. Julio cede el paso a agosto.

Cuando vuelvo a casa una noche, con el portátil debajo del brazo y observando los edificios, pienso que Nueva York quizá no mereciera tanto odio por mi parte.

Esta noche hay una gala benéfica y Parker me ha invitado. Dice que no pensaba acudir, pero la causa estaba en la lista que le entregué hace unos días.

Habrá periodistas. Eso le conviene, teniendo en cuenta la última de las muchas dificultades que están surgiendo en la operación.

Nuestra relación, como maniobra de relaciones públicas, está funcionando. Nuestras fotos están por todas partes, sobre todo en la prensa del corazón.

«El Soltero Milmillonario y la Mujer Misteriosa van juntos a un partido de los Yankees» (sobre la foto menos favorecedora que me puedo imaginar, en la que estoy asestando un mordisco a un perrito caliente con la mandíbula casi desencajada). «El Soltero Milmillonario y la Mujer Misteriosa deslumbran en un local nocturno» (sobre una foto más favorecedora, pero acompañada de un comentario que habla de mi cuerpo en términos que me horrorizan y me confunden).

Acudir juntos a la gala benéfica sería un buen modo de rematar todo eso. No tengo un vestido que ponerme (Penelope es una crack, pero no es adivina). Sin embargo, justo cuando empiezo a entrar en pánico, una mujer llama a mi puerta con un perchero lleno de prendas elegantes. Lo arrastra al interior del piso junto con un montón de cajas de zapatos.

Naskia es la asistente de compras de Bergdorf Goodman y la persona más estilosa que he conocido en mi vida, dotada de la clase de elegancia natural que solo las celebridades parecen capaces de emanar.

—Tenemos un coche esperando para llevarte a la boutique, pero el señor Warren ha dicho que quizá preferirías probarte los vestidos en la comodidad de tu casa —me dice.

—¿Eso ha dicho? —pregunto en tono monocorde mientras me cuestiono si debería enfadarme con él por esto.

Me pruebo los vestidos en mi habitación, buscando las etiquetas del precio. No tienen. Ni siquiera reconozco las firmas.

—Este —se limita a decir Naskia cuando salgo con la tercera opción, como si mi opinión no contara.

Asiento, confiando en su criterio.

—Vale. Pues este. —Hurgo en el bolso—. ¿Aceptas tarjeta de crédito?

Se ríe como si de repente me hubiera convertido en una cómica de un club de comedia, deja una caja de zapatos en la isla de la cocina y arrastra el perchero al exterior.

—Que te diviertas —me desea.

Y yo me quedo plantada en mitad del piso con el vestido puesto.

Es rojo. Lleva un corpiño ajustado, tirantes finos y cae hasta el suelo como una cortina de seda. Es sencillo pero espectacular. Los zapatos que me ha dejado son negros, de tacón de aguja. Y abiertos.

Maldigo y corro a la farmacia (sin el vestido puesto) a comprar todo lo necesario para hacerme la pedicura. El resultado es pasable «si no te fijas demasiado», me dice Penelope cuando se lo enseño.

—Pero nadie te va a mirar los pies. Espero.

—Muy tranquilizador —le digo.

Me aliso el pelo. Decido usar pintalabios rojo, a juego con el vestido, aunque nunca lo había llevado. Puede que sea mala idea.

Parker llama a mi puerta esta vez. La abro y me quedo sin aliento.

Nada podría haberme preparado para ver a Parker Warren con un esmoquin.

Me quedo boquiabierta. Pierdo temporalmente la capacidad de controlar mi expresión facial. Lo miro con avidez, sin reparos.

Ni siquiera me avergüenzo. Porque él me está mirando del mismo modo.

Cuando sus ojos se detienen en mi cara de nuevo, se queda paralizado. Alarga la mano para colocarme un mechón de pelo detrás de la oreja.

—Te los has puesto —me dice con infinita suavidad.

Los pendientes de rubíes.

—Me parecía un desperdicio no hacerlo.

Me acaricia el borde de la oreja, y yo me estremezco.

—Si no nos vamos ahora mismo, no querré salir —dice.

Una parte de mí quiere arrastrarlo al suelo y arrancarle el esmoquin capa a capa.

Pero le tomo la mano y lo conduzco al ascensor.

La gala se celebra en un club exclusivo del NoHo, en un edificio industrial convertido en un local, donde los móviles están prohibidos y los paparazis se quedan fuera.

Los *flashes* de las cámaras se disparan tan pronto como cruzamos las enormes puertas acompañados por el equipo de seguridad.

—¡Aquí! ¡Aquí, Parker!

No sé si quiere que nos entretengamos allí un momento. Que ofrezcamos una buena foto a la prensa para conseguir otro titular. Pero él ni los mira. Su brazo me envuelve con ademán protector.

Parker es socio del club. Nos acompañan a un ascensor y luego salimos a un espacio precioso con grandes ventanas arqueadas, techos altos, arte moderno y paredes de ladrillos desvaídos. Las luces son tenues. Hay toda clase de asientos.

—Es un sitio muy informal para una gala —le digo.

—Sí. Normalmente se celebran en museos y lugares así. Creo que intentan atraer a la gente joven.

La sala ya está llena de invitados, todos vestidos de noche y de esmoquin. Nos observan al pasar. Cuchichean. Veo a Carissa en un rincón, sentada en una butaca al lado de otra mujer. Le sonrío como si fuéramos viejas amigas y ella me fulmina con la mirada.

El acto benéfico está destinado a programas de arte para niños. Fui voluntaria de su filial en Los Ángeles y me hace ilusión conocer a los organizadores. Me hablan de sus planes para ampliar el programa de maestros voluntarios y, por primera vez, me gustaría no vivir escondida tras el anonimato para poder participar. En vez de eso, me inscribo allí mismo para un donativo anual. Mientras tanto, Parker me observa como si cada palabra que pronuncio fuera importante, como si todo fuera interesante.

Cuando por fin nos alejamos, me dice:

—Te importa de verdad.

—Pues claro que sí. El arte… me salvó. Ofrecer acceso a los niños a programas de arte es importante. Creo en la causa. —Encojo un hombro—. Todo el mundo necesita creer en algo.

Como en cualquier gala benéfica, todos han hecho grandes donativos para estar aquí. Actúa una estrella del pop y luego nos ofrecen una cena preparada por un chef con estrellas Michelin. Ante todo, sin embargo, diría que los asistentes han ido a mirar y dejarse ver. Muchísimas personas se acercan a Parker. Le preguntan por la absorción de su empresa. No son pocos los hombres mayores que me miran con lujuria, a mí y a cualquier mujer que les pase por delante, aun teniendo a sus esposas al lado.

Un rato después de que Parker me haya dejado en el centro de la sala para ir a buscar unas bebidas, uno de los hombres mayores me aferra el brazo de sopetón. Retrocedo y me doy la vuelta para encararme con él, pero me quedo helada al ver quién es.

Tengo delante al CEO de una de las empresas farmacéuticas más importantes del planeta. Es una de las mentes más veneradas del mundo empresarial.

Mi expresión debe de ser de puro horror porque antes de que pueda mover un dedo, oigo decir a Parker a mi espalda:

—Quítale las putas manos de encima.

La gente que nos rodea se pone tensa. Las voces se acallan.

Por lo visto, a Parker le trae sin cuidado.

El hombre levanta la vista y hace una mueca.

—¿Quién te has creído que eres? —le espeta. Todavía me aferra el brazo con firmeza.

Parker da un paso adelante. Parece realmente dispuesto a cometer una agresión en mitad de esta sala. Todo el mundo guarda silencio.

—Soy su novio —dice con una calma letal—. ¿Quién te has creído que eres tú?

El mundo parece detenerse en seco cuando el otro responde:

—Soy su padre.

# 21

Parker se queda estupefacto, pero su ira no se aplaca.

—Me da igual. Le estás haciendo daño. Suéltala —exige.

Es verdad. La mano me aferra el brazo con saña. Mi padre no se mueve y yo recupero la voz por fin:

—Déjame —le digo a la vez que pego un tirón para que me suelte el brazo.

Sin moverse del sitio, mi padre esboza una sonrisilla burlona.

—Vi las fotos. No me lo podía creer. ¿Mi hija saliendo con el niño mimado de las nuevas tecnologías? ¿Qué podía haber visto en ella?

Me clavo las uñas en las palmas de las manos. Tengo que recurrir a todo el autocontrol que poseo para mantener la cabeza alta mientras él sigue hablando.

—Tu hermana me contó que escribes críticas de películas en internet y ni siquiera en un canal importante. —Se ríe—. Imaginaba que alguien te estaba manteniendo allí en Los Ángeles si no era yo. —Mira a Parker—. Ahora ya sé quién es.

Casi puedo ver las oleadas de rabia que emanan de Parker, pero no dice ni una palabra y yo se lo agradezco. Contradecir a mi padre habría requerido revelarle mi secreto.

Hay un millón de cosas que me gustaría soltarle, pero no se las merece.

—Adiós, papá —le digo—. Ojalá pudiera decirte que me alegro de haberte visto, pero nunca ha sido el caso.

Me doy la vuelta para marcharme.

—Después de todo lo que he hecho por ti, ¿así me lo agradeces? —dice mi padre a mi espalda.

«Todo lo que ha hecho por mí».

Siento una tentación inmensa de abrir la presa, de dejarlo salir todo, pero yo sería la única que se ahogaría. No le importa lo suficiente como para que le duela. Así que sigo andando.

Noto que Parker me mira cuando salimos del club. Yo no vuelvo la vista atrás. Me las arreglo para contener las lágrimas hasta que me subo al coche. Entonces me giro hacia la ventanilla y dejo que se derramen.

—Tu padre es David Salazar —dice Parker. Estamos en su casa. Yo estoy sentada en el sofá, con la mirada clavada en el suelo.

Asiento.

—No lo entiendo —continúa él, que parece sinceramente desconcertado—. Me dijiste que no podíamos estar juntos por mi dinero. Pero tu padre…

Levanto la vista.

—¿Es el CEO de una de las empresas más importantes del mundo? —termino por él.

Asiente.

—Por eso no puedo estar contigo —le digo con la voz rota.

Se sienta a mi lado en el sofá. Yo me abrazo las rodillas y me vuelvo a mirarlo.

—Como nos había abandonado, diste por supuesto que las cosas no le iban bien, ¿verdad?

Vuelve a asentir. Es el caso de su padre, al fin y al cabo.

Suposiciones. Todos damos cosas por supuestas constantemente.

—Fue todo lo contrario. Mis padres no tenían gran cosa, pero los dos eran listos. Muy listos. Admitieron a mi padre en el Máster de Administración de Empresas en Stanford y mi madre se vino con él, aunque no había terminado los estudios. Él le dijo que no hacía falta, que él los mantendría a ambos. Ella no hablaba inglés y tenía pensado aprender, ponerse a estudiar, pero entonces se quedó embarazada. De mí.

»Al principio les fue muy bien. Eran felices. Mi madre decía que se enamoró de su mente. Mi padre era la persona más inteligente que había conocido: siempre encontraba una solución a todos los problemas. Y era cariñoso. Le gustaba cuidar de ella, casi demasiado. Cuando se conocieron, mi padre descubrió que conducir la estresaba, así que le hacía de chófer. Mi madre dejó que su permiso de conducir caducara. Él sabía que mi madre odiaba ensuciarse los zapatos con la tierra que había delante de su casa, así que la llevaba literalmente en brazos hasta el coche. Ella decía que era muy romántico. Luego, cuando se vinieron a vivir aquí, los cuidados empezaron a convertirse en control. Al principio fue: «Ah, no hace falta que aprendas inglés, yo hablaré por los dos». Y luego: «Yo me encargaré del dinero, soy yo el que tiene un máster». Mi padre consiguió un empleo estupendo en Silicon Valley y, cuanto más dinero ganaba, más dependía mi madre de él. Un día cayó en la cuenta de que dependía de él para todo. Mi padre hablaba en su nombre. Tomaba decisiones en su nombre… y en el mío.

»Y eso a él le gustaba. Le gustaba que mi madre estuviera supeditada a él porque pensaba que así nunca podría dejarlo. El éxito fue como un veneno, decía mi madre. Potenció su peor parte. Le llevó a creer que tenía la verdad absoluta y que ella debía limitarse a obedecerlo. Cuando mi madre se quedó embarazada de mi hermana, él se volvió aún más dominante y fue entonces cuando ella supo que las cosas solo irían a peor. No quería que mi padre nos controlase también a nosotras. Se puso a estudiar inglés. Empezó a ahorrar. Y entonces, un día, lo dejó.

»Él se disgustó mucho, como es natural, pero siguió tratando de controlarla. No le pagaba la pensión alimenticia si mi madre no hacía lo que él quería. Mi padre usaba sus contactos para impedirle que encontrara trabajo y que tuviera su propio dinero.

»El dinero siempre era la moneda de cambio. Así que, al final, mi madre empezó a rechazar la pensión. Se mudó al sur, donde por fin pudo ponerse a trabajar. Compaginaba dos empleos con los estudios y nos daba todo lo que necesitábamos de su bolsillo. Una vez que mi padre entendió que no tenía ningún poder sobre nosotras, no volvimos a verlo. No sentía ningún interés en sus hijas si no podía controlarlas.

Me encojo de hombros.

—Mi madre nos contó lo sucedido para que nos sirviera de advertencia, como una lección, y al conocer la historia empecé a odiar a mi padre. Pasaron los años y nunca traté de encontrarlo, porque no lo necesitábamos.

»Me acordaba de cómo había tratado a mi madre. Me acordaba de sus visitas, con regalos que siempre acarreaban condiciones. Mi hermana no se acordaba de nada. Lo buscó en Google cuando éramos adolescentes y, mira por dónde, mi padre era un pez gordo de Nueva York. Mi hermana quería ir a verlo, deseaba la vida que él podía ofrecerle, pero mi madre se negó. Y entonces… enfermó.

Las lágrimas me resbalan por el rostro y se quedan pegadas a la mandíbula.

—Yo estaba en la universidad en aquel entonces. Iba y venía todo el tiempo para acompañar a mi madre al tratamiento. Al principio intentamos apañarnos. Me puse a trabajar. Gastamos todos nuestros ahorros. —Esbozo una sonrisa triste—. Pero todo era carísimo. No podíamos hacer frente a los gastos. Los tratamientos experimentales… eran la única esperanza que tenía mi madre. —Respiro entrecortadamente—. Así que hice lo único que mi madre me había pedido que no hiciera nunca, a sus espaldas. Le pedí ayuda a mi padre.

»Yo estaba en segundo de carrera. Todavía recuerdo cómo fue entrar en las oficinas. Decirle a la recepcionista quién era. Que no me creyera. Insistir, hasta que hizo unas llamadas. Me acompañaron a un despacho que ocupaba la mitad de la planta, con ventanales del suelo al techo y Nueva York desplegada detrás de su butaca como una manta. Mi padre levantó la vista y sonrió.

»Pues claro que me ayudaría. Para él ese dinero era el chocolate del loro. Me marché con la sensación de que había tomado la decisión correcta. Al día siguiente mi madre se sometió al primer tratamiento experimental. Le dije que el dinero procedía de una organización benéfica. Empezó a mejorar. Y entonces llegó la llamada. La trampa. «Ya que te estoy ayudando tanto, lo mínimo que podrías hacer es cenar conmigo». Yo todavía lo odiaba por lo que le había hecho a mi madre, pero la estaba ayudando. Por cenar con él no pasaba nada. Luego quiso que conociera a su nueva familia. Muy bien. Entonces quiso controlar mis prácticas y mi especialidad, aunque me negué. Y después quiso ver a mi hermana.

El sentimiento de culpa me atenaza.

—En aquella época, mi hermana estaba eligiendo universidad. Se iba a alojar conmigo aquí, en la ciudad, mientras visitaba la Universidad de Nueva York. La llevé a que lo conociera. —Hago una mueca de dolor—. Cuánto me arrepiento. Obtuvo de ella lo que no pudo obtener de mí: un auténtico vínculo, perdón. Pronto empezó a ejercer sobre ella el control del que nos había hablado mi madre. Le pagaría la universidad a mi hermana con la condición de que estudiara donde él le dijera. Le pagaría las vacaciones de primavera a condición de que estudiara lo que él quisiera. Le pagaría un dormitorio individual a condición de que rompiera con su novio, que a mi padre no le gustaba. A mi hermana no le importaba. Todo le parecía bien. Nos estaba ayudando. Pero yo percibía la dinámica. Sabía cómo terminaría aquello. Para mi padre, el dinero equivale a control. Equivale a un poder absoluto sobre las personas que dependen de él.

Mi madre acabó por enterarse y nunca olvidaré la expresión de su rostro cuando me dijo: «¿Qué has hecho?». A esas alturas ya era demasiado tarde. Mi padre había pagado todos los tratamientos y, como yo se lo supliqué, mi madre no los abandonó. Tuvo los mejores cuidados aquel último año. Yo estaba tan ocupada yendo y viniendo de la facultad a casa para acompañarla a los tratamientos y me quedé tan devastada por la pena cuando murió que no me di cuenta de lo mucho que el dinero había cambiado a mi hermana. En lugar de estudiar, salía de fiesta cada fin de semana, viajaba a distintas ciudades siempre que quería. «¿Qué más da? Papá dice que no tengo que trabajar si no quiero», respondía cuando yo le insistía en que las notas eran importantes para conseguir un buen empleo.

Hago un gesto de negación con la cabeza.

—Todas y cada una de las lecciones que mi madre le había inculcado, hasta el último ápice de ambición, todos los sacrificios que hizo por nosotras se fueron al traste por mi culpa. Por culpa de mi padre. —Me encojo de hombros—. Después de que mi madre muriera, lo odié aún más si cabe. Me reventaba que le hubiera hecho daño, que la hubiera empujado a desconfiar de los hombres, a cerrarse al amor. Dejé de hablarle. Pero él todavía intentaba controlarme. Seguí estudiando y vendí mi primer guion el último año de carrera. Estaba orgullosísima de poder pagar los créditos estudiantiles con mi dinero. Pero, cuando llamé, ¿a qué no lo adivinas?, ya estaban liquidados. Los había pagado mi padre.

Recuerdo la rabia, la sensación de traición, como si me hubiera arrebatado algo importante.

—Exigí que le devolvieran el dinero, teniendo en cuenta que ni siquiera figuraba como familiar en mi ficha ni yo lo había autorizado, y lo hicieron. Me pagué la universidad. Pero, después de eso, decidí ser cauta. Sabía que trataría de volver a interferir en mi vida, de controlarla de cualquier manera que pudiera, para que me sintiera en deuda con él.

—Por eso te escondes tras el anonimato —concluye Parker con suavidad. Ha estado muy callado todo el rato.

Asiento.

—Quería estar segura de que, si vendía algún guion, fuera por mis propios méritos y nada más. Por eso guardo en secreto mi profesión. Mi padre ni siquiera sabe a qué me dedico. Así no puede interferir.

No me emociona pensar demasiado en el hecho de que a mi madre no le gustaría que no firme mis trabajos, que rehúse exhibir mi nombre con orgullo en mis creaciones, por culpa de un hombre. Por culpa de mi padre. Siempre me dijo que no dejara que los hombres apagaran mi brillo y yo he dejado que mi padre lo extinguiera.

Pero fue decisión mía. Aunque procediera del miedo.

—Lo lamento —dice Parker—. Siento mucho que te pasara eso.

Espero que ahora entienda por qué lo nuestro no podría funcionar.

—He luchado muchísimo por ser la mujer que mi madre se esforzó en educar, Parker, como para mandarlo todo a paseo. Como para que una pareja me… borre, voluntariamente o no. No lo permitiré.

Me deja hablar. Me escucha. Luego dice, con tanta delicadeza que me entran ganas de llorar:

—Yo no soy tu padre, Elle. Nunca intentaría controlarte.

Ya lo sé. Dios mío, vaya si lo sé. Pero niego con la cabeza de todos modos.

—Es que… no puedo.

No intenta hacerme cambiar de idea. Se limita a asentir. Y luego dice algo que no me espero:

—Te admiro.

—¿Cómo?

—He oído cómo te hablaba… —me dice apretando los dientes—. Lo has gestionado muy bien.

Me río con amargura.

—Me he marchado de allí echa una furia. Yo no diría que lo he gestionado de maravilla.

Hace un gesto de negación con la cabeza.

—No. La primera vez que vi a mi padre después de que tasaran mi empresa por una cantidad absurda, después de comprender que lo único que le importaba era cuánto me iba a sacar…, estallé. Le dije exactamente cómo me sentía. —Su mano está sobre la mía—. Tú lo has hecho mucho mejor de lo que lo habría hecho yo en las mismas circunstancias.

Respiro profundamente. Tiene razón en cierto sentido. La antigua Elle tal vez le habría gritado delante de todo el mundo. Y puede que hubiera llorado delante de él, que le hubiera dejado entrever el daño que le hacía.

Hoy he sido fuerte.

Lo que no le digo a Parker es que su presencia ha sido como una viga que me sostenía. Mi andamio personal, que me ha ayudado a continuar entera.

—¿Y tu apellido es…?

—No es Salazar. Leon era el apellido de soltera de mi madre. Me lo cambié cuando mi padre se marchó.

Asiente comprensivo.

—A veces me gustaría haberme cambiado el mío.

Entiendo cómo se siente. Los nombres son importantes.

Ver a mi padre, oírle dar por supuesto que Parker me está manteniendo, me ha recordado por qué lo nuestro no puede funcionar. Pero, en este momento, cuando todavía estamos en verano… me gustaría dejarle entrar un poquitín.

—Es Elle —digo con suavidad.

Me mira confuso.

—Mi nombre. Solo es Elle. No es… el diminutivo de nada.

Parker sonríe, como si acabara de pasar al siguiente nivel de su juego favorito.

—¿En serio?

Asiento.

—A mi madre le gustaba. Cuando era joven quería llamarse así. Así que me puso el nombre a mí. —Respiro entrecortadamente—. Le debo tantas cosas…

Por eso estoy decidida a no olvidarla, ni a ella ni lo que me enseñó. Sería como volver a perderla, como decepcionarla.

No sé por qué le digo esto, pero añado:

—Mi madre tenía aspiraciones. Es raro pensarlo, ¿verdad? Pensar que nuestros padres tuvieron sueños que nunca hicieron realidad. Pues bien, un día le pregunté qué le habría gustado ser. Me llevé una gran sorpresa cuando me dijo que también soñaba con ser escritora. Le pregunté por qué no lo hacía o por qué nunca lo intentó. Me dijo que algunas generaciones tienen que trabajar para que las siguientes puedan soñar.

Las lágrimas me vuelven a caer por la cara.

—Cuando tenía diecisiete años, me admitieron en una facultad pública con beca completa y en Columbia con ayuda financiera parcial. Ella sabía que mi sueño era estudiar Escritura Creativa en Columbia, pero no parecía posible. Decidí matricularme en la facultad pública. Entonces me confesó que, desde el día que le dije que soñaba con ser escritora, había estado ahorrando dinero de su segundo empleo. No era gran cosa, pero sí suficiente para que me plantease la idea de estudiar en Columbia. Me dijo: «Ninguna de las mujeres que me precedieron hicieron nada más que trabajar. Pero tú vas a hacer algo más. Tú vas a soñar. Y vas a realizar tus sueños».

»Al final tuvimos que destinar ese dinero a pagar facturas médicas, pero fue lo mejor que nadie ha hecho por mí. Me dio una oportunidad. Yo nunca habría estudiado en Columbia ni habría logrado nada de esto de no ser por ella. Decía que yo era su leoncita. Me solía decir que era más fuerte de lo que yo pensaba.

—Lo eres —dice Parker con toda la convicción del mundo. Con la misma certeza que mi madre—. Eres fuerte, lista, creativa, y me alegro de que escribas porque es una manera de entrar en esa mente perfecta que tienes.

—No soy perfecta —le digo a Parker. Ha usado esa palabra a menudo para referirse a mí, pero no es verdad.

Él responde con una sonrisa.

—Sí que lo eres. Para mí, lo eres. Es como si tu mente, tu alma, tu cuerpo y todo estuvieran hechos para mí. Es como si fueras perfectamente mía.

—Pero no lo soy.

«No soy tuya. No puedo serlo».

—Ya lo sé —contesta—. Pero a veces me gusta fingirlo.

# 22

Pensaba que las emociones me desbordarían después de ver a mi padre. En el pasado, cualquier llamada de teléfono o cualquier intento por su parte de abrirse paso a mi vida me descolocaban durante semanas. Me hacían dudar de mí misma. Era incapaz de escribir.

Esta vez, en cambio, no siento nada. No…, en realidad, hablarle a Parker de él me ha sentado bien.

Mi hermana me llama. Si mi padre le ha contado que nos vimos, se lo calla. Me habla de su habitación en un hotel de Palermo, que está «literalmente en un acantilado». Yo hago lo posible por no hiperventilar. Por fin convenzo a Paola de que me envíe por email un itinerario detallado, aunque me obliga a prometerle que no llamaré a diario.

Ya he dejado atrás el punto medio del guion, la revelación que lo cambia todo y otorga una perspectiva distinta a la diversión y a los juegos.

En el piso suena la taladradora. Luke y su equipo están instalando el suelo nuevo, armarios a medida y azulejos de mármol en los cuartos de baño. La casa se transforma ante mis ojos, cambia, se convierte en algo distinto. Me toca tomar una nueva decisión cada día —esta baldosa o la otra, esas cortinas o aquellas— y yo hago lo posible por canalizar a mi Cali interior.

El cuarto del bebé está casi terminado. Me sorprendo recostada contra la jamba de la puerta mucho después de que se hayan marchado, con el corazón en un puño. Puede que no esté de acuerdo con las decisiones de mi hermana y que no me encante su marido, pero amaré a su hijo más de lo que mi cuerpo puede soportar.

Temía que Parker estuviera enfadado conmigo, después de que no hubiese sido exactamente sincera respecto a mi padre desde el comienzo, pero no es así. Solo está ocupado. Viaja a menudo a San Francisco, a veces durante varios días seguidos, para ocuparse de temas relativos a la absorción.

La primera semana de agosto llega a su fin y yo me siento igual que cuando estaba estudiando: como si el verano se me escapara entre los dedos.

«Aún te queda casi un mes entero», me digo, pero no me parece suficiente. Antes me daba miedo no ser capaz de acabar el guion a tiempo para la fecha de entrega. Ahora mi temor se debe a razones muy distintas.

Pensando que Parker estaría fuera este fin de semana, me apunté de voluntaria en el Departamento de Parques de Nueva York para tareas de cuidados de los árboles del vecindario, un grupo que descubrí a través de Taryn. En teoría teníamos que ir juntas, pero ella se ha puesto enferma. Le envío sopa de pollo a través de un servicio de comida a domicilio y luego me enfundo uno de los petos de Penelope con una camiseta *cropped* debajo.

Me estoy poniendo las deportivas cuando llaman a la puerta.

Es Parker. Le echo los brazos al cuello sin poder evitarlo.

—Pensaba que volvías el lunes —digo contra su pecho.

Se pone tenso bajo mi abrazo, y luego me estrecha con fuerza al tiempo que me acaricia los costados con los dedos.

—He decidido volver antes. —Mira mi atuendo y sonríe—. Pero veo que ya tenías planes. No quiero entretenerte.

Le hablo del voluntariado.

—¿Crees que les vendrá bien otro par de manos?

Me río.

—La descripción decía: «Se proporcionarán mantillo, herramientas y materiales».

Va vestido de traje. Frunzo el ceño.

—¿Has venido así en el avión?

Se encoge de hombros haciendo caso omiso de mi pregunta.

—Aprendo rápido.

Así acabamos en el East Village con guantes de jardinería, sentados en la acera junto a bolsas de basura negras. Retiramos los desperdicios, arrancamos las malas hierbas y removemos el suelo del parterre que rodea cada árbol para ofrecerle las máximas posibilidades de supervivencia. El mantillo vendrá después. Nos hablan de otras cosas que se pueden hacer para crear jardines en las aceras. No hace falta permiso para plantar en los parterres de los árboles.

—Hay uno delante del edificio —le digo a Parker—. ¿Qué pensaría Richard si lo llenáramos de flores?

El portero nos mira raro desde que salió la noticia de nuestra relación.

—Me parece que las arrancaría una a una con sus propias manos —responde.

Siempre he sabido más o menos que los árboles eran beneficiosos, pero nos explican hasta qué punto son importantes para la ciudad. Cuando terminamos, las mejillas y la nariz de Parker han adquirido un tono rosado por el sol y a mí me resbala el sudor por las raíces del pelo, pero tengo la sensación de que hemos hecho… algo. Algo importante.

—No creía que fuese a disfrutar tanto —me dice Parker mientras devolvemos el equipo y nos despedimos de los demás voluntarios—. Pero ha sido… agradable. —Frunce el ceño—. Estoy acostumbrado a firmar cheques, no a…

—¿Ensuciarte las manos? —sugiero.

Sonríe.

—Sí. Sí, a ensuciarme las manos, literalmente.

De camino a casa pasamos por delante del Gramercy Park. Mis ojos se posan de inmediato donde siempre lo hacen: en la casa que hay justo en el lindero. Tuerzo el gesto. Hay un equipo de obreros entrando y saliendo. La están reformando.

Noto un vacío en el pecho, como si me hubieran pinchado un sueño. Empiezo a cruzar la calle, pero Parker no me sigue. Está parado delante de la puerta. Se saca una llave del bolsillo.

Entonces recuerdo lo que me dijo en la primera cena. Tiene llave del Gramercy Park.

Me acerco corriendo, con la emoción vibrando en los huesos. ¿Cuántas veces habré paseado alrededor del parque mirando el interior con tristeza? ¿Cuántos años llevo esperando este momento?

La puerta se abre y Parker sonríe al tiempo que me indica por gestos que pase delante.

No hace falta que me lo repita. Entro a toda prisa, y me vuelvo hacia un lado y el otro para verlo todo. Hay una estatua en el centro e infinidad de bancos vacíos, y yo miro en derredor mientras recorro las sendas y admiro las flores. Estamos solos. No hay nadie más aquí dentro: solo nosotros. Es como si durante un rato este trocito de Nueva York nos perteneciera.

Me vuelvo a mirarlo.

—¿Cómo conseguiste la llave?

Se encoge de hombros.

—Alquilé un apartamento para tenerla.

Cómo no. Es un despilfarro absurdo, pero ahora mismo doy gracias de que lo hiciera. Nos sentamos en un banco y charlamos hasta que noto la coronilla ardiendo y el sol empieza a achicharrar a Parker. Solo entonces nos marchamos, aunque yo no dejo de volverme a mirar el parque con nostalgia.

Los dos necesitamos ducharnos cuanto antes. Lo hacemos y luego me reúno con él en su casa. Me he recogido el pelo mojado, me he puesto unos pantalones de chándal y nunca en toda mi vida me he sentido más cómoda. Vemos la tele y, durante los anuncios, me atrae a su regazo y lo beso como si estuviera famélica, como si llevara días esperando para sentir su presencia.

Juguetea con mi pelo húmedo y yo me siento de maravilla cada vez que me toca.

—A veces yo también lo finjo —le digo con la boca rozándole los labios—. Finjo que eres mío.

—No tienes que fingirlo, Elle —me responde—. Me tienes. Estoy aquí.

«Puede que esto no esté tan mal», me digo. Puede que podamos encontrar la manera de que funcione. Es posible que las personas puedan cambiar, igual que yo he cambiado este verano. Tal vez el dinero no sea un buen motivo para no estar con alguien.

Me besa hasta que desaparecen de mi pensamiento todas las razones por las que esto no puede ser, me acaricia hasta que me quedo sin aliento, y yo sonrío hasta que la felicidad se me antoja algo en lo que podría ahogarme.

# 23

Me despierta el sonido del teléfono. Es Penelope. Frunzo el ceño. Son las seis de la mañana en Los Ángeles. Nunca se levanta tan temprano en fin de semana.

—¿Hola? —digo con un nudo en la garganta.

—Elle —dice.

Al principio siento alivio al oír su voz, pero el tono con el que pronuncia mi nombre me provoca enseguida una sensación de ahogo en el pecho.

—¿Qué pasa?

Guarda silencio durante unos segundos y me parece que he dejado de respirar.

—No lo has visto, ¿verdad?

—¿No he visto qué?

—Voy a coger el próximo avión. Acabo de comprar el billete. Llegaré por la tarde a última hora.

Me levanto de la cama. Noto que mi cuerpo se prepara para el golpe. El corazón me retumba en el pecho.

—Penelope, ¿qué pasa?

Suspira. Un ruidito resuena en mi oído cuando me entra un mensaje.

—Lo siento, Elle.

Y entonces lo veo. Mi cara, en la notificación, y el titular que hay debajo:

«La Novia Misteriosa del Soltero Milmillonario es una guionista que escribe en el anonimato».

No.

El mundo se pone del revés. No puedo respirar. Resbalo al suelo.

Pincho en el enlace. Lo saben todo. Los títulos de todos los guiones que he escrito. Quién es mi padre.

Hay una cita de él en el artículo: «Estoy orgulloso de haber apoyado a mi hija desde el principio y de haberla ayudado a convertirse en una de las guionistas más importantes del mundo».

Voy a vomitar. La rabia me ahoga.

—¿Cómo se atreve? —escupo, y las palabras me raspan la garganta. Ahora el móvil está en el suelo.

Esto es todo lo que siempre he temido. La razón por la que opté por el anonimato. En el instante en que el mundo supiera que mi padre es un CEO de primer nivel, todo el mundo iba a dar por supuesto que le debo mi éxito.

Y ahí está, atribuyéndose mi carrera profesional cuando, hasta hace unos días, ni siquiera sabía cómo me gano la vida.

Los comentarios que hay debajo del artículo reflejan también mis peores miedos, redactados letra por letra: «Seguro que su novio financió la última película que escribió». «Nunca me gustó la última película de la franquicia y ahora sé por qué». «Hala, debe de ser maravilloso que te sirvan el éxito en bandeja. Algunos nos lo tenemos que ganar a pulso».

Esas personas no me conocen. No tienen ni idea de cómo ha sido mi vida. El grueso de la población —las personas que van a ver mis películas, la gente que importa— seguramente no se va a enterar o si lo hace, le dará igual.

Pero a mí me importa. Porque mi madre se pondría furiosa. Vería mis logros reducidos a los hombres que hay en mi vida y lo detestaría.

Alguien llama a la puerta.

Recojo el teléfono con dedos temblorosos.

—Gracias por decírmelo —le digo a Penelope.

—Todo irá bien. Llegaré dentro de nada —me asegura.

Cuelgo la llamada.

No acabo de sentir mi cuerpo cuando me encamino a la puerta. Oigo la voz de Parker.

—Elle —dice—. Abre, por favor.

Lo hago, y se queda inmóvil.

Ve mi rostro. Debo de tener una pinta horrible. Me arden los ojos y noto las lágrimas en las mejillas.

Él niega con la cabeza.

—Elle, lo siento muchísimo. Ha sido Richard —me cuenta—. Le entregó el correo al periodista. Ya lo han despedido. Lo que han hecho es ilegal, mis abogados…

Levanto la mano. Me da igual quién lo hiciera o qué se pueda hacer ahora, todo ha terminado. Ese tipo de información no se puede retirar. Ya no podré volver al día de ayer, cuando vivía en un feliz anonimato.

—Es culpa mía —digo—. Nunca debí hacer esto, nunca debí confiar en que saldría bien.

Fue una tontería por mi parte exponerme de ese modo cuando pasar desapercibida era tan importante para mí. Pensar que podía mantener mi identidad en secreto mientras me relacionaba con alguien que tiene tan obsesionados a los medios.

Vuelve a negar con la cabeza. Se pasa la mano por el pelo, que acaba revuelto y de punta.

—Compraré el periódico. Les obligaré a retractarse.

Lo miro con incredulidad. Cómo no, esa es la solución que se le ha ocurrido. Parker cree que puede sacarme de esto a golpe de talonario, por supuesto. Esa es su mentalidad. Recuerdo lo que me dijo en el hueco de la escalera: «Puedo comprar lo que quiera…».

—Compraré todos los malditos periódicos, buscaré…

—Ya está hecho —le digo—. Este… giro… mantendrá ocupada a la prensa durante el resto del verano, hasta que la absorción sea una realidad.

Se le crispa todo el cuerpo. Endereza la espalda.

—Elle —empieza muy despacio—, ¿qué estás diciendo?

Las palabras salen de mis labios antes de que pueda lamentarlas.

—Se acabó. Todo esto ha terminado. Ya tienes la publicidad que necesitabas. Y mi guion está casi acabado. Los dos hemos conseguido lo que queríamos.

A juzgar por su expresión, Parker no ha conseguido lo que quería en absoluto. Me mira con ojos velados, pero no… Él no tiene derecho a estar disgustado. No son su vida y su carrera profesional las que están patas arriba.

—Elle…

—Me parece que será mejor que no volvamos a vernos.

Una ruptura limpia. No hace falta complicar las cosas más de lo que ya están. Parker no tiene la culpa, pero nada de esto habría pasado si no hubiéramos hecho ese estúpido trato.

Los remordimientos me muerden con saña. No debería haberme colocado en esta posición. No debería haber corrido este riesgo. Debería haber sabido que todo esto solo podía acabar mal.

—Adiós, Parker —le digo antes de que pueda pronunciar otra palabra.

Entonces cierro la puerta, me siento en el suelo y me echo a llorar.

Fiel a su promesa, Penelope llega a mi casa a última hora de la tarde. Va cargada con una maleta de mano y una bolsa del súper veinticuatro horas llena de helado.

Vuelvo a estallar en llanto cuando la veo, pero ella está preparada. Al momento me rodea con los brazos y noto el helado frío contra la espalda.

—Ya sé que ahora no lo parece, pero no es el fin del mundo —me dice.

—Sí que lo es —replico porque es así como me siento—. Te lo aseguro.

—No lo es.

Entra despacito sin dejar de abrazarme.

—¿Te ha llamado Sarah?

Asiento. La Agencia de Artistas Creativos me ha estado llamando toda la mañana, para tranquilizarme más que nada.

—¿Cómo se lo han tomado los estudios?

Suspiro.

—Les da igual. Las películas funcionan bien y llevan años pagándome menos de lo que deberían.

—¿Y el guion que estás escribiendo?

—Todavía lo quieren para la semana después del Día del Trabajador.

Penelope asiente.

—Bueno, todo bien por ese lado. No te vas a quedar sin trabajo. ¿Lo ves? No es el fin del mundo.

Niego con la cabeza.

—Ya sabes que el problema nunca ha sido el trabajo, P. En realidad no.

—Lo sé —dice antes de abrazarme de nuevo.

Taryn llama al cabo de media hora.

—He pasado todo el día desconectada, pero acabo de ver el artículo. He hecho un pedido para llevar, y tengo a Gwen y a Emily esperando. ¿Podemos pasar por tu casa?

Poco después estoy en un piso lleno de comida preparada, más helado y varias mujeres vestidas de estar por casa.

Penelope se enamora de ellas de inmediato. Y ellas se enamoran de Penelope al instante. Como no hay muebles en el comedor —«¿Llevas en el suelo todo el verano?»— abrimos ropa de cama envuelta en plástico y creamos una escena al estilo de *La princesa y el guisante* con edredones en lugar de colchones. Apoyamos un montón de almohadones contra la pared y luego vemos una comedia romántica. Cuando el momento «está todo perdido» me hace estallar en lágrimas, Taryn pone la película en pausa y dice:

—¿Quieres que hablemos de ello?

Y entonces les cuento la historia del falso noviazgo y la verdad de este verano.

—No te puedes quedar aquí —dice Taryn. Baja la voz y señala a su espalda—: Lo tienes a una pared de distancia.

—¿Y qué voy a hacer? ¿Irme a un hotel?

—Pues claro que no —responde Taryn—. Te puedes quedar en mi casa. Mi compañera de piso acaba de marcharse y tengo una habitación libre.

Es una oferta muy amable. Tan amable que me cuesta entender qué he hecho yo para merecer un grupo de amigas tan estupendo.

—Tiene una terraza monísima —dice Gwen.

Emily se deja caer una almendra cubierta de chocolate en la boca.

—Sí, la casa de Taryn es objetivamente alucinante.

Suena de maravilla.

—Me encantaría, pero las reformas durarán aún otra semana. Le prometí a mi hermana que las supervisaría.

—Pues me quedaré yo —propone Penelope como si fuera la solución más sencilla.

La miro en plan: «¿De repente no tienes que trabajar?».

—Esta semana voy a trabajar desde casa. —Mira a un lado y al otro—. Bueno, desde tu casa.

Lo medito. Es un consuelo que me ofrezcan esa opción.

Media hora después todas están durmiendo, la tele muestra los créditos de la película y yo estoy mirando al techo.

No soy una isla. No estoy desierta. Tengo amigas. No soy la misma persona que era al comienzo del verano. Escribir ya no es toda mi vida.

A pesar de todo, no sé cómo voy a superar esto.

# 24

Al día siguiente vamos juntas a almorzar. Hay un portero nuevo en la recepción del vestíbulo. Vemos a un paparazi solitario en la entrada, que nos saca fotos con ganas cuando salimos. Penelope le hace la peineta.

—Bueno —dice Taryn—. Ayer fue un golpe para ti. ¿Cómo te sientes ahora, al día siguiente?

Una parte de mí no desea pensar siquiera en cómo me siento. Otra sabe que todo lo que entierre saldrá a la superficie antes o después.

—Todavía entumecida —digo—. Aún me cuesta creerlo. Dolida. No paro de darle vueltas a cómo reaccionará la gente a mis futuras obras, ahora que el público sabe quién está detrás. Y pienso en todas las reuniones a las que tendré que asistir, en los ejecutivos con los que tendré que hablar, en los insultos online, en la presión de crear cuentas en las redes sociales. —Suspiro—. Aunque muy en el fondo me siento un poco aliviada. Hace años que arrastro este secreto… Supongo que no me había dado cuenta de lo mucho que me pesaba.

Esta mañana, durante un segundo de felicidad, me había olvidado. Luego la realidad me ha golpeado con la fuerza de un ariete. «Esto es real. Tu vida ha cambiado». Mi bandeja de entrada, que normalmente está vacía excepto por unos pocos mensajes de Sarah, estaba inundada de peticiones de los medios. El registro del móvil estaba repleto de llamadas de gente con la que llevo años sin hablar. Un tipo con el que salí una sola vez hace quince meses me había enviado un mensaje para preguntarme si podía echarle un vistazo al episodio piloto que había escrito de una serie de televisión.

He dejado de inmediato el teléfono en otra habitación. No puede hacerme daño. No es real.

¿Y entonces por qué me siento como si me hubieran arrancado el corazón?

Están tan interesados porque piensan que salgo con Parker. Cuando comprendan que no estamos juntos, perderán la curiosidad.

Eso me digo, al menos.

Cuando confirmo que he terminado con Parker, Gwen se pone triste por primera vez desde que la conozco.

—Entonces, ¿lo vuestro no era real?

Bebo un sorbo de café con leche. El calor se expande por mi pecho hueco.

—Pues claro que lo era —digo—. Pero ¿eso qué tiene que ver?

Cuando volvemos del almuerzo, el paparazi de antes se ha convertido en dos. Mis amigas me ayudan a hacer la maleta. Gwen la baja. Yo me marcho por separado, con Taryn, para alojarme en su apartamento.

Estar en una casa distinta ayuda un poco. He dejado que el teléfono se quede sin batería y estoy dedicando hasta la última gota de concentración que poseo en mi guion. Todavía tengo que entregarlo en tres semanas, por muy mal que lo esté pasando.

Taryn se marcha a trabajar durante el día, pero por la noche charlamos, cenamos juntas y vemos la tele. Una noche vamos a cenar al SoHo y pasamos por un puesto callejero que vende guiones.

—¿Hay alguno tuyo? —me pregunta Taryn.

—Unos cuantos.

Penelope viene casi todas las noches y nos cuenta que ahora le gusta Luke (al parecer, rompió con el médico buenorro el día después de llegar por culpa de la distancia), y también que Parker llama a la puerta cada día sin falta.

Yo salgo a pasear e intento no pensar en él, pero la ciudad está llena de recuerdos. Él tenía razón. He pintado por encima. Pero ahora todo tiene su color. No puedo escapar de Parker.

—No leas los artículos —me aconseja Penelope, y me pregunto si me lo dice porque son horribles.

Taryn trata de consolarme diciendo:

—Podría ser peor. Es la típica misoginia, ya sabes.

Supongo que los fans de algunas de las franquicias que he escrito daban por supuesto que yo era un hombre y ahora están decepcionados.

Evito internet todo lo que puedo y descubro, al poner un poco de distancia, que Penelope tiene razón cuando dice que «la red no es real». Lo real somos nosotras en el suelo del apartamento de Taryn jugando a juegos de mesa cuyas reglas ninguna de nosotras conoce y que no logramos entender por más que lo intentemos, a pesar de que sumamos cuatro títulos entre todas (dos de Taryn). Real es Gwen cuando me corta el pelo en el baño de Taryn porque dice que eso siempre ayuda y que ella ha estado haciéndolo durante años. Solo son unos centímetros, unas pocas capas, pero tiene razón. Me siento más ligera.

Real es mi hermana que llama a Penelope (cuyo número tiene memorizado desde que era adolescente) para pedirle que me pase el teléfono y me dice:

—¿Por qué no me lo habías contado?

Noto el puñal de la culpa en la barriga.

—Lo siento, yo…

—¡No me puedo creer que salgas con Parker Warren!

La culpa se transforma en el súbito impulso de tirar el teléfono por la ventana. Aprovecho el momento para contarle a Cali lo de mi profesión. Por lo visto, no llegó a leer el artículo.

Me hace preguntas y dice:

—Me encantó esa película.

Y luego continúa con:

—No tenía ni idea de que podías ser divertida.

Frunzo el ceño.

—Cali, ni siquiera es una comedia.

—Ah.

Al cabo de unos días, abro una página web con inseguridad. Luego empiezo a limpiar mi buzón de mensajes, borrando todas las preguntas de los medios. Las voy eliminando con rapidez, agradecida de que se vayan espaciando a medida que pasan los días. Entonces veo algo que me llama la atención.

Es un mensaje de una mujer llamada Elena. No es periodista, sino una estudiante de primer curso de una universidad de Texas.

«Cuando era adolescente, contraje mononucleosis. No fue por nada tan emocionante como un beso, sino porque tenía la mala costumbre de compartir tazas en la cafetería. Pasé semanas en cama en casa de mi abuela. Ella siempre ponía el mismo canal en la tele y echaban tus películas. Podría decirse que yo era público cautivo, pero después de la segunda me enganché. Te convertiste en mi guionista favorita —me escribe—. Reponían tus películas, pero a mí no me importaba. Siempre encontraba algo nuevo que me encantaba, cada vez que las veía. Empecé a pensar en la estructura y a escribir guiones mentalmente. Pero solo lo hacía por diversión. Nunca pensé que pudiera escribirlos de verdad, hasta hace unos días. Descubrir que eras tú, una mujer de veintipico años, la que creaba los guiones de mis películas favoritas me llevó a pensar que quizá yo también pueda hacerlo. Me he apuntado a escritura creativa y he empezado mi primer guion. Quiero que sepas que tus palabras me han ayudado en los momentos más oscuros de mi vida. Vi tu última película con mi abuela, a la que le acababan de diagnosticar alzhéimer. Discrepábamos en muchas cosas, pero a las dos nos encantó esa historia. Citábamos las frases sin cesar. Se convirtió en un lenguaje o un puente entre nosotras. Me tatué nuestra frase favorita después de su muerte. La llevo en el brazo. Gracias por ese regalo. El regalo de la conexión. Solo espero ser capaz de hacer lo mismo algún día por otra persona».

No me percato de que estoy llorando hasta que las lágrimas empiezan a caer en el teclado. Inclino la cara hacia la pantalla mientras releo cada línea.

Nadie me había dicho nunca que mis palabras le habían cambiado la vida. No les ofrecí la oportunidad.

Nadie me había dicho que yo lo había inspirado. Porque no sabían quién era.

Releo una y otra vez la última frase porque me recuerda a mi madre. Ella odiaba el hospital. Detestaba estar demasiado débil, al final, para aplicarse nada que no fuera pintalabios. «No soporto este sitio», decía, así que usaba las películas para evadirse. Cada vez que iba de visita le llevaba una nueva, mi favorita del momento. Lo veíamos y ella me tomaba la mano y decía: «Estoy deseando ver tu película. Estaré ahí, en el estreno. Te lo prometo».

No vivió lo suficiente para saber que había vendido mi primer guion.

Ni siquiera yo asistí al estreno.

Cierro el portátil. «Ya ha valido la pena. Si una sola persona ha sacado algo bueno de esto, las cosas malas no importan», pienso. Me envuelvo en las palabras de Elena como si fueran una armadura. Por esto hago lo que hago. Por esto quise ser escritora en un comienzo.

La noticia empieza a perder relevancia. Menos de una semana más tarde, Penelope tiene que volver a Los Ángeles. Ha llegado el momento de que regrese a casa.

—Gracias por acogerme —le digo a Taryn.

—¿Para qué están las amigas? —responde, y noto que otro espacio vacío se llena y se caldea.

Los paparazis se han marchado. Ya están pendientes de la siguiente historia. Me acerco a la puerta del piso y estoy a punto de llamar cuando se abre.

Sale un hombre de metro noventa. Su sonrisa se tensa cuando me ve.

—¿Luke? —pregunto perpleja. Son las nueve de la mañana. De un sábado.

—Ah, hola, Elle —dice antes de salir prácticamente corriendo hacia el ascensor.

Penelope está en el umbral. Lleva unos retazos de seda como pijama y tiene el pelo revuelto.

—Oh, Dios mío —digo—. ¿Te has acostado con mi contratista?

Ella inclina la cabeza.

—Bueno, en realidad no es tu contratista, es el de tu hermana. Y tampoco es ya el de tu hermana porque ayer terminó el trabajo. Pero sí. Me he acostado con él. Varias veces.

Entorno los ojos.

—¿En mi cama?

—Bueno…

—¡Ya sabes a qué me refiero!

—No —responde, y todo mi ser se derrite de alivio—. Fue más bien sexo contra la pared con la ropa a medio quitar. La primera vez, al menos. Luego lo hicimos en el suelo. Y en la encimera de la cocina. Y…

—¿Crees que fabrican carpas de esas de fumigación para gel hidroalcohólico, en plan, para desinfectar todo el piso?

Se ríe mientras yo entro. La veo mirándome de reojo cuando dejo el equipaje en el suelo.

—Tienes buen aspecto.

Me contemplo en el espejo que tengo más cerca. Tengo el aspecto exacto de una persona que ha pasado casi toda la semana oscilando entre el llanto y la furiosa redacción de un guion.

—«Mejor aspecto» sería una definición más acertada —rectifica.

Suspiro. Me encuentro mejor. Le enseño a Penelope el mensaje de Elena y también parece a punto de echarse a llorar cuando me devuelve el portátil.

—¿Sabes qué? Me parece que esto podría ser algo bueno —dice—. Una vez que hayas superado, bueno, el trauma.

Le lanzo una mirada de incredulidad.

—Ahora puedes hacer cosas que antes no podías. Puedes orientar a otros escritores. Puedes conceder entrevistas sobre tu proceso. Puedes vacilarles a tus compañeros del instituto en Facebook.

Eso me hace reír. Me propina un golpe suave en el brazo con el suyo.

—Ya sabes a qué me refiero.

Lo sé. Trabajar en el anonimato me ha impedido desarrollarme. Puede que quisiera revelar mi identidad con mis condiciones, en el momento que yo escogiera, pero ha ocurrido y… puede que no sea tan malo. Ahora lo sé.

Pasamos el día en la ciudad, visitando los sitios que echamos de menos de nuestra etapa universitaria. Nos asombramos al descubrir qué tiendas han cerrado y cuáles siguen exactamente igual. La llevo a las que son ahora mis favoritas.

—No sé cómo he podido pasar el verano sin ti —le digo mientras nos dormimos en la misma cama, como hacíamos en la facultad cuando una de las dos estaba pasando un mal momento.

—Yo tampoco —dice—. Pero me alegro de que hayas salido por ahí. Me alegro de que ya no seas una isla.

—Yo también —respondo. Y, aunque al final me haya provocado sufrimiento, lo digo de corazón.

# 25

Penelope se marcha en un avión de regreso a Los Ángeles. Sentada en mi cocina, con el 90 por ciento del guion impreso, reúno el valor necesario para conectar el móvil. Hay una lluvia de notificaciones. Montones de llamadas de números que no reconozco y mensajes de gente con la que hace tiempo que no hablo.

Luego, por raro que sea, empieza a sonar.

Es Paola.

Miro el registro de llamadas. Ha llamado cuatro veces durante la última hora y todas las llamadas han ido directas al buzón de voz.

—¿Está bien? —le pregunto porque Paola jamás en toda mi vida me ha llamado por iniciativa propia.

—¡Está de parto! —exclama Paola—. ¡Llevamos horas intentando dar contigo!

Los números desconocidos. Pensaba que eran periodistas, pero…

—¿Cómo que está de parto? —Mi voz es un grito.

No… Sale de cuentas la tercera semana de septiembre. Es demasiado pronto. Yo tenía pensado coger un avión en Los Ángeles, semanas después de entregar el guion.

Se me caen las hojas al suelo. Derribo un cuadro de la pared cuando me apoyo para no perder el equilibrio. Se estrella contra la tarima.

Alguien aporrea la puerta.

—Elle. Elle, ¿va todo bien?

No respondo. No puedo, estoy hiperventilando. No podría moverme ni aunque quisiera.

—Voy a entrar —dice, y la puerta se abre.

Al momento tengo delante a Parker.

—Tienes que venir cuanto antes —me dice Paola—. No para de preguntar por ti.

Me da la dirección del hospital y corta la llamada.

Me tiemblan las manos mientras busco información a toda prisa en el teléfono. Parker está de rodillas, recogiendo mi guion página a página.

Las lágrimas me nublan la vista.

—No. No.

Se arrodilla delante de mí.

—Elle, ¿qué pasa? —me pregunta, y su voz es la única cosa estable a mi alrededor.

—Mi hermana se ha puesto de parto. Me necesita. Tengo… tengo que estar con ella. Pero son las tantas, el primer vuelo aterriza dentro de doce horas y luego tendré que hacer escala… ¡y llegaré tarde! Es demasiado tarde y yo…

—Mi avión privado podría estar aquí en una hora —dice Parker.

Me quedo atónita.

—¿Tienes un avión privado?

Asiente. Niego con la cabeza.

—Los aviones privados… son horribles para el medioambiente.

—Doblaré los créditos de carbono. Siempre lo hago —dice.

—No, eso no cambia nada —replico.

Recuesto la cabeza contra la pared. No debería haber apagado el teléfono, debería haber estado pendiente de ella. «¿Qué voy a hacer?». Si hubiera…

—Lo venderé —promete, totalmente en serio—. Será el último viaje. Nunca volveré a coger el avión privado. Compraré los créditos de carbono y venderé el avión en cuanto aterricemos. O se lo regalaré a una organización benéfica. Lo que tú quieras.

«¿Qué?». Sacudo la cabeza.

—No, Parker —respondo—. No me parece bien que lo hagas solo porque piensas que es lo que yo quiero.

—No lo hago por eso —me asegura—. Lo hago porque es lo correcto. —Está arrodillado delante de mí—. Por favor, Elle. Deja que te ayude.

Me tiende la mano.
Y la tomo.

El avión de Parker es inmenso.

Me tiro todo el trayecto mirando por la ventanilla, intentando no pensar si será demasiado tarde o con qué urgencia mi hermana me necesita.

Recuerdo unos grandes ojos castaños... buscándome. A Cali, esperándome en la fila del colegio. A Cali, despierta antes que yo y preguntándome si le prepararía torrijas para desayunar porque es sábado. A Cali, suplicándome que no le diga a nuestra madre que se ha olvidado los libros en la taquilla. A mí, cogiendo el coche de mi madre en plena noche para ir al colegio a recogerlos.

Cali se pasó una semana sin hablarme cuando le conté que me había matriculado en una universidad que estaba en la otra punta del país. «Pero tenías que quedarte conmigo. Siempre». Mi madre no la entendía. Si no estaba yo para suavizar las cosas, se peleaban más. Isabella Leon era muy exigente y no entendía que Cali se saltara las clases para ir a la playa. O que no le importaran las notas.

Le prometí que la visitaría con frecuencia, pero los vuelos eran caros. Cuando entró en el instituto, se volvió más distante. Más fría. Pronto dejó de llamarme cada noche, y era yo la que intentaba contactar con ella... sin respuesta.

Cuando mi madre enfermó, Cali apenas hablaba de ello. Después del funeral empezó a marcharse de vacaciones, de un destino a otro, como si eso le permitiera escapar de su pena.

Nos peleábamos. Discrepábamos. Pasábamos semanas enteras sin hablarnos.

Debería haber sido más empática con ella. Debería haberla llamado con más frecuencia, aunque no me lo cogiera. Debería haber tratado de entenderla, aunque no compartiera sus decisiones.

Ahora está sola... y pregunta por mí. Y yo no estoy allí.

—Intenta descansar un poco —me dice Parker con dulzura. Me ofrece el dormitorio. Rehúso y él se queda conmigo.

Seguimos sentados en silencio hasta que aterrizamos.

Tan pronto como nos detenemos en Palermo, Parker les dice a los asistentes de vuelo y a los pilotos:

—Este ha sido el último viaje. Por favor, aparcad el avión hasta nuevas instrucciones. Me encargaré de que os envíen los billetes para volver a casa.

Luego me ayuda a bajar las escaleras sin lanzar siquiera una última mirada a su avión.

«El coche avanza muy despacio», pienso aferrada al respaldo del asiento delantero y sin dejar de mirar la hora. Solo han transcurrido siete horas desde que Paola me llamó. Aunque hubiera encontrado un vuelo inmediato, jamás habría llegado en tan poco tiempo, lo sé. Pienso que quizá debería darle las gracias a Parker por ayudarme, por volar conmigo hasta aquí, pero ya lo haré luego. Ahora solo puedo pensar en mi hermana.

Entramos en el hospital a la carrera, y todo ocurre muy deprisa. Me envuelvo en una bata estéril. Unos grandes ojos castaños… que se agrandan cuando me ven. Yo a su lado mientras empuja y empuja, gritando por las contracciones. Sus uñas clavadas en mi brazo. Su rostro enrojecido por el esfuerzo.

Luego un sonido que no olvidaré en toda mi vida, un llanto que lo cambia todo.

Y un bebé.

Cali está sonriendo cuando le depositan el bebé en el pecho. Pierre está ahí, y parece tan feliz y enamorado de mi hermana que decido que de ahora en adelante no tengo más remedio que quererlo.

Cuando me colocan al bebé en los brazos, apenas puedo respirar. Es una niña.

Se llama Isabella.

No quería llorar. Ya he llorado demasiado. Pero lo hago. Estoy tan llena de felicidad que no sé cómo me cabe dentro.

Parker está en la sala de espera. Se levanta en cuanto aparezco y se desploma visiblemente aliviado al ver que estoy sonriendo.

—¿Quieres conocerla? —le pregunto. Sí que quiere.

Y prácticamente me rompo al verlo sosteniendo al bebé, un bebé al que ahora amo más que a nada en el mundo. Isabella parece minúscula en sus brazos, pero él es cuidadoso. La mece hasta que se duerme.

Volvemos a la sala de espera para que mi hermana pueda descansar. Pierre y Paola empiezan a recoger sus cosas.

—Gracias —le digo a Parker—. Me... me alegro mucho de no habérmelo perdido. Y también gracias por jaquear la puerta del piso.

Llego a la conclusión de que podría haberlo hecho la noche que me quedé fuera. Según parece, es capaz de leerme el pensamiento porque dice:

—Aprendí después de aquella noche. Por si volvía a pasar.

—Bueno, gracias —le digo de corazón.

—Es lo mínimo que podía hacer, Elle —responde. No dice nada más y se lo agradezco.

Paola, aunque no me soporta ni a mí ni a todas mis llamadas, hace su trabajo de maravilla. Para cuando salimos del hospital, tiene una casa alquilada y todo lo necesario para cuidar a la pequeña. Los días siguientes son una locura de felicidad, llantos de bebé y alimentación constante.

Llevaba años sin pasar tanto tiempo con mi hermana. Estoy a su lado la mayor parte del tiempo. Me ocupo del bebé cuando necesita dormir y la ayudo a cambiar pañales mientras Pierre está fuera comprando más provisiones.

Parker cocina para todos. Va a comprar al mercado y nos sentamos juntos a cenar. Pierre intenta que él le hable de criptomonedas e inteligencia artificial, y el otro da muestras de una paciencia sorprendente.

—No hace falta que te quedes —le digo a Parker—. Sé que tienes trabajo.

—¿Quieres que me marche?

—No —contesto con sinceridad.

—Si eso cambia, dímelo.

Dormimos en habitaciones separadas, pero cada mañana llama a mi puerta con un café con leche recién hecho. Los capuchinos italianos no llevan suficiente leche para mi gusto, así que compró una máquina, la trajo a casa y aprendió a prepararlo.

—Llamé por videollamada a Jeremy, el chico de la cafetería —me explica— y vi tutoriales en internet.

Acuna a Isabella cuando los brazos empiezan a dolerme, si mi hermana y Pierre están durmiendo.

—¿Quieres tener hijos? —me pregunta una noche.

Intento no derretirme cuando lo veo sostener a Isabella con delicadeza contra su pecho.

—Sí —contesto—. Pero no hasta dentro de unos años. Ahora mismo soy demasiado egoísta. Necesito unos años más de egoísmo. ¿Y tú?

Lo miro.

—Sí. Dentro de unos años… me gustaría.

Ayudo a mi hermana a acostar a Isabella y observo a Cali cuando abandonamos la habitación sin hacer ruido.

—Se te ve feliz —digo—. Nunca te había visto tan feliz.

Asiente.

—Lo soy. Yo no soy como tú, Elle —dice cuando nos acomodamos en el salón.

Pierre y Parker han salido a comprar y Paola está planificando la siguiente etapa del viaje.

—Mi gran sueño no era tener una profesión… —continúa—. Era este. Formar una familia.

No quiero romper esto, este momento con mi hermana. Pero no puedo contenerme cuando le digo:

—Cali, tú querías ser comisaria de un museo.

Se encoge de hombros.

—Supongo. Ese era mi sueño profesional, pero no mi mayor sueño. No sé si tiene sentido.

No lo tiene, al menos para mí. En mi caso, mi carrera profesional es mi sueño.

—Papá me dijo que os visteis —comenta lanzándome un vistazo rápido antes de estudiarse las uñas.

De súbito me arrepiento de estar manteniendo esta conversación.

—Es cierto. Por desgracia.

Cali asiente.

—¿Lo vas a perdonar algún día?

Perdonarlo. Como si hubiera cometido un error, como si hubiera algo que perdonar y no años de abandono y de tratar de controlar a sus hijas.

—No —le digo con sinceridad—. Y no sé cómo tú lo hiciste, después… después de todo lo que le hizo a mamá.

—No lo perdoné —replica con la mirada más intensa que le he visto en años—. Pero decidí no ser huérfana. Decidí tener padre, puesto que ya no tenía madre.

Me río con amargura.

—Decidiste tener dinero, Cali. Escogiste una vida fácil, una vida de apartamentos regalados y vacaciones perpetuas.

Cali me escudriña. Pensaba que se ofendería, pero solo parece triste.

—Mira, mamá se negó a la pensión alimenticia. Necesitábamos el dinero. Lo rehusó, por orgullo, y eso nos complicó mucho la vida. No era perfecta.

Recuerdo cómo era nuestra existencia durante los años más duros: el apartamento de una sola habitación en el que nos amontonábamos todas juntas, los viajes escolares que nos perdimos, los zapatos que me hacían daño porque necesitaba unos de dos tallas más. Solo duró un par de años y luego mi madre consiguió un empleo mejor. Al final nos mudamos a una casa. Se las arregló para ofrecernos todo lo que nos hacía falta.

—¿Cómo puedes decir eso? Mamá intentaba protegernos.

Cali asiente.

—Ya lo sé. Todo lo hizo por nosotras. Pero también cometió errores.

No quiero seguir escuchando esas cosas sobre mi madre. Me parece una falta de respeto y es horrible. Desvío la vista con los ojos ardiendo.

—Yo lo sabía —me suelta de repente, sin venir a cuento, como si se le hubiesen escapado las palabras.

La miro.

—¿Qué sabías?

Durante unos instantes guarda silencio.

—Enfermó justo después de que te marcharas a la universidad, Elle. Un año antes de que te lo dijera.

Me quedo atónita. Niego con la cabeza.

—No. Fue… de sopetón.

En parte por eso odio los cambios. El día que recibí la llamada, mi vida se derrumbó. Su enfermedad estaba muy avanzada: a esas alturas apenas se podía hacer nada.

—No lo fue. Encontré las facturas del médico y no tuvo más remedio que contármelo. Y me hizo jurar que no te lo diría.

Me acuerdo de lo distante que se volvió mi hermana de repente.

—Tú... tú dejaste de cogerme el teléfono.

Las lágrimas le resbalan despacio por el rostro. Se las enjuga con el hombro.

—Me resultaba imposible hablar contigo sin revelártelo todo. Me... me sentía muy culpable por no contártelo. Mamá no quería que nada te distrajera de los estudios. No quería que te cogieras un año sabático. —Suelta una carcajada amarga—. No... no le importó que yo tuviera que lidiar con todo a solas. Tú eras la única que le importaba.

Recuerdo la cena de Acción de Gracias de aquel año. Que Cali abandonó la mesa temprano y se marchó a su habitación. Que mi madre miró el plato lleno de mi hermana y dijo: «Está atravesando una fase. Se le pasará».

Tengo un nudo en la garganta. No sé qué pensar, pero me escuecen los ojos al comprender que mi hermana, de quince años en aquel entonces, tuvo que afrontarlo todo ella sola.

—Lo siento —digo a la vez que la rodeo con los brazos. Pasado un momento, me envuelve muy despacio entre los suyos.

—No pasa nada. No lo sabías. Me alegro de que no lo supieras.

Nos quedamos en esa postura un ratito, tan calladas que oigo el tictac del reloj de pared. Entonces suspira. Aparta los brazos. Nos sentamos en el sofá, las dos agotadas, las dos frotándonos los ojos con los nudillos.

—Sé que no estás de acuerdo con mis elecciones, Elle —me dice—, pero fueron mías. Yo conocía los inconvenientes, sabía el precio que tendría que pagar, y las tomé. —Se encoge de hombros—. Soy feliz. ¿No basta con eso?

No lo sé. No estoy de acuerdo con ella. Ni en un millón de años tomaría esas mismas decisiones.

Pero no es mi vida, comprendo. No puedo controlar a Cali... y no quiero.

—Si tú eres feliz, yo soy feliz —le digo por fin porque es la verdad y no quiero volver a perder a mi hermana. No quiero convertirme en algo que descarta y olvida porque la estresa y «es malo para el bebé».

—Y si tú eres feliz, yo soy feliz —responde Cali. Sus ojos se posan en la parte de la casa que ocupa Parker—. Él te hace feliz, ¿verdad?

—Sí —respondo porque es cierto. Pero la felicidad es complicada. Las personas son complicadas.

Vuelvo a abrazar a mi hermana, respiro su aroma y me acuerdo de cuando nos bastaba con estar juntas, jugando a las Barbies, pintando con los dedos en la isla de la cocina y viendo películas sobre una colcha.

Puede que la vida sea complicada, pero el amor no lo es. Es claro y directo. Es una lanza que atraviesa los planes, la moral y el orgullo. Lo atraviesa todo sin preocuparse del estropicio que deja a su paso. Duele, pero se lo permitimos.

—Te quiero, Cali —digo contra su hombro—. Siempre.

—Yo también te quiero, Elle. Y me alegro de que estés aquí. Me alegro de que llegaras. Gracias.

La estrecho con más fuerza.

Horas más tarde, en mitad de la noche, no puedo dormir. Voy a buscar un vaso de agua y salgo a la terraza que da al mar. Se respira paz. Es hermoso.

Pego un bote cuando la puerta se cierra a mi espalda con suavidad.

Es Parker.

La camisa abierta que llevo sobre una camiseta de tirantes y un pantalón corto de pijama ondea furiosa por el viento. Las prendas me recuerdan a la ropa que llevaba el día del partido de los Yankees.

Todo me recuerda a él.

Parker me obsesiona, y lo odio.

Vuelvo a posar la vista en el agua.

—Elle —me dice en tono serio. Llevamos días evitando hablar de nada que tenga que ver con nosotros. Debería haber sabido que la conversación llegaría antes o después—. No tienes que hablar conmigo. Entiendo que has pasado página. Es que… necesito que sepas que lo siento. Nunca quise que ocurriera nada de esto. Ojalá pudiera…

—No pasa nada —le interrumpo sin despegar los ojos del mar—. No es culpa tuya. —Entonces frunzo el ceño y me vuelvo a mirarlo—. ¿Qué quieres decir con eso de que ya sabes que he pasado página?

Algo parecido a dolor, o quizá rabia, cruza el semblante de Parker. Se reúne conmigo en la barandilla y apoya las manos. No me mira cuando dice:

—Te oí con él, Elle. Le vi entrar en tu casa y te oí…

«¿Qué?».

—¿Me oíste con quién?

—Con Luke.

Casi me atraganto con el agua que estoy bebiendo al recordar que Penelope me dijo que lo hicieron varias veces. «¿Pensó que era yo?».

—Parker —le digo despacio—, Luke me considera una asesina en serie, literalmente.

Me mira con perplejidad.

—¿Qué?

—Da igual. El caso es que… oíste a Penelope, no a mí. Pasé fuera una semana.

No creo haberlo visto nunca tan aliviado. Casi toda la tensión parece abandonar su cuerpo.

—Ah.

Ladeo la cabeza.

—¿Pensaste que lo estaba haciendo con otra persona, contra la pared que compartimos, una semana después de romper, y a pesar de todo me trajiste a Europa para que pudiera estar con mi hermana?

Parker encoge un hombro.

—Te lo dije. Era lo mínimo que podía hacer después de… todo.

Nos quedamos un ratito mirando el mar, sin hablar.

—Mañana se marchan —digo por fin—. Se van a quedar con la familia de Pierre en Suiza.

—¿Y tú?

—Yo tengo que volver a casa. El plazo de entrega del guion termina en una semana. Me queda una escena. La última.

Se vuelve a mirarme.

—Vayamos —dice.

—¿Adónde?

—A la última localización —responde—. La última de la lista. La que no formaba parte del acuerdo ni de lejos, aunque eso ya no sea relevante.

—¿A París?

El estudio tiene permiso para rodar en la Torre Eiffel. Yo no la he visto en persona, pero pensaba buscar vídeos o algo para inspirarme.

Asiente, rebosante de una convicción repentina. Le brillan los ojos.

—El verano no ha terminado, todavía no —dice—. Vayamos.

Frunzo el ceño.

—Pero el Día del Trabajador está al caer. ¿No tenías que hacer algo importante en los Hamptons?

—A la mierda los Hamptons.

Reservamos los billetes de avión. Nos despedimos de mi hermana y de Isabella y, sí, de Pierre, y es duro, pero Cali me promete que volverá pronto a los Estados Unidos.

Y al poco estamos en el aeropuerto, con destino a París.

# 26

Nos detenemos delante de un palacio que ocupa casi toda la manzana. Es amplio y sofisticado, pero emana un aire de hotel *boutique*.

—¿Qué hotel es este? —le pregunto mientras busco un cartel.

—No es un hotel —me dice Parker—. Es mi casa.

Los hombres que hay fuera no son porteros. Son guardas.

—Ah.

La casa tiene ventanas arqueadas, balcones de hierro forjado y tejado de color gris azulado. Hay una verja, un patio y una breve escalinata, que conduce a la puerta principal.

En el interior nos espera una escalera de mármol curvada, también con la barandilla de hierro forjado. Veo unos techos altos, acabados dorados y un suelo de mosaico.

Me vuelvo hacia Parker. Me está mirando.

—¿Te gusta? —pregunta.

Me encanta, pero, por alguna razón, no respondo. Simplemente sigo andando hasta que veo la primera chimenea. Los acabados de la sala son muy elaborados, como si pertenecieran a otra época, pero los muebles son cómodos, tirando a modernos. En los sofás hay unos almohadones blancos y redondos que parecen perlas gigantes.

Me enseña la casa en silencio. La cocina también es moderna y me recuerda a la de su piso de Nueva York. La escalera se curva junto a una pared de piedra con una enorme vidriera rematada en arco. Cada habitación está pintada de un tono pastel ligeramente distinto. Los baños son todos de mármol, a juego con los colores de los dormitorios. Azul pálido. Rosa pálido. Morado pálido. Los armarios están pintados en tonos más oscuros de la misma gama de color.

Hay infinidad de terrazas, y en el exterior los jardines se extienden en todas direcciones. Tienen un aspecto intencionadamente descuidado, con flores y rosales de color pastel.

—No me puedo creer que esto sea tuyo. Es precioso.

—Iban a derribarla porque no estaba en buenas condiciones. A mi madre siempre le encantó París y soñaba con ser diseñadora de interiores, así que la compré y ella decoró todas las habitaciones. Nos aseguramos de que las reformas respetaran todos los elementos históricos.

Me vuelvo a mirarlo.

—¿Hablas de la misma madre que te compró el jarrón?

—Sí, solo tengo una.

Debe de atisbar la sorpresa que me esfuerzo en ocultar porque dice:

—Mi madre sabe que los jarrones son feos, Elle. Esa es la gracia. Le parece importante regalarme objetos que teníamos en casa cuando yo era niño. Para que no olvide de dónde vengo.

Me enseña un reloj que no pega con el resto de la casa. Es rojo, con la pintura descascarillada, y me apostaría algo a que cuando da las horas asoma un gallo del interior.

—Lo compramos en un mercadillo cuando yo tenía doce años —me explica—. Casi todo lo comprábamos en sitios así. O en tiendas de segunda mano.

—¿Ella… vive aquí? —le pregunto mientras me planteo si debería correr al baño más cercano para tratar de tener un aspecto más presentable.

—No. Ahora no, al menos. Dirige mi fundación. La sede central está en Pensilvania, en mi ciudad natal.

Lo miro boquiabierta.

—¿Tienes una fundación?

Asiente.

—Un gran porcentaje de las acciones de mi empresa le pertenecen.

Eso no apareció cuando lo estuve investigando en internet. No debe de ser público.

—Nunca me lo habías dicho.

—Nunca me has preguntado.

Me conduce a la biblioteca. Parece sacada de un cuento de hadas. Los libros llegan hasta el techo. Hay una escalera deslizante, cómodas butacas en los rincones de la sala y un escritorio en el centro.

Me quedo pensando que sería el sitio perfecto para terminar mi guion.

—Me parece que es la casa más bonita que he visto en mi vida —comento con voz queda. Con suavidad, con suma suavidad, me toma la mano.

—Yo pienso lo mismo —dice—. Pero, por mucho que me guste esta casa…, París está fuera.

Me enfundo un vestido de verano y calzado cómodo para poder caminar durante horas. Solamente conozco París de las películas y, por más que muestren una imagen idealizada, por más que la hayan usado hasta la saciedad, la realidad supera lo que aparece en la pantalla.

Los edificios son preciosos, con sus tejados de color gris azulado y las fachadas sencillas. Hay cafeterías por todas partes con mesas redondas, sillas que se apiñan en parejas y sombrillas festoneadas.

Nos sentamos en la pastelería Carette, y yo pido el mejor chocolate a la taza que he probado en mi vida. Me lo sirven con la nata aparte, en un cuenco, y yo le ofrezco una cucharada a Parker diciendo:

—Tienes que probar esto.

Se le mancha el labio de nata y yo se la retiro con el pulgar sin pensar. El contacto ha sido mínimo, por lo que no me esperaba notar una corriente eléctrica en el brazo; no me esperaba que su mirada se oscureciera.

Aparto la mano con la sensación de que mi piel se ha incendiado bajo el sol del verano.

Todavía es temprano, así que pedimos cruasanes, capuchinos y tortillas. Nos sentamos juntos y contemplamos a la gente pasar. Le digo:

—Me gusta esto.

—¿El qué?

Me encojo de hombros.

—Todo. Comer fuera en una calle transitada. Tomar chocolate caliente sin sentirme una cría. Sentarnos a un lado de la mesa en lugar de sentarnos el uno frente al otro.

Al oír eso, Parker me rodea con el brazo. Sus dedos dibujan formas en mi costado.

Recorremos calles flanqueadas de panaderías, farmacias, tiendas de quesos y de moda.

Me quedo paralizada cuando atisbo la Torre Eiffel, que asoma entre los edificios, totalmente visible al final de la calle, como una olla de oro al final del arcoíris. Parker tiene que arrastrarme a la acera para que no me atropellen.

—Ahora entiendo por qué a todo el mundo le encanta —digo.

Aquí no hay rascacielos que se interpongan, como los nuevos edificios que tapan las vistas del Empire State Building en Nueva York. No, la Torre Eiffel se ve desde cualquier parte y es como un juego ir andando por ahí y buscarla desde distintos lugares estratégicos.

Estoy deseando verla de cerca y no solo para el guion.

—¿Vamos ahora?

—Iremos esta noche —promete Parker.

Paseamos por la rue Cler, una calle repleta de puestos que venden fruta, flores, chocolate, pan y queso. Entramos y salimos de las tiendas y picamos bocaditos de muestra diciendo cada dos por tres:

—Tienes que probar esto.

Vamos a Shakespeare and Company, una librería con expositores en el exterior donde están prohibidas las fotografías. Compramos crepes en la calle y nos los comemos mientras paseamos por Notre Dame.

—¿Estamos cerca de los Jardines de Luxemburgo? —pregunto, y así es.

Hay grandes extensiones de césped que se extienden hacia la ciudad, flanqueadas de flores multicolores, estatuas y sillas. La gente lee. Los niños ríen y hacen carreras de barcos en una fuente.

Visitamos el museo Rodin.

—Se parece a tu casa —comento mientras nos acercamos porque es verdad.

La casa de Parker, por otro lado, no está llena de bustos de hombres que fallecieron hace mucho tiempo. Nos acercamos a una pared cubierta de dibujos. En el museo hay obras de otros artistas, pero algunos de estos se atribuyen al propio Rodin.

—No sabía que Rodin dibujara —comento porque siempre lo he relacionado con la escultura.

—Supongo que tendemos a recordar a las personas por una sola cosa —dice Parker.

Me vuelvo a mirarlo.

—¿Y a ti por qué te gustaría que te recordaran? ¿Por tu empresa?

Niega con la cabeza.

—No —responde con aire pensativo—. Espero que algún día mi empresa sea lo menos interesante de mí.

Salimos a los jardines, donde descansa *El pensador*.

—Me recuerda a mí antes de todas y cada una de las decisiones de mi vida —digo señalando la estatua con el mentón—. Me lo pienso todo mil veces. —Frunzo el ceño—. Aunque yo suelo pensar dentro de casa.

—No sé, Elle —responde Parker—. Este verano has sido muy espontánea. —Mueve la mano con un gesto amplio—. Y hemos estado mucho tiempo al aire libre.

Tiene razón.

Un hombre pasa por delante. Mi alma por poco abandona mi cuerpo cuando Parker le pregunta en perfecto francés si le importaría sacarnos una foto. Accede encantado y dispara. Yo estoy a punto de desmayarme.

Me quedo contemplando a Parker, esperando a que se vuelva hacia mí para recordarle que odia las fotos con toda su alma. Pero él, en vez de mirarme, me propina un toquecito en la nariz y sigue andando.

Paseamos todo el día. Para cuando volvemos a su casa, estoy agotada. Cierro los ojos «para descansar solo un momento», pero me despierto horas más tarde envuelta en oscuridad.

Descalza, salgo al pasillo. El silencio es absoluto. Encuentro a Parker en la biblioteca. Está mirando fijamente la pared, sumido en sus pensamientos, con el cuerpo echado hacia delante.

—¿No deberías estar en el jardín? —bromeo.

Levanta la vista y sonríe. Se pone de pie igual que hacen los caballeros en las adaptaciones de Jane Austen cada vez que una mujer entra en la habitación.

—¿Qué hora es? ¿Me he perdido la Torre Eiffel?

—No. Ahora iba a llamar a tu puerta.

Me dice que vamos a salir a cenar. Sé que hay unos cuantos restaurantes en la Torre Eiffel, pero no me hago ilusiones porque me han dicho que hay que reservar mesa con meses de antelación. Nosotros hemos improvisado el viaje a París. Aunque Parker lo intentara, dudo que puedan añadir una mesa por arte de magia.

En las calles reina el silencio. Ni siquiera he mirado el móvil antes de salir.

—¿Qué hora es? —pregunto.

—Casi medianoche.

«¿Medianoche?». El desfase horario me debe de estar afectando porque apenas hace un rato que he empezado a tener hambre. Sé que los europeos cenan tarde, pero dudo que a estas horas encontremos algún restaurante abierto.

Cuando nos acercamos a la Torre Eiffel, los accesos están bloqueados.

Frunzo el ceño.

—Está cerrada.

—Sí —responde Parker—. Lo está.

Alguien sale a recibirnos.

—Por aquí, señor Warren —dice.

¿Ha conseguido que dejen el restaurante abierto para que podamos cenar? Mientras yo hago cábalas, él me observa con cierta sorna en la mirada.

Somos las únicas personas en el ascensor. Se aferra a mi hombro cuando ascendemos con rapidez por una de las patas de la torre en dirección al cielo.

Las puertas se abren a un restaurante.

También está vacío, salvo por una sola mesa en el centro. París se extiende a nuestros pies, una ciudad inundada de luz.

Me vuelvo hacia Parker.

—Dime que no has alquilado la Torre Eiffel.

—No puedo decirlo.

¿Es posible hacer eso siquiera? El estupor se apodera de mí cuando me acerco a los ventanales, asombrada ante las vistas. Son indescriptibles. París a medianoche se extiende al fondo como un banquete.

Parker retira la silla para que me siente. Él toma asiento al otro lado. Una mujer se acerca y nos sirve el vino.

—Me dijiste que pararías con este rollo desmesurado —le digo, todavía incapaz de creerme que nada de esto sea real.

Se encoge de hombros con un gesto mínimo.

—Esto lo he hecho por mí.

Nos sirven una cena de seis platos con tres estrellas Michelin. Cada bocado es lo mejor que he probado en mi vida hasta que llega el siguiente. Acabo llena pero no empachada.

Cuando terminamos, pienso que ya es la hora de volver a casa, pero nos dirigen a otro ascensor.

—¿Adónde vamos?

No sé qué razones puede tener Parker para subirse a un ascensor si nadie lo obliga.

—Ya lo verás —responde.

Nos desplazamos aún más arriba a través del enrejado mientras París se empequeñece a nuestros pies. Seguimos subiendo y luego remontamos un tramo de escaleras, hasta lo más alto de la Torre Eiffel.

Y la tenemos solo para nosotros.

El viento me mueve el pelo. Yo observo embelesada la ciudad dormida. Me vuelvo hacia Parker.

—Pensaba que te daban miedo las alturas.

Él no mira la ciudad. No mira la torre. Me mira a mí.

—Cuando estoy contigo, no me da miedo nada —dice.

«A mí sí», me gustaría decirle. A mí me da miedo esto. Tengo la sensación de que llevamos todo el verano precipitándonos de cabeza hacia algo. Y ahora…

—Mañana es el último día del verano —digo cuando se reúne conmigo en la reja.

Se pone tenso, pero noto su mano relajada contra mi espalda. Mi voz es apenas un susurro mientras me vuelvo a mirarlo.

—Es una pena que el verano siempre llegue a su fin.

—A lo mejor este podría ser eterno —dice Parker.

—Nada en esta vida es eterno.

—El amor sí, Elle —responde.

Me río.

—¿Y tú qué sabes del amor?

—¿Ahora? —pregunta—. Lo sé todo.

Esta es la sensación, pienso. Esta calidez en el pecho, que llena todos los huecos que no sabía que tenía, es la sensación del verano.

Lo beso. Mi cuerpo se derrite contra el suyo como aliviado, como si dijera: «Sí, es aquí, exactamente, donde deberíamos estar».

Me aparto y él parece desolado hasta que le pregunto:

—¿Cuánto tardamos en llegar a tu casa?

Tan pronto como cruzamos la puerta principal, tiro el bolso, me despojo de los zapatos de dos patadas y él me levanta en volandas. Cruzo los tobillos en su espalda y lo beso mientras él me lleva arriba sin tropezar ni una vez.

En un abrir y cerrar de ojos, noto en la espalda las sábanas más suaves que mi piel ha rozado jamás y me estoy librando del vestido. Él me lo arranca sin más y de repente tengo frío, pues solo llevo puesta la lencería que me felicito por haber traído.

Empiezo a quitármela cuando su mano detiene las mías con suavidad. Me sujeta las muñecas por encima de la cabeza.

—Deja... Deja que te mire —me pide con una ternura que contradice la pura necesidad de sus ojos.

Estudia cada centímetro de mi cuerpo.

—Perfecta —dice con una voz muy queda, como si no fuera consciente de que está hablando en voz alta—. Siempre perfecta.

Me siento y empiezo a desabrocharle la camisa. Me tiemblan las manos, no de nervios, sino de emoción, y él me ayuda. Bajo los dedos a sus pantalones. De nuevo me detiene con delicadeza.

—¿Estás segura? —pregunta.

—Sí —le digo, y al momento su ropa desaparece y yo he perdido la capacidad de respirar. La tiene grande. Ya lo sabía, pero...

—No quiero ser ingrata —le digo tragando saliva—, pero podría ser que sí exista algo así como demasiados centímetros.

Esboza una sonrisa lenta, dejando entrever una parte de su ego.

—No dirás lo mismo dentro de nada.

Me guiña un ojo.

Al momento me rodea los tobillos con la mano y me arrastra al borde de la cama. Me quita la ropa interior de un solo movimiento. Se arrodilla delante de mí.

Yo me incorporo con los ojos desmesuradamente abiertos y él levanta la vista hacia mí. Verlo ahí, entre mis piernas, con el deseo grabado en la cara…

—¿Te parece bien? —me pregunta.

Asiento.

—Bien. Ahora tiéndete, Elle —dice, y yo noto su aliento cálido contra la parte interior de mis muslos. Lo hago. Se pasa una pierna por encima del hombro. Luego la otra. Al primer contacto de su lengua contra mi centro arqueo la espalda sobre la cama.

Maldigo mirando al techo y me retuerzo mientras él me devora con pura ansia. Al principio las caricias de su lengua son largas y lentas, como si se lo quisiera tomar con calma, pero luego emite un gemido de puro deseo y tira de mis caderas hacia su boca, ávido de más. Yo estrujo las sábanas con los puños mientras él me lame como si tuviera hambre, como si llevara meses esperando esto.

No puedo articular palabras ni pensamientos coherentes, solo gritos que no me parecen míos y, cuando me desliza dos dedos dentro, me desplomo, tensa en torno a él, cabalgando su lengua al ritmo de este placer, hasta que me derrito contra la cama.

Me incorporo sobre los brazos, consumida, con el cuerpo relajado, y veo a Parker ponerse de pie encantado consigo mismo.

—Ven —le digo, y lo hace, despacio.

Su boca resbala por la cara interna de mi muslo, por el hueso de mi cadera, por mis costillas, hasta llegar a mi pecho, erecto a través del encaje. El sujetador desaparece al instante y sus manos lo reemplazan. Me pasa los pulgares por los pezones tirando y pellizcando, y yo me contraigo en torno a nada. Lo necesito. Lo necesito todo.

Saca un condón y me alegro de que Parker esté preparado. Mientras se lo pone, todavía trato de discurrir cómo vamos a hacer esto.

Apoya los brazos junto a mi cabeza para mantenerse incorporado. Introduce la mano entre los dos.

—¿Estás segura?

Asiento.

Empieza a abrirse paso, y yo jadeo de la impresión al notar su enorme tamaño. Se detiene de inmediato. Espera a que vuelva a asentir.

Va entrando lentamente, un poco más cada vez, dilatando y ocupando. Al principio noto una descarga de dolor, pero pronto es reemplazada por un placer intenso y él avanza dentro de mí, hasta dar con un punto que me arranca el aliento. Le clavo las uñas en los hombros para no gritar.

Finalmente llega al fondo y gemimos juntos. Estoy llena de él, llena de deseo, de necesidad y de esta ansia implacable.

Entonces, sin dejar de mirarme a los ojos, empieza a moverse.

Estoy jadeando contra su cara. Baja una mano por mi costado y me aferra la cintura y, cuando se frota contra esa zona interior nuevamente, echo la cabeza hacia atrás y grito, presa de un placer puro, henchido. Pega la frente a la mía. Ahora se mueve con más ímpetu, a un ritmo más rápido, y nos miramos igual que nos hemos mirado montones de veces, con ese lenguaje tácito que hemos perfeccionado a lo largo de las últimas semanas y que dice: «Esto es aún mejor de lo que esperaba» y «creo que podría estar haciéndolo toda la vida».

Pronuncia mi nombre y embiste por última vez, agrandando los ojos cuando termina, y yo me quedo sin aliento mientras me corro de nuevo en torno a él.

—No me puedo creer que estemos haciendo esto —jadeo.

—Yo no me puedo creer que hayamos tardado tanto.

Me empuja contra la pared. Yo me deslizo contra el mármol. Mis pezones se arrastran por su pecho mientras me muevo con entusiasmo, desesperada por notar hasta el último centímetro de él. Aferrándome las caderas, acompaña mis movimientos según me ayuda a cabalgarlo.

Llevamos horas así. Por fin, cuando nos despegamos de la pared, me enfundo una de sus camisetas y busco un pantalón de chándal. Subimos al piso de arriba a coger agua. Estoy sentada en la encimera de la cocina, acalorada y saciada, cuando se me acerca despacio.

Mi pecho está erecto otra vez contra su camiseta. Me aparta el pelo con un puño delicado y me lo recoge a la espalda.

—Me volviste loco aquella noche, cuando te quedaste fuera —dice—. Estaba tan excitado que no pude dormir.

Trago saliva y él se agacha para recorrerme el cuello con los labios.

—Era esto lo que quería hacer aquella noche —dice contra mi clavícula.

Tengo los pezones duros bajo su cuerpo. Sin despegar los ojos de los míos, se inclina y sujeta uno con los dientes. Yo jadeo y él me lame la zona dolorida. Me succiona el pecho a través de la tela, y yo me quiero morir. Levanta la mano para pellizcarme el otro pezón. Abro las piernas de pura necesidad y él introduce la mano bajo la cintura de mis pantalones. Gruñe al percibir mi ansia.

—Siempre lista para mí —dice.

Es verdad. No puedo soportarlo más.

—Vamos —le digo, y me ayuda a bajar de la encimera. Salgo a toda prisa de la cocina con él pegado a mis talones.

Ni siquiera llegamos al dormitorio.

En las escaleras, Parker me baja los pantalones y me toma contra los peldaños. Mi camiseta ha salido volando en algún momento del camino. Mis rodillas rozan el duro mármol; él alarga la mano para jugar con mi centro de placer.

Mis gritos resuenan por el hueco de la escalera cuando me asaltan los espasmos, pero él continúa atrayéndome hacia sí y masajeando mis pezones entre sus dedos.

—Puedes correrte otra vez —me gruñe al oído, y puedo, claro que puedo. Lo cabalgo así, empujando desde atrás, increíblemente tensa, y él me pellizca el dolorido clítoris.

Vuelvo a correrme y pego el cuerpo contra el suyo para que note cada uno de los temblores. Él embiste por última vez hasta que se libera y suspira contra mi cuello.

—No tenemos que marcharnos —dice—. Podemos quedarnos aquí.

Y yo deseo, de corazón, que esta noche pudiera ser eterna.

# 27

No salimos de casa en varios días. Es como si hubiéramos descubierto un nuevo lenguaje que no podemos dejar de practicar. Parker me dijo una vez que quería hacerlo sobre cada uno de los muebles de su casa y prácticamente cumple su deseo.

Se toma un descanso para hacer una llamada de negocios y yo me llevo el portátil al despacho. Allí me siento y escribo la escena que transcurre en la Torre Eiffel.

Pasadas dos horas, Parker me interrumpe besándome el cuello y encontramos un nuevo uso para la escalera deslizante. Luego, con la ropa esparcida por toda la biblioteca, le tiendo el montón de hojas recién impresas.

—Quiero que lo leas —le digo.

—¿Lo has terminado?

—Casi —respondo—. Solo estoy rematando el final.

No le digo que es la primera vez que le dejo leer a alguien un guion sin terminar. Me parece que nota, por la delicadeza con la que sostiene las páginas, que acabo de hacerle un regalo sumamente especial. Como si el montón de papeles tuviera más valor que esta casa tan grande como toda la manzana.

—Gracias —dice.

Lo lee en la cama y le veo escribir notas en los márgenes, igual que hice yo cuando vimos la película juntos. Al principio pienso que son críticas, pero al asomarme por encima de su hombro descubro que ha puesto cosas como «esto me encanta» o «muy divertido». Los pequeños comentarios me provocan música en el alma.

Al día siguiente me despierta con un café con leche, y el guion manoseado y lleno de notas.

—¿Ya lo has terminado?

Se mete en la cama conmigo y el colchón se hunde por su lado. Me roba un sorbo de café y me lo devuelve.

—No podía parar. Me he pasado toda la noche leyendo. —Me mira con ojos traviesos—. Hace varias noches que no me dejas dormir, ¿lo sabías?

Una sensación cálida me recorre el vientre.

—Me ha encantado —me dice antes de que le pregunte—. Y me ha encantado tener la sensación de que te veía en las palabras. Como si me asomara a tu mente.

Me besa la frente y yo creo que me voy a derretir entre las sábanas.

—Te agradezco mucho que lo hayas leído —le digo, y me acurruco a su lado—. Yo leeré tus códigos o el contrato de la absorción para compensarte.

Suelta una carcajada. Luego suspira.

—Hablando de eso…

—Hay que volver, ¿verdad?

Los dos tenemos cosas que hacer. En pocos días debo entregar el guion. Tengo que pulirlo y enviárselo a Sarah.

—Pero aún nos queda un rato —me dice—. El avión sale por la tarde.

Deja mi café con leche en la mesilla y se ríe mientras me saca de la cama y me lleva a la ducha.

Siempre me había preguntado por qué motivo los billetes internacionales en primera clase son tan caros. Que el precio sea desorbitado en comparación con los de la clase *business* no me parecía lógico.

Hasta ahora.

Tenemos nuestra propia sala y una habitación de hotel, esperándonos, que utilizamos al instante. Hay un restaurante con una carta en la que no aparecen los precios. Todo está incluido en el precio del billete. Elegimos el menú degustación.

Este avión tiene cientos de asientos, pero solo doce en la cabina de primera clase. Hay tanto espacio en nuestra zona que cenamos frente a frente, con una mesa entre los dos y un asiento, con cinturón de seguridad incluido, al otro lado.

Se supone que la comida de los aviones es malísima, pero nos sirven unos platos tan sabrosos como los de un buen restaurante. Tomamos sopa. Una ensalada. Marisco. Entre plato y plato nos ofrecen una tabla de quesos. Nos traen un buen vino y lo sirven en copas de cristal. Filete miñón. Nos dan un pijama para que nos cambiemos y un edredón. Pocas veces en mi vida he dormido mejor, con la mano de Parker buscando la mía en el espacio que nos separa.

Por más que me haya gustado París, echaba de menos Nueva York.

El perfil de la ciudad titila mientras nos acercamos en Uber a toda velocidad. El nuevo portero ayuda a Parker con el equipaje. En el ascensor me siento en mi maleta y me pregunto qué va a pasar ahora. Como si me leyera el pensamiento, él dice:

—Hoy tengo unas cuantas reuniones, pero ¿quieres cenar en mi casa esta noche?

Nos despedimos con un beso y al momento estoy de vuelta en el piso. Cuántas cosas han cambiado en pocos días.

Sarah me envía un mensaje para contarme que un directivo de un estudio quiere conocerme en persona la semana próxima. Dice que es una oportunidad muy prometedora.

Los nervios se me arremolinan en la barriga. No suelo aceptar esas reuniones. Pero descubro que estoy más ilusionada que asustada.

La obra de arte que tiré por la conmoción sigue en el suelo. Vuelvo a colgarla del clavo. Luego, despacio, empiezo a recorrer la casa. Las reformas están terminadas. Luke y su empresa han hecho un buen trabajo, tengo que reconocerlo.

El monstruo de Frankenstein que construí con mi trama sigue en el suelo. Ya no lo necesito. Despacio, una a una, empiezo a arrancar las notas.

Suena una alerta en mi teléfono. Me recuerda que dentro de cuatro días sale mi vuelo de regreso a casa. Miro si puedo cambiarlo, por si acaso. No puedo.

Mejor. De todas formas tengo que asistir a la reunión. Ya llevo demasiado tiempo fuera.

Está lloviendo en el exterior. El agua resbala por el cristal y las nubes tapan las vistas cuando me siento en el suelo y empiezo a preparar la maleta. Es preferible hacer el equipaje a lo largo de varios días, razono, para no olvidarse nada.

Igual que la ciudad, casi todas las prendas de ropa que voy doblando albergan su propio recuerdo. El vestido de la discoteca. La falda y la camisa áspera que llevé a la cena y al karaoke con Taryn, Emily y Gwen. El peto que me puse para el voluntariado.

«No quiero marcharme», comprendo.

Pero este no es mi hogar.

Nunca lo fue. Solo estaba cuidando una casa.

Parker me prepara todos sus platos favoritos porque yo se lo pido. Quiero saber qué cosas le gustan. Remoloneo por la cocina con la intención de echarle una mano, pero dice que «lo distraigo», quizá porque no dejo de tocarlo. No puedo evitarlo. Ver cómo se le marcan los músculos de los brazos y la espalda mientras corta verduras me produce efectos extraños.

Pongo la mesa con velas y todo, para que esté bonita, y lo ayudo a servir los platos. Ha preparado pollo a la parmesana, pasta con salsa picante y champiñones a la parrilla.

—Pensaba que te gustaba la comida saludable —digo, y suelto un gemido al probar el primer bocado.

—Y me gusta. Pero tú has pedido mis platos favoritos. —Levanta la vista—. Y deja de hacer esos ruiditos. No me gustaría estropear esta preciosa mesa con un revolcón.

El deseo se me enrosca en las entrañas, pero obedezco y devoro toda la comida. Es increíble que cocine aún mejor que los chefs de los restaurantes.

—Está delicioso —le digo—. Voy a echar de menos tu manera de cocinar.

El tenedor de Parker se queda inmóvil contra el plato. Despacio, levanta la mirada.

—¿Por qué la vas a echar de menos? —me pregunta.

Nos miramos a través de la mesa.

—Vuelvo a casa dentro de cuatro días.

—Cancélalo.

—No puedo.

Parker devuelve la vista a su plato. Durante unos minutos solo hay silencio, cada uno pendiente de su comida, y yo noto la brecha que se agranda entre los dos hasta que dice, con tanta suavidad que apenas lo oigo:

—Pensaba que te quedarías.

Planto los cubiertos en la mesa.

—¿Dónde? El piso no es mío. Vivo en Los Ángeles. Toda mi vida está en Los Ángeles. —Lo digo como si no pudiera escribir en cualquier parte. Lo digo como si alguien aparte de Penelope me retuviera en California. Niego con la cabeza—. Tú también te vas a marchar. Una vez que la absorción esté firmada, ¿no? Volverás a San Francisco.

Parker frunce el ceño. Un destello de dolor asoma a sus ojos.

—Entonces, ¿ya está? —dice—. ¿Esto es… un adiós?

—No lo sé. No quiero que lo sea…, pero la idea era estar juntos durante el verano.

Tenemos vidas completamente distintas, profesiones diferentes. Él no tiene tiempo para una relación. En especial ahora que está a punto de convertirse en el CEO de Virion.

No discutimos durante el resto de la noche, pero tampoco hablamos mucho. El silencio sustituye nuestra charla habitual.

Y eso es aún peor.

# 28

Apenas lo veo durante los días siguientes, salvo en los enlaces de noticias que me envía Penelope porque se ha filtrado a la prensa que Parker va a convertirse en el CEO de Virion. Al parecer, la absorción está a punto de cerrarse. Las acciones de la empresa suben de inmediato.

Taryn, Emily y Gwen me llevan a cenar para despedirse. Esta vez nos decidimos por los tacos de Tacombi y hablamos de lo que haremos en otoño mientras bebemos margaritas y comemos guacamole.

—¡Tienes que venir a visitarnos! —exclama Gwen—. El invierno en Nueva York es muy divertido. Hay mercadillos de Navidad, pistas de hielo y el árbol.

—Ya lo sabe —dice Taryn—. Estudió en Columbia, ¿no te acuerdas?

—Ah —responde ella frunciendo el ceño.

Le sonrío.

—Me encantaría.

Si Cali decide instalarse finalmente en el piso, sería bonito pasar las vacaciones con Isabella.

Me pregunto… me pregunto qué hará Parker por vacaciones este año. Sonrío al recordar el minúsculo árbol de Navidad del jardín botánico.

—Elle se ha marchado a otra parte —dice Emily—. Estás pensando en él, ¿verdad?

Prácticamente me obligaron a contarles lo que pasó en París (bueno, vale, me encantó hacerlo), con todo detalle —«¡¿En las escaleras?!»—, y están convencidas de que podríamos sacar adelante una relación a distancia entre Los Ángeles y San Francisco.

—Pues claro que sí —dice Taryn dando un sorbo a su bebida—. Una no lo hace en las escaleras y luego se olvida de esa persona.

Por poco me ahogo con un nacho.

—Recordadme que no os vuelva a contar nada.

Al día siguiente alguien llama con los nudillos a mi puerta. Todavía estoy en pijama. Abro y veo a Parker al otro lado, listo para salir a correr.

—Son las seis de la mañana —digo.

Normalmente vamos a correr a las siete. Aunque llevamos días sin hacerlo porque él estaba ocupado. O quizá, más concretamente, porque me estaba evitando.

—Tenemos un día muy largo por delante —anuncia.

Me quedo atónita.

—Ah, ¿sí?

Me tiende un café con leche para llevar. Tiene el logo de su cafetería.

—No está abierta tan temprano.

—Ya lo sé. He ido y lo he preparado yo mismo.

Bebo un largo sorbo y suspiro.

—Es el mejor café que he probado nunca —le digo muy en serio—. No se lo digas a Jeremy.

Sonríe, pero no con los ojos. Algo va mal, aunque no tengo claro qué es.

—Pensaba que estabas ocupado —comento.

—Lo estoy —reconoce—. Pero dijimos que haríamos esto antes de que terminara el verano. Ya vamos con retraso.

«¿Hacer qué?». Y entonces me acuerdo de sopetón. Me quedo boquiabierta.

—Parker, no puedes hablar en serio.

Diría que habla totalmente en serio.

No sé qué me induce a enfundarme unos pantalones de yoga, una camiseta y las deportivas. Tal vez sea porque estoy cansada de que me evite. Me marcho mañana. Si está dispuesto a concederme todo el día de hoy…, lo aceptaré.

—No me puedo creer que estemos haciendo esto —le digo mientras viajamos en tren al extremo norte de Manhattan.

No pretendía citarme a mí misma, pero se vuelve a mirarme y dice:

—Yo no me puedo creer que hayamos tardado tanto.

Me arden las mejillas.

«Está usted entrando en Manhattan», se lee en la placa del suelo, en ambos sentidos, entre dos hojas dibujadas.

—¿Lista? —me pregunta Parker.

—Lista.

Doy gracias por que sea tan temprano, ya que me muevo como por inercia: una parte de mí sigue dormida. Al cabo de diez minutos llegamos a las escaleras de la calle 215, que se elevan ante nosotros como una ola inmensa y solitaria. Debe de haber un millón.

—¿Cuánto tendrían que pagarte para que subieras y bajaras corriendo esas escaleras ahora mismo? —le pregunto a Parker. Está cansado. Noto que está cansado, aunque parece mucho más despierto que yo.

—No hay suficiente dinero en el mundo.

Ya ha salido el sol, pero las calles siguen más o menos vacías. Pasada una hora llegamos al puente George Washington, y al mercado. Caminamos en un silencio cómodo mientras nos vamos despertando junto con el mundo en derredor. Según pasa el tiempo, hay más gente fuera. Las tiendas giran los carteles. Las puertas empiezan a abrirse.

—El primer café está al caer —comenta Parker. Lo miro—. He buscado sitios donde pudieras tomar café. De tanto en tanto.

Debo de mirarlo sorprendida o conmovida porque se encoge ligeramente de hombros.

—Me parecía una crueldad no hacerlo.

Estamos en la calle Setenta y Dos. Hay bancos y una pequeña gastroneta de café. Pido un granizado y él compra dos botellas de agua.

Poco después aferro la camiseta de Parker, paralizada por la sorpresa.

—¡Mira! —exclamo. Hay una librería que se llama Shakespeare & Co. No es la misma, pero me recuerda a la de París.

Él me mira como si también se acordase de París.

Llegamos al borde de Central Park en Columbus Circle. Hay un carro de perritos calientes en la esquina, junto a la rotonda, y filas de bicitaxis. Sobre un pilar, una reluciente estatua dorada refleja la luz de la mañana.

Llevamos cuatro horas andando y empezamos a ver vallas que anuncian los espectáculos de Broadway y teatros pintados a juego con las obras que representan. Hay un cartel de Applebee con una manzana gigante.

—Me pregunto cuántas personas se hacen una foto delante de este cartel y lo publican sin la menor ironía —comento.

Pasamos junto a un inmenso Olive Garden. Luego llegamos al corazón de Times Square, tierra de los palos selfi, los personajes y la señalización agresiva. En todas las tiendas brillan luces de colores, desde los bares hasta las panaderías.

Las vallas publicitarias se multiplican alrededor mostrando un anuncio tras otro: coches, películas, música, maquillaje, moda e incluso planes de telefonía. Nos paramos a mirar las pantallas y nos tragamos los anuncios de buen grado. Emanan una belleza extraña. Bebemos agua sentados en las escaleras rojas.

—¿Qué tal vas?

—Mis pies están a punto de declararse en huelga —le digo—. ¿Y tú?

—Igual.

Son casi las diez.

—¿Tus planes incluyen almuerzo?

Pues claro que sí.

Veinte minutos más tarde, en NoMad, paramos a comer en el Smith. Yo me pido un plato combinado de huevos revueltos, beicon y aguacate, y Parker toma una ensalada.

—Hay que hidratarse —digo, y los dos bebemos agua mirándonos a los ojos—. No quiero asustarte, pero me parece que si intento levantarme se me van a caer las piernas.

Parker asiente.

—Yo me siento más o menos igual.

Vamos al baño y seguimos por Broadway, directos al edificio Flatiron. Nos detenemos a admirarlo.

—Parece una nariz —comenta Parker.

La verdad es que sí.

Enfilamos la Quinta Avenida a lo largo de un par de manzanas para poder pasar, en palabras de Parker, «por la cafetería de Elle número dos». Ya he estado aquí. La cafetería de Ralph tiene sillas verdes y mesas redondas que me recuerdan a París. Nos unimos a la cola, y yo pido un café moka con hielo y Parker un té frío con una rodaja de limón. Mientras esperamos, me doy la vuelta y veo un espejo inmenso en la pared.

Me arrepiento al instante de haber contemplado mi reflejo.

Tengo el aspecto de alguien que se ha levantado a las seis de la mañana y lleva caminando buena parte del día. Me deshago la coleta y uso los dedos para peinarme con movimientos frenéticos.

—¿Por qué no me has dicho que tenía estas pintas? —pregunto, maldiciéndome por haber estado demasiado ocupada lavándome las manos en el baño del restaurante como para reparar en mi aspecto.

Parker me arrastra hacia sí.

—Estás perfecta —dice, y me saca una foto. Yo le arranco el móvil y nos hago otra a los dos en el espejo. Parker está enfurruñado, al contrario que los *influencers* en las típicas fotos de espejo.

Cogemos las bebidas y volvemos a Broadway. Pasamos por delante de un cine y de ABC Carpet & Home, una cadena de decoración de alta gama que, por extraño que parezca, tiene tres restaurantes muy buenos. Nuestra ruta nos lleva a través de Union Square.

Hace calor en el exterior y brilla un sol abrasador, así que, ante mi insistencia, nos refugiamos en el Barnes & Noble de cuatro plantas para disfrutar de ese aire acondicionado que tanto necesitamos. Paseamos por el interior. Yo señalo los libros que he leído y él parece cada vez más perplejo ante las portadas. Hojea unas cuantas novelas.

—¿Todas llevan un mapa? —me pregunta.

—No —respondo—. Solamente las mejores.

Nos paramos ante la mesa de las novelas románticas. Coge un libro y lee la sinopsis. Frunce el ceño. Coge otro. Hace lo mismo.

—¿Ninguno te convence? —le pregunto.

Deja el tercero en su sitio.

—No. Porque ninguno me recuerda a nosotros.

—Pues entonces alguien tendrá que escribirlo.

Una vez recuperados, cruzamos la calle hacia el mercadillo ecológico. En los puestos venden lavanda, miel, *pretzels*, pan y flores. Paramos a comprar una pasta, que nos vamos pasando hasta que acabamos con las manos pegajosas. Nos las limpiamos con una servilleta de papel y seguimos andando hasta la Strand, otra librería famosa.

—¿Más aire acondicionado? —me pregunta Parker cuando entramos.

—No —le digo—. Más libros.

Yo no escribo novelas, pero me encanta tenerlas cerca. Me resulta tranquilizador pasear por una librería sabiendo que hay infinidad de palabras esperando a ser descubiertas. Sabiendo que siempre hay una vía de escape si la necesitamos.

—Todo el mundo vende artículos de *merchandising* —dice Parker, y compra dos pines de la Strand como recuerdo de este día.

Volvemos a salir. Empiezan a verse los banderines morados de la Universidad de Nueva York en los edificios. Entramos en NoHo. Allí hay otra cafetería muy buena, La Colombe, pero niego con la cabeza. Prefiero seguir tirando que tener que buscar baños cada dos por tres.

El SoHo está atestado y caminamos entre una mezcla de establecimientos de diseño y tiendas de marcas que ya hemos visto varias veces.

—Me parece que es el quinto Sephora de hoy —musito, y él ni siquiera sabe de qué estoy hablando.

La torre Jenga se ve ahora a lo lejos y la usamos como estrella guía hasta que llegamos al distrito financiero. Para entonces solo soy capaz de seguir adelante porque Parker no para de decir:

—Ya casi estamos.

Dejamos el ayuntamiento atrás. Unas manzanas más adelante, hay gente haciendo cola para fotografiarse con el toro de bronce de Wall Street.

Y entonces, gracias al cielo, llegamos por fin al Battery Park. El edificio del ferry de Staten Island es nuestra línea de meta.

—Si me desplomo, ¿te importaría sostenerme antes de que toque el suelo? —le pregunto.

—Cómo no —responde.

Pero no me desplomo. En vez de eso, con un arranque de energía, pego un salto y lo abrazo. Él me da vueltas en el aire.

—Lo conseguimos —digo.

—Ni siquiera te has muerto.

—¡Ya, ha sido genial!

Le cojo el móvil y nos saco una foto.

—Envíamela —le pido, y entonces me acuerdo de que nunca llegamos a darnos los números.

Nos miramos. Ninguno de los dos hace ademán de intercambiarlos.

«Puede que sea mejor así. Si me marcho y nunca me llama, mejor que sea porque no puede hacerlo», pienso.

# 29

Estoy en la bañera cuando llaman a la puerta. Cojo una toalla, me seco los pies y abro.

Parker está al otro lado. Parece recién duchado y afeitado, y todavía tiene el pelo mojado.

Su mirada desciende a mi toalla, que es algo así como la más pequeña que podría haber usado.

—Perdona por interrumpirte —dice—. Me puedo marchar si…

—No —le digo—. No te marches.

Cierra la puerta al entrar. La toalla cae al suelo. Él camina despacio hacia mí y yo camino hacia atrás hasta que mi espalda desnuda se topa con los ventanales.

—Dime qué quieres —me pide en un tono más torturado de lo que yo esperaba.

—Todo, Parker —respondo—. Lo quiero todo.

Se arrodilla. Se pasa una de mis piernas por el hombro y luego la otra, y yo jadeo. Ahora solo tengo la parte superior de la espalda recostada contra el cristal. Me sujeta los muslos para mantenerme en esa posición. Y empieza a devorarme.

Me divide con la lengua y yo me derrito al instante mientras me esfuerzo por permanecer erguida. Pasa los dientes por mi centro de placer, con suavidad, y yo grito antes de cabalgar su cara sin pudor hasta que me rompo en mil pedazos, a punto de desplomarme, pero me sujeta la cadera con una mano. Lentamente devuelve una pierna al suelo, la otra.

Lo llevo a mi dormitorio y no hago ademán de encender la luz. Nos basta con las de la ciudad, que titilan ahí abajo. En la oscuridad, me demoro mientras lo despojo de la camisa y le deslizo las manos por el pecho como si estuviera decidida a memorizar cada centímetro de su cuerpo. Porque lo estoy.

Cuando me agacho para quitarle los pantalones, permanezco de rodillas, y Parker dice:

—No tienes que hacerlo.

—Ya lo sé —respondo levantando la vista para mirarlo—. Quiero hacerlo.

Al momento mis labios están a su alrededor. Maldice y apoya la mano en la pared que tiene más cerca. Esto no se me da bien, no tengo mucha práctica, pero él me dice lo mucho que le gusta y se enrosca mi pelo con suavidad en la muñeca y el puño para que no se interponga.

Cuando pienso que está a punto, me ayuda a incorporarme y me dice, con un tono de pura necesidad:

—Ponte a gatas.

Lo hago, con la espalda arqueada. El deseo me impide respirar con normalidad y él coge el condón que ha empezado a llevar a todas partes después de París. Se lo enfunda y se desliza dentro, más profundo, y yo me contraigo en torno a él sin querer, arrancándole una maldición contra mi espalda. Cuando me he acostumbrado, sale lentamente y vuelve a entrar con un movimiento suave, que me provoca un fogonazo de placer.

Atrae mis caderas hacia sí, más arriba, y yo jadeo contra la almohada mientras él aumenta el ritmo de las embestidas, hasta que no soy capaz de pensar más allá de las chispas que se proyectan por mi cuerpo. Justo cuando pienso que no puedo soportarlo más, sale y me da la vuelta con suavidad hasta que me quedo bocarriba.

—Quiero mirarte —dice mientras se inclina sobre mí—. Por última vez.

Yo también quiero mirarlo. Esta vez, cuando entra en mí, no se parece a las veces anteriores. Va muy despacio. Pega la frente a la mía. Me acuna la mejilla con la mano.

Nuestra mirada no se rompe cuando empieza a empujar y yo acompaño sus acometidas. Levanto la mano para acariciarle el rostro «por última vez».

Parker busca mis labios y el beso es implacable. El ritmo de sus caderas se incrementa y su lengua lo sigue también, saboreándome, explora mi boca y mis dientes, me deja su marca, me arranca gemidos y hace que me retuerza contra su erección de pura necesidad, como si quisiera que recordase, como si quisiera que yo nunca olvidara este momento.

Su mano se curva en torno a mi culo, me levanta las caderas y yo me deshago. Jadeo, tensa en torno a él, con un placer parecido a una marea que me ahoga y luego me vuelve a romper, y él me libera la boca para mirarme.

—Parker —susurro, y su mano viaja por mi espalda para estrecharme contra su pecho mientras se hunde más profundamente en mí y termina entre temblores, aferrado a mi cuerpo con fuerza. Se queda así un ratito mientras nuestros corazones se comunican en Morse.

Luego me suelta y nos limitamos a mirarnos. Nos miramos durante mucho tiempo, como si quisiéramos grabarnos al otro en la memoria.

Los dos sabemos que esto termina aquí. No hace falta decirlo con palabras. Ese ha sido siempre nuestro superpoder. Es la última vez que estamos así, antes de que yo me marche y nuestras vidas vuelvan a separarse.

Qué regalo que llegaran a converger, aunque solo fuera por un verano.

# 30

La noticia salta por la mañana: «Tras amenazar con retirarse, Virion anuncia que comprará Atomic por quince mil millones».

Ese debía de ser el motivo de todas esas reuniones. Parker estaba negociando un precio aún más alto. Por eso estaba tan distante.

Es lógico que la absorción de su empresa fuera más importante que pasar juntos mis últimos días en Nueva York. Tiene sentido. A pesar de todo, la flor que se ha ido abriendo en mi pecho a lo largo del verano se ha puesto mustia.

Ya he terminado de hacer el equipaje cuando llaman a la puerta.

Es él. Va de punta en blanco, como si estuviera a punto de grabar un programa de televisión o algo así. ¿Lo van a entrevistar con motivo de la absorción? Da igual. Pronto me habré marchado.

Lo miro expectante, pero no dice nada. No hace ademán de entrar. Está muy serio. Se acabó, ¿no es cierto? Esto es la incómoda despedida final antes de que cada uno se vaya por su lado y finjamos que este verano nunca sucedió, ¿verdad?

—Debes de estar contento —le digo a la vez que intento sonreír sin conseguirlo—. Por la absorción.

No parece feliz en absoluto. No, parece cansado. Irritado. Mira mi equipaje como si quisiera quemarlo.

—Antes de que te marches —dice—, quería… enseñarte una cosa.

Miro a un lado y a otro.

—No sé… Todavía tengo que limpiar el piso y no me gusta llegar tarde al aeropuerto.

Las palabras le salen de dentro.

—Por favor. No tardaremos mucho.

—Vale —accedo.

Aunque noto que los muros de Parker se están levantando otra vez como quien clava maderos en las ventanas antes de una tormenta, debo de ser masoquista porque quiero pasar con él hasta el último minuto de mi estancia en Nueva York. Por más que algunos me duelan.

Hay un coche esperándonos delante del edificio. No le pregunto adónde vamos: no importa. Los lugares nunca fueron importantes. Todo giró en torno a nosotros dos. Eso es lo que comprendo cuando veo pasar la ciudad por la ventanilla.

Él era mi verano. Y ahora se ha terminado.

Parker no dice nada. Ni siquiera me mira. Tenemos un aspecto totalmente distinto ahora, yo con mis prendas cómodas, adecuadas para el avión, él con un traje que recuerda al que llevó para su comparecencia ante el Congreso. Es una manera cruel de que recordemos que nunca estuvimos destinados a encajar.

Ya tengo un nudo en la garganta, pues sé que esto es un adiós. Sé que algún día recordaré este momento y desearé haber dicho algo. Pero no lo hago. Me vuelvo hacia mi ventanilla y veo cómo los edificios de oficinas se transforman en las bonitas tiendas que se alinean en la Quinta Avenida como regalos. En Navidad están cubiertas de luces, pero incluso ahora cada una de las fachadas está aseada y perfecta. Han cortado la calle más adelante. El coche se detiene.

Parker abre la portezuela. Yo frunzo el ceño. ¿Hay un desfile en la calle? ¿Vamos a tener que hacer andando el resto del camino?

Sin perder un instante, me ayuda a salir y luego me lleva más allá de las señales y las barreras.

—Me… me parece que la calle está cortada —le digo mirando a un lado y a otro.

Nunca había visto la ciudad tan desierta. Seguimos andando y veo todo el camino hasta el parque. Nada me tapa las vistas. No hay gente abriéndose paso a codazos, no hay bicitaxis cobrando tarifas desmesuradas por un trayecto de pocas manzanas, no hay cláxones ensordecedores. Es casi como si esto fuera un escenario. Debería haberlo comprendido antes. Esto es cosa de Parker.

La ciudad de Nueva York nunca duerme, nunca se detiene, pero lo ha hecho por Parker Warren.

—Has parado literalmente el tráfico —le digo plantada en mitad de la calle—. ¿Por qué?

¿Qué motivo podría tener para alquilar la Quinta Avenida? Espero una respuesta que no llega, así que me doy la vuelta para echar un último vistazo a una ciudad que antes odiaba. La contemplo desde una perspectiva despejada: las sombras alargadas sobre las aceras, el centelleo del sol contra los acabados de metal. Nueva York es preciosa en verano, dorada, reluciente.

Me giro hacia él, pensando que estará contemplando lo mismo que yo, pero solo me mira a mí. Y está muy serio.

—¿Qué pasa?

—No te marches.

Trago saliva. Era esto lo que quería oír, ¿verdad? Pero no. No tiene sentido. Aunque me gustaría que este verano no terminara nunca, la realidad es como la gravedad y separa la lógica del sentimiento.

—Parker, tú mismo lo dijiste. No tienes tiempo para una relación. Y a mí no se me dan bien, yo…

—No voy a aceptar la oferta de Virion —dice.

«¿Qué?». Frunzo el ceño.

—Pero te ofrecen miles de millones de dólares más —le recuerdo, como si se le hubiera pasado por alto.

—Puede que en junio la hubiera aceptado, pero ahora… no puedo.

—¿Por qué no?

—Insisten en vender los datos de nuestros clientes. Negocié ciertos límites y al final aceptaron y aumentaron el precio, pero yo… no puedo. Creo en la causa. Y todo el mundo necesita creer en algo.

Está usando mis propias palabras. Se me encoge el corazón. «Se acuerda de todo», pienso. Como si cada palabra que sale de mis labios fuera un guion que debe leer con atención y llenar de anotaciones.

—¿Eso significa que no vas a recibir el dinero? ¿No saldréis a Bolsa?

Asiente.

—Volveré a dirigir mi empresa. Dispondré de mucho menos dinero, pero al menos disfrutaré de la libertad de hacer lo que creo que está bien.

—Igualmente vas a estar muy ocupado —señalo.

Puede que no tanto como estaría si se convirtiera en el CEO de Virion, pero seguirá siendo el CEO de Atomic.

Eso fue lo que me dijo, por eso estaba claro que esto no podía funcionar. Dijo que estaba demasiado ocupado para una relación.

—Lo estaré —dice—. Pero nunca estaré demasiado ocupado para ti.

Trago saliva. Me gustaría que fuera verdad. Quiero que nuestras vidas encajen como piezas de un puzle, pero los dos somos esquinas.

—Dijiste que tu empresa es lo primero. Que siempre lo será.

—Por ti, Elle, trasladaré la empresa aquí, a Nueva York. Por ti contrataré a otro CEO. Por ti donaré todo mi dinero. No me importa. Nada de todo eso es importante. No tan importante como tú.

No puede hablar en serio. Además, yo no quiero que haga nada de eso.

—A la larga me guardarías rencor. No quiero que hagas nada solo porque pienses que lo deseo. Me niego a que renuncies a todas las cosas que siempre has querido.

—No estoy haciendo nada que no quiera hacer —dice—. Y, Elle, solo para que te quede claro: nunca he querido nada como te quiero a ti.

Me parece que no puedo respirar. Me escuecen los ojos.

Avanza un paso hacia mí en mitad de la calle desierta. Sus ojos verdes me paralizan.

—Estoy enamorado de ti, Elle.

—No —le digo, negando con la cabeza—. No, no lo estás.

—Lo estoy —insiste con un tono de voz tan serio que me rompe el corazón.

—No. —Retrocedo un paso—. Tú no lo entiendes. No me conoces. Soy horrible. Si he quedado con alguien, no puedo hacer nada más ese día. Es patético. Doy saltos de alegría si un camarero se acuerda de mi nombre. Tengo que darme una charla de motivación de quince minutos antes de pedir hora en el médico.

No puedo parar de hablar. Las palabras surgen sin más porque sé que, si me detengo, dirá otra cosa y me asusta lo que voy a sentir cuando lo haga.

—Y, por cierto, ¿cómo se las arregla el resto del mundo para ser tan… responsable? ¿Cómo hacen cosas como… ir a correos? ¿O presentar la declaración de renta a tiempo? Yo soy un desastre tan grande que no te lo creerías. En serio.

La comisura de sus labios se tuerce hacia arriba.

—Elle, ¿intentas convencerme de que no te ame?

—¡Sí! —le digo—. Sí, exactamente eso.

—Es demasiado tarde —responde—. Y sí, Elle, te conozco. Te conozco y te quiero.

Ahora lo tengo justo delante. Desliza el pulgar por mi mejilla y en ese momento caigo en la cuenta de que estoy llorando. ¿Por qué estoy llorando?

Porque lo sé. Porque sé que está siendo sincero. Este verano lo dejé entrar, lo dejé verme, lo dejé conocerme. Y me quiere.

Es aterrador. Amarme implica conocer mis cicatrices, y yo soy la única que las ha visto todas.

Pero quiero que las vea. Quiero quitarme la armadura, dejar que lo sepa todo de mí y que me ame entera.

—Yo también te conozco y te quiero —le digo sin poder contenerme.

Me atraganto con un sollozo. Es la verdad. Llevo amándolo un tiempo. No tiene sentido negarlo ahora, aunque esté a punto de subirme a un avión para volver a casa. Niego con la cabeza. Ahora estoy llorando a lágrima viva y quiero parar, pero no puedo.

—Madre mía, qué embarazosos son los sentimientos —le digo—. Por eso prefiero escribir sobre ellos y ponerlos en boca de otro.

Parker escoge ese momento para hincar una rodilla en el suelo sin despegar los ojos de los míos.

Mi cuerpo se paraliza. La ciudad guarda silencio en derredor, como si contuviera el aliento.

—¿Qué estás haciendo? —le pregunto presa del pánico cuando la conciencia de lo que está pasando cala en mis huesos—. Tú no quieres casarte —le recuerdo—. Me dijiste que era el contrato más estúpido del mundo.

Ahora está sonriendo.

—Si te casas conmigo, Elle, será el mejor contrato que haya firmado nunca.

No hay anillo. Me da igual. Solo le veo a él, y los sentimientos me desbordan. Todas y cada una de las emociones que he reprimido este verano están emergiendo a la superficie, y quiero esto. No quiero que termine este verano. No quiero marcharme. No quiero volver a separarme de él.

—Cásate conmigo, Elle —dice—. Ya pensaremos lo demás después. Juntos.

—Sí —respondo antes de que me dé tiempo a discurrir todas las razones para no hacerlo.

Su sonrisa se ensancha, sus ojos resplandecen. Nunca lo he visto tan feliz.

Entonces me besa.

Me besa y yo lo veo. Un futuro. Una vida. Un verano interminable.

—Hay una cosa más —dice y me toma la mano.

Me lleva a la tienda más cercana. La entrada recuerda a un portal encantado, como algo sacado de un cuento de hadas: hay follaje enmarcando las ventanas.

Harry Winston. El interior está desierto, igual que la calle. Las cajas están todas abiertas.

Trago saliva. He visto esa película.

—¿Tengo que… en plan… escoger uno? —le pregunto.

Parker frunce el ceño, como si no pillara la referencia para nada. Como si no tuviera ni la más remota idea de lo que le estoy hablando.

—No. Son todos tuyos.

Me quedo atónita.

—Parker, no necesito…

—Hay noventa y cuatro. Uno por cada día que hemos pasado juntos este verano. Los he escogido yo. —Al notar mi reticencia o quizá mi horror, dice—: Véndelos. Dónalos a la beneficencia, me da igual. Son tuyos.

Hunde la mano en el bolsillo de su traje.

—Y hay algo más.

Saca una hoja de papel y me la tiende. Es una escritura. Entorno los ojos sin entender nada hasta que veo la dirección.

La conozco mejor que la mía. La he buscado infinidad de veces durante mis peores bajones como escritora. Tengo el anuncio impreso y pegado al tablón de manifestaciones que Penelope me obligó a crear hace tres años en Nochevieja. Es la casa de mis sueños.

En alguna parte debajo de mis costillas se me parte el corazón.

—Es tuya.

No. Despacio, todo lo bueno se torna amargo. Pestañeo muchas veces con la esperanza, con el deseo, de que esto no sea lo que creo que es.

Cuando levanto la vista para mirar a Parker, debe de percatarse de que estoy horrorizada porque su sonrisa se apaga poco a poco.

—Elle...

Pero estoy reculando. Niego con la cabeza, como queriendo que mis emociones vuelvan a su lugar, como queriendo que esto tenga sentido, como tratando de borrar los últimos momentos para que esta semilla de traición no eche raíces en mi vientre.

—No lo has hecho, Parker. Dime que no lo has hecho.

Está confuso. Aterrado. No sabe qué ha hecho mal, y eso es lo peor.

Señala un punto del documento.

—Es una escritura de donación. Una vez que la firmes, la casa estará a tu nombre. Es tuya. Yo no tengo ningún control sobre ella. Es...

—Tú no lo entiendes, Parker —le digo con la voz rota—. No se trata solo del control. Se trata del orgullo, se trata de mí. Quería comprarla con mi trabajo, con mis condiciones. Tú me has arrebatado eso. Ni siquiera entiendes... por qué eso significa tanto para mí.

Mi mundo gira enloquecido

Veo a Parker, en el hueco de la escalera sugiriendo que podía comprar mi afecto. Veo a mi padre, pagando mis créditos estudiantiles a mis espaldas.

Este era mi sueño. El sueño para el que había ahorrado. El que tenía desde los dieciocho años.

Y acaba de arrebatármelo.

Oigo la voz de mi madre en mi mente. ¿Qué estoy haciendo? ¿Cómo se me ocurrió pensar que esto iba a funcionar?

—Elle —me dice Parker alargando la mano hacia mí—, ¿qué pasa?

Pasa todo. Absolutamente todo.

Retrocedo un paso para que no pueda retenerme.

—No puedo hacerlo —le digo—. Lo siento. Es que... no puedo.

Me doy media vuelta.

Él me aferra la muñeca con suavidad. Me mira con los ojos abiertos de par en par: nunca lo he visto tan asustado. Ni cuando compareció ante el Congreso, ni cuando la absorción de su empresa no prosperaba. Siempre se mostraba comedido. Indiferente. Ahora le brillan los ojos.

—Por favor, Elle. Deja que lo arregle.

Pero esto no tiene arreglo. Nunca lo tuvo. Supe desde el minuto uno que esta relación no funcionaría. Debería haber escuchado a mi intuición. Debería haber sabido que un verano no es lo bastante largo como para cambiar a nadie.

«Puedo comprar lo que quiera».

¿Eso piensa? ¿Que puede comprarme? ¿Comprar mis sueños? ¿Comprar mi amor? Estaba equivocada. No me conoce. No me entiende.

¿Cómo va a conocerme?

—Elle —me llama cuando yo rodeo el pomo de la puerta con la mano—, no lo hagas.

Pero tengo que hacerlo.

Abandono la joyería. Noto que me sigue. Lo oigo gritar mi nombre.

La calle está cortada, no hay taxis. Las lágrimas me impiden ver con claridad. Empiezo a caminar tan rápidamente como puedo y al poco estoy corriendo, y llorando, porque realmente pensaba que esto era real. Pensaba que por fin había encontrado a alguien que entendía esa sombra única y compleja que me acompaña.

Me equivocaba.

Recorro varias calles y por fin hay coches. Es como si la ciudad lanzara un suspiro de alivio. Me encuentro a gente en las aceras que se abre paso por mi lado, personas a las que les trae sin cuidado que yo me sienta como si un candado acabara de cerrarse en mi pecho.

Agito la mano con movimientos frenéticos hasta que finalmente un taxi se compadece de mí.

Todo sucede como en un sueño. Recoger el equipaje. Marcharme del piso en el que he pasado el verano. Dejar el edificio. Despedirme de la ciudad.

Y luego coger otro taxi para abandonarla.

# 31

Existe una fórmula para hacer películas. Una estructura en tres actos. Un desenlace. La vida no es así. La vida no encaja en pulcras casillas, no se parece a una sinopsis, no funciona de esa manera.

La vida sería una película horrible.

Patética.

Un fracaso total.

Sin escenas extras.

Ni una.

El verano ha llegado a su fin. Mi guion está terminado. Y yo voy de camino a Los Ángeles. Esto es lo que tenía que pasar, me digo. Esto es lo mejor que podía pasar.

Entonces ¿por qué tengo la sensación de que lo he perdido todo?

Penelope va a buscarme al aeropuerto. Se lo cuento todo en el coche. Para en un aparcamiento, y yo me derrumbo sobre ella llorando y lamentándome.

—Lo quería —le confieso entre sollozos. Lo digo en pasado, como si no fuera a seguir amándolo el resto de mi vida—. Lo quería de verdad.

—Ya lo sé —responde ella mientras me acaricia el pelo—. Sé que lo querías.

Los ejecutivos del estudio me ofrecen una trilogía. Les encanta mi guion. El rodaje empezará en primavera.

—Usarán cromas para que parezca verano —me asegura Sarah.

Me invitan a los rodajes. Yo rehúso. Volver a esas localizaciones, volver a Nueva York, sería demasiado doloroso.

Me refugio en la escritura. El dolor genera un guion tras otro. Cali pone el piso a la venta.

«La ciudad es mala para el bebé».

Paso las vacaciones en Suiza con ella, con la pequeña Isabella y con Pierre, antes de que se marchen a quedarse una temporada con nuestro padre.

Gwen está estudiando un máster en la Escuela de Economía de Londres y nos invita a todas a visitarla. Lo hacemos. Allí, Penelope protagoniza un breve y predecible romance con un profesor de treinta y pico años.

De tanto en tanto aparece un nuevo titular:

«Atomic rechaza la propuesta de Virion: Parker Warren seguirá siendo el CEO del gigante tecnológico».

Luego: «Atomic vuelve a salir a Bolsa», con una foto de Parker tocando la campana. Sonríe, pero no con los ojos. No hay chispas en su mirada.

Finalmente: «El Soltero Milmillonario deja de ser superrico: el genio de la tecnología entrega casi toda su riqueza a la beneficencia».

Penelope me planta el periódico en la mesa de mi despacho.

La miro.

—¿Y?

—¿Y? Ese hombre ha renunciado literalmente a todo su dinero por ti.

Pongo los ojos en blanco.

—No se va a arruinar.

La verdad es que solo con los intereses tendrá que hacer esfuerzos para no volver a ser milmillonario con regularidad, si tanto le importa.

—Y no lo hizo por mí. Lo hizo porque piensa que es lo correcto.

Penelope se exaspera.

—No lo entiendo. Eres desgraciada, Elle. Lo amas.

—Es el CEO de una inmensa empresa de tecnología con miles de empleados. Siempre tendrá más dinero, más poder. Me eclipsará. A su lado nunca seré nadie. Todo el mundo me considerará una mujer trofeo y ninguno de mis logros importará nunca.

—No creo que sea verdad, Elle, yo…

—Mi madre lo odiaría.

Penelope frunce el ceño.

—Elle, tu madre querría que fueras feliz —me dice.

—Soy feliz —replico, demasiado a la defensiva.

No parece convencida.

—No te entiendo. ¿Por qué estás tan obsesionada con el dinero?

Me echo hacia atrás sorprendida.

—¿Obsesionada con el dinero? Si hay alguien obsesionado con el dinero, es él.

Niega con la cabeza.

—Estás más obsesionada con el dinero que nadie que haya conocido nunca. Hasta eres capaz de renunciar al amor por culpa de eso.

Se me saltan las lágrimas.

Tiene razón.

Pero no sé cómo arreglarlo.

# 32

DIECIOCHO MESES DESPUÉS

—Es un buen titular —dice Sarah.

«Con todos ustedes, Elle Leon: la creadora del gran taquillazo del verano».

Es genial. Y es la primera entrevista que he concedido nunca.

El estreno cosechó grandes críticas. No leí ninguna. Y cuando superó las previsiones de taquilla, ni siquiera miré las cifras.

En nuestra charla, la periodista me preguntó:

—¿Qué sitio consideras tu hogar? ¿Dónde eres más feliz?

Le di una respuesta tópica. No iba a convertir la entrevista en una sesión de terapia. Pero en el fondo de mi corazón sabía la verdad.

Cuando volví a Los Ángeles, ya no me sentía en casa. No he vuelto a sentirme en casa. Mi hogar estaba en la otra punta del país, en una ciudad a la que no había tenido el valor de volver.

En cuanto a dónde soy más feliz… No supe qué contestar a eso porque, como muy bien dice Penelope, llevo un tiempo sin ser feliz.

Hacia el final de su vida, mi madre quería estar en su casa, pero tenía que quedarse en el hospital y eso la sacaba de sus casillas.

«No quiero que me recuerdes aquí, en esta habitación. Recuérdame feliz. Recuérdame contigo en la cocina, preparando arepas. Recuérdanos bailando de puntillas y pintando con los dedos», me decía. Yo lloraba, le sostenía la mano y se lo prometía. Solo la recordaría feliz.

Penelope tiene razón. Ella querría que yo fuera feliz también.

Hago un viaje de dos horas al trastero en el que guardo mis mejores y peores recuerdos. No había vuelto desde que mi madre falleció.

Los días posteriores fueron horribles. Yo estaba destrozada. Me mudé a casa durante unas semanas para ocuparme de todo, aunque no me parecía mi casa estando vacía.

No, no estaba completamente vacía. Estaba llena de plantas, que eran las posesiones más preciadas de mi madre, variedades exóticas que había ido coleccionando a lo largo del tiempo. Les puso nombre a todas. Mi madre les hablaba. Cuando le preguntaba por qué lo hacía, decía que la escuchaban. Decía que sus palabras ayudaban a las plantas a crecer más fuertes. Y la verdad es que funcionaba. Ella les decía que estaban preciosas y las plantas florecían. Crecían radiantes, exuberantes, llenas de color y siempre miraban al sol. Quiso enseñarme a regarlas, pero yo no le presté demasiada atención.

Lo intenté. Durante aquellas semanas lo intenté, pero todas se murieron, una a una, y yo me quedé allí sentada, en mitad de la habitación, sollozando y gritando, porque me recordaban a mi madre. Vivas, vibrantes y, de súbito, apagadas. De súbito, ausentes.

A la vida le trae sin cuidado la pena. Y también a los bancos. Había que pagar las facturas. Tenía que vaciar la casa para poder venderla y saldar las deudas. Tuve que buscar un trastero para guardar los momentos que habíamos vivido juntas. Cerrar la puerta fue como un segundo entierro. Lo único que me llevé fue el colgante. Lo acaricio ahora mientras alguien de las instalaciones corta el candado.

Me siento en el suelo como una antropóloga mientras descifro nuestro pasado. Esbozo una leve sonrisa al ver los horribles proyectos de plástica que mi madre quiso guardar: la pintura que Cali hizo con maquillaje porque olvidó llevarse a casa los materiales que necesitaba, las fotos con marcos de macarrones que las dos creamos en segundo de primaria, con nuestras sonrisas melladas en el centro.

Descubro cosas nuevas, como la única prueba de que mi madre tuvo una vida antes de que nacieran sus hijas: polvorientos libros de texto en español de la universidad en la que estudió antes de dejarlo. Los guardó. Ojalá pudiera preguntarle el motivo. Ojalá pudiera preguntarle si, de ser posible volver atrás en el tiempo, volvería a tomar las mismas decisiones, sabiendo lo que iba a pasar.

Ojalá pudiera preguntarle si el odio le sirvió de algo. Si aferrarse a las reglas que se autoimpuso le facilitó la vida.

Ojalá pudiera preguntarle si las rompería.

Mi madre siempre me contempló como su propia imagen en el espejo. Veía en mí a su yo del pasado. Quería sacudirme los hombros y advertirme que me alejara del camino que ella había recorrido.

Penelope dice que mi madre querría que yo fuera feliz, pero ¿por qué ella no eligió la felicidad?

En la última caja encuentro sus pertenencias del hospital. Estoy a punto de volver a cerrarla, pero suspiro y me armo de valor. Despacio, las voy sacando. Las últimas revistas que hojeó. Las últimas cartas que le enviaron sus compañeros del trabajo y sus amistades.

En el fondo hay fajos y fajos de papel. No, no es solo papel, son guiones. Los que mi madre insistió en que le imprimiese.

—Déjame leer los que te hacen sentir más orgullosa —me dijo.

Los llevé a su habitación, pero al final estaba muy débil, le costaba permanecer despierta y seguían intactos para cuando falleció.

O eso pensaba yo.

Ahora, al hojearlos, veo algo que me deja de piedra. Notas en los márgenes. Seguramente las últimas palabras que escribió.

Con dedos temblorosos, empiezo a revisarlos.

Son comentarios críticos que dan en el clavo. Tacha partes enteras del diálogo. Me dice que al conflicto le falta potencia.

También me señala las partes que le encantan. En qué personajes me ve reflejada. Las frases que le han gustado tanto como para subrayarlas tres veces.

En la última página hay un párrafo escrito deprisa y corriendo, como si quisiera asegurarse de que no se dejaba nada en el tintero:

«Elle, leoncita mía, no seas la clase de escritora que guarda sus mejores frases para sus personajes. Verbalízalas tú. No reserves tus mejores historias para tus guiones. Vívelas. La vida no es una película. Nunca hay un solo principio ni final. Siempre tenemos la opción de volver a empezar. Si me arrepiento de algo es de no haberme concedido la oportunidad de vivir nuevos comienzos. No cometas los mismos errores que yo. Vuelve a empezar una y otra y otra vez. Las promesas que alberga el mañana son lo mejor de la vida. Os quiero a ti y a tu hermana más que a nada del mundo. Cuidaos la una a la otra».

Lloro con la hoja contra el pecho, como si pudiera imprimirme las palabras en el alma. Como si pudiera abrazar a mi madre por última vez.

Qué tontos somos por preocuparnos tanto si sabemos que algún día perderemos todo aquello que amamos. Esa es la regla definitiva de la vida. Todo termina indefectiblemente y, sin embargo…, volvemos a empezar.

Y es así como termino en un avión con destino a Nueva York, el último lugar donde viví una vida mejor que cualquiera de mis películas.

El fantasma de Parker está por todas partes, lo acaricia todo como el sol. La ciudad está henchida de recuerdos. No puedo escapar de ellos, así que no lo hago. Voy a los mismos sitios a los que fui con él, pero me producen una sensación distinta, como si les hubieran arrebatado el alma.

Ahora tengo el dinero que necesito para comprar la casa de la ciudad. Me quedo parada delante y no veo ningún cartel que diga «en venta». Han pintado la fachada de otro color. Parker debió de venderla poco después de que yo me marchara. Me pregunto a quién pertenecerá ahora.

Después de varios correos electrónicos, la agente inmobiliaria me informa de que el dueño ha accedido a permitirme que la visite fuera de mercado. Tiene el pelo largo y camina rapidísimo sobre sus zapatos de tacón. Sube las escaleras de la entrada a toda velocidad e introduce la llave en la cerradura.

La puerta se abre con un chirrido.

No se parece en nada a como era cuando yo daba clases aquí. No, salta a la vista que han hecho una reforma integral. Recuerdo haber visto a los obreros entrar y salir. Han transformado la sala en biblioteca, con estantes que van del suelo al techo. Hay un rincón de lectura en la ventana. La cocina es blanca, con una isla de mármol en cascada y una encimera repleta de máquinas de café. Han reformado la chimenea, que ahora es de piedra. Cuando me acerco descubro que está decorada con un motivo floral.

—Te dejo que la explores a tus anchas —me dice la agente inmobiliaria, y se lo agradezco—. Es una propiedad peculiar —añade—. Muy… suya. —Se ríe—. La planta baja es una pista de béisbol, ¿te lo puedes creer?

Qué raro.

Subo a la primera planta, donde hay una habitación de invitados y un despacho. El escritorio está contra la ventana, con una impresora al lado. Veo cosas enmarcadas en las paredes, pero no les presto atención. De todos modos habrá que quitar todo eso si aceptan mi oferta. En la tercera planta hay un cine con una máquina de palomitas incluida y un proyector. También hay otro dormitorio.

Sigo subiendo. En la última planta está el dormitorio principal con la claraboya. Me quedo de piedra.

Las paredes… están cubiertas de fotografías.

Fotos de Nueva York.

Fotos mías.

Fotos nuestras.

Cada una de las fotos que sacó Parker y algunas de las que no me percaté están ahí, enmarcadas como si fueran obras de arte.

No, no es posible. Di por supuesto que Parker había vendido la casa poco después de que yo me marchara. ¿Por qué iba a conservarla?

Distraída, abro la puerta que da a la terraza.

Está cubierta de flores. De rosas. De color crema, de color cereza, de un rosa balé. Hay rosas rayadas como golosinas.

Bajo corriendo al despacho. Los marcos de las paredes… decoran mis guiones. Todos y cada uno de los guiones que he vendido están colgados en la pared, expuestos con orgullo.

Tengo el cuerpo de gelatina cuando regreso a la cocina.

—¿Quién es el vendedor?

—Un CEO de las nuevas tecnologías —dice—. Nunca ha vivido aquí, pero la casa está muy cuidada. Viene un equipo cada semana para mantenerla en excelentes condiciones.

—¿Y cuándo la compró? ¿Cuándo se reformó?

Echa un vistazo a sus papeles.

—La compró a finales de junio, hace un par de veranos. Hizo las reformas poco después.

Si eso es verdad… Parker empezó a renovarla mientras nos estábamos enamorando. Esta casa…

Es una carta de amor a nosotros dos. Una carta de amor a nuestro verano.

O, al menos, lo era.

Creo que voy a vomitar.

La agente inmobiliaria suspira.

—Hemos tenido muchas ofertas por la propiedad, pero siempre se ha negado a venderla, hasta ahora. Hasta que le enseñé tu carta.

Escribí una carta para convencer al propietario de que me dejara verla, puesto que no estaba a la venta.

—Debiste de causarle muy buena impresión. Dijo que eras la única persona a la que se la vendería.

Parker leyó mi carta. Sabe que estoy visitando la casa. Noto una opresión en el pecho. De repente vuelvo a estar en aquella manzana desierta de Manhattan, huyendo de él, de nuestro futuro.

Trago saliva.

—¿Cuánto pagó por ella?

Me lo dice.

—Esa es mi oferta —digo.

La agente teclea. Envía. Su teléfono emite una señal.

La oferta ha sido aceptada.

Se abren las puertas del ascensor y un caniche leonado sale a recibirme.

Luego otro.

Y otro.

Son todos idénticos.

—Nos gusta reunirlos de vez en cuando —dice una voz, tan potente como siempre.

Pertenece a Edith Adelaide.

Es una de las principales benefactoras de la organización con la que colaboro recaudando dinero para programas artísticos. Cuando recibí la invitación a esta fiesta hace unos días, estuve a punto de tirarla. Sabía que venir a esta casa desenterraría toda clase de recuerdos. Pero he venido de todos modos. Quizá una parte de mí quería recordar.

Soy una de las primeras en llegar. Hay cajas de embalar apoyadas contra las paredes. El servicio entra y sale.

—Lo estoy vendiendo todo —me explica Edith—. Cuando te acercas a los noventa, no hay certidumbre que valga. Comprendí que algún pariente lejano podía impugnar mi testamento una vez que me haya ido. Nunca se sabe. Así que lo estoy donando todo mientras sigo respirando.

El estudio me ha dado carta blanca con mi nuevo proyecto. Pienso en Edith y su historia. La mujer me interesa por muchos motivos, pero hay una pregunta que quiero formularle desde hace tiempo. Puede parecer grosera, pero ella es una persona muy franca. Se la suelto sin más.

—¿Cómo lo soporta?

—¿El qué, querida?

—El hecho de que la gente dé por supuesto que fue su marido el que amasó una fortuna. Que usted tiene todo esto —señalo el piso al completo con un gesto abarcador— porque lo heredó y no porque fue una de las primeras personas que invirtió en las empresas de internet.

Inclina un poco la cabeza.

—No lo soporto —dice—. Me saca de mis casillas. —Se encoge de hombros—. Pero yo no vivo para los demás. Vivo para mí. Los cotilleos no importan en realidad. —Se queda pensando—. Una persona querida me dijo una vez que, a fin de cuentas, lo único que importa en la vida son las personas que amas… y que te aman.

Oigo la campanilla del ascensor. Me sonríe.

—Discúlpame, querida.

Entre los invitados hay poetas, escritores, guionistas y artistas famosos, además de otras personas implicadas en el mundo de las artes. Charlamos de los programas que queremos implantar en las escuelas. Fijamos fechas para distintas iniciativas. Es agradable intercambiar impresiones con gente que conozco de reuniones anteriores.

Estoy delante del delicioso bufé, observando los distintos quesos y preguntándome si será de mala educación coger la tabla al completo en vez de un plato cuando oigo una voz a mi espalda.

—¿Elle Leon?

Me doy la vuelta y veo a una mujer muy elegante ahí de pie. Lleva el pelo gris recogido en un moño y unos zapatos de tacón que no solo mataría por poseer, sino también por ser capaz de lucirlos con tanta naturalidad—. ¡Eres tú! Soy una gran fan de tu obra.

Sonrío. No es la primera vez que me pasa desde que mi identidad se hizo pública, pero nunca deja de sorprenderme. No solo que alguien haya visto mis películas o que mis palabras se hayan materializado en filmes, sino también que sean capaces de reconocer a la persona que las ha escrito.

Es gratificante conocer a los espectadores. Me recuerda para quién escribo: para las chicas que, como me pasaba a mí en la adolescencia, necesitan evadirse. Para la madre y la hija que tratan de comprenderse. Para la estilosa mujer que tengo delante y que me dice que mi última película la ayudó a superar una ruptura.

—Salir con hombres a mi edad es un desafío —reconoce—. Pero nunca he renunciado al amor.

—Y no debería renunciar —le digo, aunque yo lo hice hace mucho tiempo.

Me está mirando con atención. Sonríe.

—Tengo la sensación de que te conozco —me dice con ojos chispeantes, y no es algo que no me hayan dicho ya. Lo considero un regalo, haber sido capaz de escribir un material con el que los espectadores se identifican tanto—. Y no solo por tus películas. Yo…

—Madre —dice alguien. Parece irritado, como si quisiera marcharse—. Tenemos que ir a la otra punta de la ciudad para…

Y ahí está.

Parker Warren.

No, no puede ser él. Pero lo es, aunque está cambiado. Ahora tiene un aspecto más circunspecto. Los pómulos un poco más pronunciados, el pelo más descuidado. Está enfurruñado, hasta que levanta la vista y ve con quién está charlando su madre.

Su voz se apaga. Ni siquiera intenta terminar la frase. Lo único que hace es mirarme con incredulidad, con un aire intenso que conozco bien en esos ojos verdes que he tratado de olvidar.

Debería haber sabido que había una posibilidad de que me lo encontrara aquí, pero no lo pensé. Vive en San Francisco. Y esta reunión es para una fundación que organiza proyectos artísticos.

Mi corazón se desboca. No puedo hacerlo. No puedo sonreír, charlar y fingir, y es lo más grosero que he hecho en mi vida, pero le digo: «Disculpe» a la encantadora mujer con la que estaba conversando y me largo de allí.

El ascensor tarda demasiado. Pulso el botón mil veces, pero el trasto es muy antiguo y las lucecitas tardan una eternidad en encenderse, estamos en el último piso, y yo no puedo respirar. Así que hago lo único que puedo hacer.

Bajo por las escaleras. Encuentro la puerta correcta y empiezo a descender. Nunca he corrido más en toda mi vida. Un tramo y luego otro.

En algún momento oigo que se abre una puerta. Se cierra.

—Elle.

Su voz resuena en el hueco de la escalera. Llevo mucho tiempo sin oírle pronunciar mi nombre y esa única palabra me paraliza. «Elle». En sus labios mi nombre parece el de otra persona. El de una mujer feliz, el de alguien que apenas estoy empezando a recordar.

Titubeo el tiempo suficiente para que Parker baje tres tramos de escaleras y ahí está, delante de mí.

Nos miramos.

—No has dejado de correr, ¿verdad? —dice con un susurro ronco y los ojos inundados de algo parecido a la esperanza.

Estoy pegada a la pared, recostada contra ella como si pudiera protegerme de estos sentimientos puros, sin procesar, que se abren paso a través de mis costillas.

—Está claro que no. Es lo que acabo de hacer.

Hace un gesto de negación con la cabeza.

—No, quiero decir con regularidad. No has dejado de hacer ejercicio.

Ah. Me pregunto si lo ha deducido porque no estoy doblada sobre mí misma después de haber bajado corriendo varios tramos de escaleras.

Tiene razón. Sigo corriendo. Seguí haciéndolo después de marcharme aquel verano. Ahora salgo a correr casi cada mañana. Es lo único que me despeja la mente.

Es una parte de él que no quise dejar atrás.

Solo nos separan diez pasos. Avanza uno, y ahora hay solo nueve.

—Se suponía que estabas en San Francisco —le digo en tono de acusación.

Niega con la cabeza.

—Abrí una oficina aquí. He trasladado a Nueva York la sede principal de la empresa.

—¿Por qué?

—Mis mejores recuerdos están aquí —se limita a decir.

Avanza otro paso. Su mirada me mantiene pegada al suelo. Me siento como un espécimen atrapado bajo un microscopio que se revuelve bajo su observación implacable.

—¿Eres feliz? —me pregunta. Lo dice en tono brusco, directo, al grano. Da otro paso.

No tengo valor para decirle nada que no sea la verdad.

—No. ¿Y tú?

—Yo estoy hecho una mierda. —Otro paso—. Me siento desgraciado desde el día que me dejaste en la joyería.

Trago saliva. Ahora sus ojos se desplazan a mi cuello.

—Lo siento —le digo, y hablo en serio—. Por… haberme marchado así. Seguro que me odias. Seguro que no querías encontrarme aquí y…

—No te odio, Elle. No podría odiarte.

—Yo me odiaría —le aseguro. Medio me odio, pienso.

Otro paso. Y otro. Ahora está muy cerca. Nada salvo una corriente eléctrica llena el espacio que nos separa y me asusta lo mucho que deseo su cercanía, aun después de todo este tiempo. Lleno ese espacio con palabras, como hago siempre.

—Vi… vi tu casa —le digo, aunque es evidente que ya lo sabe porque acabo de comprársela.

En ese momento un destello asoma a sus ojos. De dolor. Otro paso.

Pues claro. No solo compró la casa…, la transformó. La reformó.

—La hiciste nueva para mí. —Mi voz es un susurro ronco.

—La hice para nosotros, Elle.

Lo tengo delante. Alargo el cuello para mirarlo. Casi había olvidado lo alto que es.

—Felicidades por la compra.

Parece contento por mí, aunque sus ojos no han perdido la intensidad, como si fuera una tortura estar hablándome de la casa que creó para nosotros y que yo viva allí sin él.

—¿Estás… estás con alguien?

Niego con la cabeza y su alivio es palpable e inmediato. Que yo viviera en esa casa con otra persona habría sido más de lo que puede soportar.

—¿Y tú? —le pregunto haciendo de tripas corazón, preparada para oírle decir que sí, preparada para oírle decir que ahora es el verano de otra persona.

Hace un gesto de negación con la cabeza.

—No hay nadie más, Elle —me dice—. Nunca ha habido nadie más. No para mí.

Bien. O sea, bien no, pero…

Sí, bien.

Está tan cerca que mi cuerpo se derrite debajo de mí, se relaja como si acabara de llegar a casa después de un vuelo muy largo. Es como si aquel momento de la joyería hubiera sucedido ayer mismo. Con qué naturalidad, pienso, ciertos momentos se nos antojan más importantes que años enteros.

Noto su cálido aliento contra mi frente.

Una puerta se abre en alguna parte. La oigo cerrarse. Unos cuantos invitados se quejan del ascensor.

La escalera parecía nuestra, pero la presencia de otras personas ha hecho añicos el espejismo. Él retrocede un paso. Yo enderezo la espalda.

—Ha sido agradable verte, Parker —le digo alargando la mano. Un apretón de manos. Eso lo puedo soportar. Si me abraza, creo que estallaré en llanto y eso de salir corriendo por la escalera ya ha sido bastante dramático.

La toma.

No la suelta mientras busca algo para escribir en el bolsillo, y saca un rotulador. Sin perder un instante, empieza a escribirme algo en la muñeca, justo encima del pulso.

—Mi número. Nunca te lo di.

Y se marcha.

Es mi primera noche en la nueva casa.

Los encargados de la mudanza acaban de marcharse. Estoy rodeada de cajas, aunque esta semana las voy a considerar mis muebles.

Acabo de ducharme, pero, por mucho que me frote, la tinta no se borra de mi muñeca. «Estúpido rotulador carísimo». Estoy sentada en el suelo enfundada en un chándal, delante de una caja que uso como mesita baja, mirando fijamente los números. Por fin reúno el valor para marcarlos.

Solo suena una señal.

—Elle.

Me quedo pasmada.

—¿Cómo sabías que era yo?

—Es mi móvil personal. Y eres la única persona a la que le he dado el número.

Pongo los ojos en blanco.

—Qué tonto eres.

—Puede. ¿Qué estás haciendo?

—Estoy sentada en el suelo, usando una caja como mesita —le confieso.

Oigo un roce de tela, como si se estuviera levantando.

—¿Por qué estás sentada en el suelo, Elle?

—Todavía no tengo muebles.

—Compraste la casa amueblada —me dice—. ¿No te gustaban? —añade, y parece sinceramente preocupado.

—No, sí me gustaban. Es que… es que necesitaba algo distinto. Así que los doné. Las cosas nuevas llegarán esta semana.

No le digo que sus recuerdos estaban por todas partes y que necesito tener la sensación de que la casa es mía.

—¿Qué haces tú?

—Estoy en el despacho.

Frunzo el ceño. Son las diez de la noche. Mi estómago escoge este momento exacto para gruñir.

—¿Tienes hambre?

—La mudanza ha durado todo el día.

—Deberías haberme llamado —responde—. Te habría ayudado.

Estoy a punto de decirle algo como que estoy segura de que tiene mejores cosas que hacer a lo largo del día que ayudarme con la mudanza, pero sé que lo habría hecho. Un instante de silencio. Dos.

—¿Puedo ir a tu casa?

De repente no quepo en mi propia piel. Era esto lo que quería, ¿verdad? No. Debería decir que no. En vez de eso, digo:

—No sé si me has oído cuando te he dicho que estoy sentada en el suelo.

—¿Llevo algo para comer? —me pregunta sin desanimarse—. ¿Aún te gusta la pizza? ¿O quieres otra cosa?

—Una pizza sería genial.

Así es como Parker Warren acaba en mi escalera de entrada menos de veinte minutos después con una caja de pizza en las manos. Abro la puerta, cojo la pizza y digo:

—Gracias, he dejado la propina online.

Y le cierro la puerta en las narices.

Cuando vuelvo a abrirla, me fulmina con la mirada, pero sin rabia.

—Muy graciosa, Elle —dice antes de entrar en mi casa.

Echa un vistazo alrededor como evaluando la decoración.

—Me gusta lo que has hecho aquí.

Está completamente vacía excepto por tres cajas en el salón y dos en la cocina, que he apilado para que hagan las veces de taburete.

Asiento.

—Gracias. He optado por el minimalismo extremo. —Señalo el asiento que he creado con cajas—. Quédate el taburete —le ofrezco magnánima al mismo tiempo que me subo al mármol de la cocina, junto a la caja de pizza.

Tan pronto como lo hago, lo noto. Las chispas me recorren la columna vertebral. Los recuerdos se desatan. Sus ojos se clavan en mí. Son demasiado verdes y se han oscurecido, como si él también se acordase. Trago saliva y empiezo a abrir la caja de pizza. La aplanamos para que cada uno pueda usar un lado como plato. La masa sigue caliente. El queso que la desborda se me pega a los dedos. Lo miro por costumbre cuando muerdo el primer bocado, para asentir, para sonreír, para comentar a nuestro modo silencioso que sabe de maravilla.

Con cada bocado se me encoge un poco más el corazón. Esto ha sido un error. Todo… todo vuelve y es más intenso de lo que creí que sería, no se ha atenuado lo más mínimo. En todo caso, se ha tornado más fuerte.

Comemos en silencio y cuando cerramos la caja de pizza, ya no podemos escapar. No hay nada salvo un verano de recuerdos entre los dos.

—Lo siento —dice Parker por fin.

—¿Qué sientes?

—Haber comprado la casa. No entenderte. Siento haberte hecho daño.

Me hizo daño. Pero yo también se lo hice a él.

—Tardé un tiempo en entender que no era la casa en realidad lo que querías, sino la libertad de comprarla. La libertad… de hacer lo que quisieras. La libertad de soñar y hacer realidad ese sueño por tus propios medios. Merecías esa sensación de orgullo. Lamento habértelo arrebatado.

Habla en un tono serio, sincero.

—Gracias —le digo de corazón—. Yo también lo siento. Lamento… todo lo que pasó.

Estaba asustada aquel día. Asustada de estar escogiendo el amor por encima de mi profesión cuando acababa de despegar. Asustada por si estar con alguien tan brillante atenuaba mi propio brillo de algún modo. Aterrorizada de estar fallándole a mi madre.

En estos últimos años, mi carrera profesional se ha disparado. Me va mejor de lo que nunca hubiera imaginado. Pero ninguno de los contratos ni de los guiones ha llenado ese hueco en mi pecho que durante unos meses estuvo lleno. Nada de eso me ha hecho tan feliz como pensé que me haría.

—Sal conmigo, Elle —me pide.

—¿Durante el verano? —le pregunto repitiendo aquella conversación que mantuvimos hace una eternidad.

Asiente.

—Los dos estamos en Nueva York. A los dos nos gusta pasar tiempo juntos. Nos lo tomaremos con calma. Saldremos a correr mañana por la mañana.

Salir a correr. Eso puedo hacerlo.

—Vale.

Me ayuda a bajar de la isla y su contacto es suave como una pluma, pero noto la piel tirante, como si mi cuerpo hubiera vuelto de súbito a la vida. Hace mucho tiempo que no tengo ganas de estar con nadie. No así. Una parte de mí quiere invitarlo arriba. Una parte de mí solo quiere empezar donde lo dejamos. Pero en vez de eso, le acompaño a la puerta.

Junto con las llaves de esta casa me entregaron una del Gramercy Park y corremos por allí en primer lugar antes de encaminarnos a Madison Square Park. Paramos a comprar tacos en una pequeña gastroneta y desayunamos sentados en el césped, rodeados de gente tendida en mantas desparejadas como los retales de una colcha, que leen o duermen bajo el sol latiente.

Corremos por delante de una tienda de muebles y veo un espejo que me encanta. Me ayuda a llevarlo a casa y tenemos que hacer un esfuerzo para acompasar nuestros pasos cuando subimos las escaleras de la entrada. Cuando los muebles de mi dormitorio llegan al día siguiente, me ayuda a montar la estructura de la cama. Nos sentamos en el suelo a contar tornillos y leer unas instrucciones que nos parecen más complicadas que nada de lo que estudiamos en la universidad. Terminamos pocos minutos antes de que traigan el colchón y me ayuda a llevarlo arriba. Pasa las sábanas de la lavadora a la secadora mientras yo estoy ocupada recibiendo otra entrega.

Cenamos sentados en el suelo con la comida en la mesita baja que acaba de llegar. Me ve contemplar las paredes con aire ausente y fruncir el ceño mientras mastico.

—¿Qué pasa? —pregunta.

Estoy mirando la sala de estar.

—Nada.

Me lanza una mirada de advertencia y yo soy una pasarela transparente para él, así que no tiene sentido mentirle.

—No me gusta el color de las paredes. Pero el resto de los muebles llega mañana. No tengo tiempo de cambiarlo sin hacer un estropicio.

Por ese motivo acabamos en unos almacenes de bricolaje a las nueve de la noche, delante de una fila de colores infinita, perplejos a más no poder con los nombres.

—Blanco Ultra Puro —digo—. No confundir con Blanco Solo Más o Menos Puro.

—Gris Stonehenge —dice él—. Por si quieres que tu cocina recuerde a un misterioso círculo de piedras.

Niego con la cabeza.

—No. Está claro que Champiñón Salteado es un color más apropiado para una cocina.

—¿Pero será sexy? —dice repitiendo mis palabras de hace años.

Casi me atraganto con el aire.

—No —respondo mientras intento hacer caso omiso del calorcillo que me asciende por las mejillas—. Está claro que Crema Batida merece ese título.

Una cocina sexy y crema batida no eran las imágenes que pretendía evocar, pero aquí estoy, demasiado pendiente de cómo la mirada de Parker desciende cuando me inclino a observar los colores. Por fin digo:

—Este.

Nuestras manos se rozan cuando alarga la mano para coger la muestra y una corriente eléctrica me recorre el brazo antes de hundirse en la base de mi columna. No nos miramos, aunque estoy segura de que él también nota la fuerza de gravedad entre los dos, la tensión en el aire. Estos días han sido casi una tortura: pasar el rato tan cerca de alguien que te inspira una atracción irresistible sin hacer nada al respecto.

—Iré a buscar cinta.

—Buena idea.

Pintar paredes es mucho más difícil de lo que yo pensaba. De repente comprendo por qué el canal HGTV muestra buena parte del proceso de renovación a cámara rápida.

Extendemos protectores de plástico en el suelo y los cubrimos con una lona. Procedemos a igualar las paredes. Parker encuentra el cuadro eléctrico en el sótano y corta la electricidad de la habitación para que podamos retirar las placas de los interruptores. Protegemos las molduras con cinta.

—Esto es mucho más fácil en la tele —gimo cuando empezamos a verter la pintura en bandejas—. Sobre todo porque, mientras ellos están pintando, yo estoy sentada en el sofá con un café con leche.

Parker esboza una sonrisa. Luego, antes de que pueda apartarme, me está salpicando de pintura la ropa de estar por casa que llevo puesta.

Mi cara debe de reflejar estupor porque se echa a reír. Lo miro con malicia.

—Ríete ahora, pero a ver si te ríes igual cuando tengas que pasarte una semana frotándote detrás de las orejas para quitarte la Nube de Unicornio —le digo mientras me acerco a la bandeja más cercana.

Sí. El color realmente se llama Nube de Unicornio.

Se planta delante de la bandeja, donde ofrece un muro impenetrable. Es demasiado rápido. Intento distraerlo para que se aparte, pero sus brazos acaban alrededor de mi cuerpo y nos estamos riendo, y entonces, de golpe y porrazo, retrocedo. Seguimos pintando en silencio.

Se supone que tenemos que pintar de arriba abajo. Usamos pinceles, luego rodillos, y de haber sabido que esto implicaba tanto trabajo, me habría quedado callada.

A pesar de todo…, pintar a su lado es divertido. Todo con él es divertido. Incluso cuando terminamos la primera capa y literalmente nos quedamos mirando cómo se seca la pintura. Me desperezo tendida en mitad del suelo, encima del plástico y la lona. Es como estar sobre una manta. De reojo veo a Parker echar un vistazo al libro de muestras que hemos cogido al salir de la tienda, por si nos apetecía pintar más habitaciones.

Ahora qué sé el trabajo que implica, estoy encantada con la pintura del resto de la casa.

—¿Y qué? ¿Crees que se estudiará, no sé, en la universidad? —pregunta—. ¿Habrá un grado dedicado a Nombres de Pintura? ¿Será una especialidad de la escritura creativa?

Suelto un bufido.

—Puede —le digo con la mirada clavada en el techo—. Podría ser el segundo trabajo de mis sueños. Mi plan B.

Le oigo pasar una página.

—¿Sorpresa de Melocotón? ¿En serio?

—Suena delicioso.

—Leche con Galletas.

—Ñam.

—Alas Ahumadas.

—Vale, me parece que esa persona tenía hambre.

—Susurro Sublime.

—Es bonito.

—Perfil Perlado. Naturaleza Nuda.

—Está claro que le va la aliteración.

—Granos de Café.

—La pintura de mis sueños.

—Cena a la Luz de las Velas —dice.

—Quizá deberíamos empezar a hablar en tonos de pintura exclusivamente. Hay tanta variedad…

—Adorable.

—Gracias.

Lanza un suspiro horrorizado.

—Tangible.

—Vale, estamos entrando en el territorio de la cocina sexy.

—Primer Beso.

Trago saliva.

—Mi Cielo.

Tengo los ojos cerrados. Su voz produce efectos extraños en mí.

—Cuento de Hadas.

—Amor a Primera Vista… Beso de Buenas Noches… Rompecorazones.

Le oigo dejar el librito. Se acabaron los nombres. Durante un rato solo guarda silencio. Cuando abro los ojos y me incorporo sobre los codos, lo veo mirando la pared, perdido en sus pensamientos.

—¿Qué pasa? —le pregunto.

—¿Alguna vez te arrepientes? ¿Alguna vez desearías no haberte marchado de… la joyería?

No me lo esperaba. Sería una mentirosa si le dijera algo que no fuera…

—Sí.

Cierra los ojos como si la palabra le hiciera daño, o quizá como si lo rescatara.

—Pero la respuesta también es no —añado. Vuelve a abrir los ojos—. Yo… necesitaba descifrar cosas sobre mí. Sobre mi profesión. Sobre mi relación con el dinero. Necesitaba tiempo.

Tiempo para saber todo lo que podía hacer por mí misma.

—¿Y ahora?

—No lo sé —respondo con sinceridad. Frunzo el ceño—. Cuando me marché… me sentía desgraciada, pero vi cómo tu compañía prosperaba. Era como si… como si el universo se hubiera puesto en su sitio, ¿sabes? A veces pensaba en contactar contigo, pero tú habías vuelto a San Francisco y yo… no sabía si aún te importaba.

—¿No sabías si aún me importabas? —repite despacio.

Se pone de pie. Yo también. Estamos muy cerca, pero me siento como si hubiera todo un mundo entre los dos.

—¿Recibiste mis flores? —pregunta.

Las recibí. Estuvo enviando flores a la Agencia de Artistas Creativos a diario durante un año entero porque no tenía mi dirección. Le había dicho que me dolía mucho que las flores murieran y su solución fue mandarme flores nuevas cada mañana. Siempre iban acompañadas de cartas manuscritas. Sarah me preguntó si quería que me las enviara a casa, pero rehusé.

—¿Viste las vallas?

Suspiro. Por todo Sunset Boulevard y más allá, las vallas mostraban pinturas de mis flores favoritas, junto con pequeñas imágenes de cosas que solo yo podía entender. Cafés con leche. Pelotas de béisbol. *Cannoli.* Algunas llevaban breves frases, como si las usara para enviarme mensajes de texto. Debió de alquilar todas y cada una de las vallas de la ciudad al menos una vez.

Pasado un año dejó de hacerlo. Todo cesó. Y yo esperaba que fuera el final, aunque mis sentimientos nunca flaquearon, ni por un momento.

Me traspasa con la mirada.

—No he vuelto a estar con nadie desde lo nuestro, Elle.

Trago saliva. ¿Es posible que sea verdad? No he visto fotos suyas con nadie, pero supuse que solo estaba siendo más discreto.

—Estaba ocupada. Y tú… tú también parecías ocupado.

Parecía que estuviera absorto en el trabajo, así que yo hice lo mismo.

Sacude la cabeza con frustración.

—Daba igual dónde estuviera. Si me lo hubieras pedido, habría ido a Los Ángeles. Habría ido andando adonde tú estabas si hubieras querido.

Ahora estoy respirando con rapidez. Él también. Los ojos le arden de pura intensidad. Avanza un paso hacia mí.

—No ha pasado un solo día ni una hora ni un minuto en que no pensara en ti, Elle. He visto todas tus películas. Me las sé de memoria. He leído todos los guiones, solo para poder tener tu voz en mi cabeza otra vez. Solo para saber cómo piensas. Leí la entrevista. Sé que respondiste con una mentira a la pregunta del hogar. Sé que volviste para sentir un soplo de aquel verano de nuevo, para tratar de encontrar la felicidad que no has experimentado desde entonces.

—¿Cómo puedes saber eso? —pregunto.

—Porque yo también vine por eso.

Me mira como si yo no fuera la única en sentir este pesar, esta tristeza. Como si yo no fuera la única que se dejó el corazón y la mente en aquel verano. Todo lo que tengo de valor está atrapado aquí, un globo de nieve repleto de recuerdos que nadie agita ya.

—Solo te pido… —dice despacio a la vez que avanza otro paso. Sus ojos arden, son un bosque de fuego— una oportunidad para amarte más allá de aquel verano.

Mis labios se estrellan contra los suyos. Durante un momento se queda inmóvil, como si le asustara moverse, como si le asustara romper esto, y al momento sus manos se me enredan en el pelo, sus dedos se curvan en torno a mi cuello y me inclina la cabeza hacia atrás, me saborea como si fuera incapaz de parar.

Mis propias manos se desplazan por su cuerpo con avidez, igual que si llevaran esperando todo este tiempo para saber si él sigue sintiendo lo mismo, y es así, y no quiero nada interpuesto entre los dos. Empiezo a quitarle la ropa salpicada de pintura a toda velocidad. Y él empieza a desnudarme también, la camiseta se desliza por mi cabeza en un instante, sus dedos buscan la curva de mi trasero y me despoja de los pantalones del chándal. Los aparto con los pies y caigo directamente en sus brazos, me aferro a él. No hay nada tierno en esto. Solo desesperación, deseo y larga espera.

No llevo nada encima salvo la ropa interior. Me sienta en la isla de la cocina, y eso desaparece también. Vuelvo a estar en sus brazos. Empieza a llevarme a las escaleras, para ir a mi habitación, pero no llegamos tan lejos. Con las piernas entrelazadas alrededor de su cintura, me arrastro por su erección, me retuerzo de puro deseo, y él gime y me embiste contra la pared más cercana.

Jadeo con la pintura húmeda y fría contra la piel de la espalda.

—Con todo lo que hemos trabajado…

—Acabamos de empezar —dice al tiempo que se agacha para tomar mi pecho entre los labios. Arqueo la espalda. Le clavo las uñas en los hombros. Él me sujeta el pezón entre los dientes y muerde con suavidad la sensible cumbre, y yo estoy jadeando.

—Te necesito —le digo.

Todas y cada una de las terminaciones nerviosas de mi cuerpo están en llamas. Me restriego contra él como para demostrarle hasta qué punto, y él maldice.

—¿Voy a buscar un condón?

—Si quieres —le digo—. Pero estoy tomando la píldora. Y tampoco he vuelto a estar con nadie desde lo nuestro.

Nos miramos a los ojos y sé lo que estamos pensando ambos. Tantos días desperdiciados, sin hacer esto. Eran necesarios, eso lo sé. Pero ahora, con su mano entre los dos para posicionarse, lamento cada momento que no hemos pasado juntos.

Gemimos cuando entra en mí. Le clavo las uñas en la espalda sin pretenderlo, casi dolorida al notarlo dentro, y él vuelve a maldecir contra mi hombro. Sus manos me sujetan el culo mientras me ayuda a bajar despacio sobre su erección hasta que llega al final. Durante un momento se queda ahí para que me acostumbre.

—Por favor —le suplico retorciéndome. Debo aliviar esta necesidad implacable.

Entonces empieza a empujar y mis pezones se arrastran contra su pecho mientras me folla contra la pared.

Echo la cabeza hacia atrás y el pelo se me empapa de pintura, pero me da igual. Acompaño cada una de sus embestidas, jadeo mientras él me aferra las caderas. Me resbala la mano cuando intento sujetarme en la pared, como si eso fuera a impedir que cayera por el borde de este placer infinito.

Acabamos en el suelo y yo lo cabalgo como había imaginado a solas tantas veces, con sus manos en mi cintura. Me mira como embelesado, y yo le apoyo las manos en el pecho y le dejo huellas de pintura según me muevo sin pudor, con desesperación. Me da la vuelta y yo gruño al sentir la erección, al sentirme llena de él, mientras Parker me da todo lo que tanto añoraba.

«Ahora sí. Esto es lo mejor que voy a sentir en toda mi vida», pienso.

En el suelo, agotada, todavía con la respiración alterada, veo la pared que acabamos de destrozar, mi cuerpo impreso contra ella con absoluta claridad.

—Tendré que dar varias capas de pintura —comento haciendo un gesto de dolor.

Parker habla totalmente en serio cuando dice:

—No, ni hablar. Eso me lo voy a llevar. Es lo más hermoso que he visto en mi vida. Lo colgaré en mi habitación.

Me vuelvo a mirarlo.

—Estás loco.

—Por ti. Estoy totalmente loco, sí —dice.

Me pongo de pie. La pintura de mi espalda está empezando a secarse. Tengo que ducharme. Parker se levanta también. Lleva mis manos impresas en el pecho y miro las huellas con un orgullo excesivo. Sigue mi mirada y sonríe.

—Ojalá pudiera conservarlas también —dice—. Me tatuaría tus manos en mi cuerpo si no supiera que no te iba a hacer ninguna gracia.

Avanzo un paso hacia él.

—Hoy sí que hemos pintado encima de los malos recuerdos. Y hemos creado nuevos. Mejores —observo recordando lo que me dijo.

—Elle —responde—. Es imposible tener malos recuerdos contigo.

Me lleva a la ducha y yo apoyo las manos contra la pared mientras él me retira la pintura con cuidado. Luego entra en mí. Nunca me acostumbraré a esto, a cómo mi cuerpo reacciona a él, a cómo mi mente incansable guarda silencio cuando estamos así.

Una vez que terminamos y retiramos las huellas de mis manos, me apoya los dedos donde estaban las marcas y dice:

—Soy tuyo, Elle. —Desliza los labios por el agua de mi cuello, de mi clavícula, por el hombro mojado—. No quiero ser de nadie más. Te he esperado dos años. Puedo esperar más. O por siempre, si decides que no quieres estar conmigo. —Se aparta para mirarme—. Esperaré cada día hasta que estés lista.

Junio cede el paso a julio. Decidimos hacer un viaje al norte del estado de Nueva York. Alquilamos una cabaña tan pequeña que acabamos en el suelo otra vez, envueltos en mantas delante de la chimenea. Hacemos excursiones por las mañanas y por la noche comemos *fondue* de malvaviscos con chocolate.

Cuando volvemos a la ciudad, salimos a correr por Central Park. Frecuentamos la cafetería de Parker, que no ha vendido. Para mi felicidad, han ampliado la variedad de pastelillos. Me siento y empiezo a escribir mi próximo guion. Las palabras surgen con más facilidad que nunca.

Cuando Cali y Pierre vienen a la ciudad para asistir a una boda, nos ofrecemos a pasar la noche cuidando de Isabella. Veo a Parker jugar al escondite, a las construcciones y a las Barbies por millonésima vez, sin cansarse nunca.

Poco a poco terminamos de añadir mis últimos retoques a mi nueva casa. Decoramos el despacho con papel pintado. Me ayuda a encontrar manuscritos raros que quiero añadir a mi nueva colección. Me presento en las nuevas oficinas centrales de su empresa más de una vez para invitarlo a comer. Me enseña cuatro nociones de programación y nos asombramos al descubrir lo deprisa que tecleamos los dos.

Julio se transforma en agosto. Nos apuntamos como voluntarios en un refugio de animales. Nos enamoramos de un perro con una mancha negra alrededor de un ojo y decidimos, sin tener que verbalizarlo, que se viene a casa con nosotros. Escogemos su nombre en la sección de pinturas de la tienda de bricolaje. Parker intenta sin éxito enseñar a Derby a hacer pis en una alfombrilla de entrenamiento, así que siempre lo sacamos dos veces durante la noche. Él no suele despertarme, pero una noche lo noto deslizarse bajo las sábanas, con el pelo empapado de lluvia, y enredar las piernas con las mías. Lo noto pegar los labios a mi coronilla y luego, tras darse la vuelta otra vez, le oigo decirle algo al silencio de la noche, algo que suena como «gracias».

Me vuelvo a mirarlo.

—¿Qué haces? —Mi pregunta se transforma en un bostezo.

Se limita a contemplarme y me dice, como si fuera lo más normal del mundo:

—Le doy las gracias al universo por habernos puesto a los dos aquí al mismo tiempo.

—¿Aunque ronque? —pregunto.

Sonríe.

—Aunque ronques.

—¿Aunque… haya cambiado?

No soy la misma persona que era hace dos veranos. Algunas partes han mejorado. Otras son peores.

—No me enamoré de una de tus versiones, Elle —dice—. Me enamoré de ti al completo.

Se me anuda la garganta. Siempre ha sido sincero conmigo. Se merece lo mismo. Miro al techo como si fuera una página en blanco en la que puedo encontrar el mejor modo de expresar las palabras.

—Ya no sé quién soy. Creo que… perdí una parte de mí por el camino. —He dedicado los últimos dieciocho meses a trabajar, no a vivir—. Pero sí sé una cosa con absoluta certeza. Aquel verano, yo era yo. Aquel verano fui… feliz. —Me vuelvo a mirarlo—. No va a ser fácil. Olvidar. Sanar. Recordar.

—Ya lo sé —dice deslizándome los labios por el hombro. Pegándolos contra mi pulso—. Yo estaré ahí, en cada recodo del camino. Seré el mapa que te ayudará a encontrar el camino de vuelta a ti misma.

Semanas más tarde, estamos en el Gramercy Park. Derby mira una ardilla, pero no la persigue. Parker sonríe con chispitas en los ojos y yo me limito a observarlo. Algo ha terminado de encajar, como una llave que no era consciente de estar buscando en un cerrojo que no sabía que existía.

—Sal conmigo, Parker —le digo.

Se vuelve a mirarme.

—¿Durante el resto del verano?

Me encojo de hombros.

—Te iba a pedir que salieras conmigo para siempre.

Se queda de piedra. Diría que sabe a qué me refiero, pero no mueve ni un músculo, como si tuviera miedo de romper algo frágil. Pero no hay fragilidad en mis sentimientos ahora. Son fuertes y proceden de lo más hondo de mi ser.

—Estoy lista —le digo con seguridad. No estoy curada, no soy definitiva, pero todo llegará. Y sé que no quiero hacer este viaje sin él.

Parker sonríe. Camina hacia mí seguido de cerca por Derby.

—No tienes ni idea de los días que llevo esperando oírte decir eso —me confiesa—. Cada día durante los últimos dos años, de hecho.

Y entonces saca un anillo de su bolsillo. Debo de mirarlo con desconcierto porque me dice:

—Siempre lo llevo conmigo desde que te marchaste. Por si volvías.

De repente lo tengo delante agachado sobre una rodilla. Me ofrece el anillo. No es lo que yo esperaba.

Parker Warren me compró el diamante más grande que existe en el mundo. Me compró una cadena de cafeterías porque habían retirado de la venta mi pastelito favorito. Me regaló un anillo por cada día del verano que pasamos juntos. Me compró la pulsera más fea que existe en el planeta porque pensó que había sonreído al verla.

Comparado con todo eso, el anillo es modesto. No está creado para deslumbrar. Está creado, comprendo mientras las lágrimas me resbalan por las mejillas, para que sea mío.

Los diamantes están dispuestos en forma de flor. Una que nunca morirá.

Lo tomo. Me lo deslizo en el dedo. Y acerco mis labios a los suyos.

Agosto llega a su fin. El verano casi ha terminado.

Y esta vez estoy lista para que sea infinito.

# AGRADECIMIENTOS

Empecé a escribir *Un verano en NY* hace años (durante un otoño en Nueva York), entre un libro de *fantasy* y otro. El resto lo escribí durante el verano, el invierno y principalmente la primavera de algunos años después. Cada uno de los momentos que pasé creando a estos personajes fue pura dicha y estoy inmensamente agradecida a todos los que hicieron posible que esta historia haya llegado a tus manos.

Gracias a Jodi Reamer, mi increíble agente, que no vaciló cuando le dije que quería publicar un romance contemporáneo. Todavía no entiendo cómo tienes tiempo para hablar conmigo a diario, pero estoy agradecida por contar con tu apoyo. Tú eres Jodi en Nueva York, una de las personas más divertidas que conozco y la estrella guía que lo ha cambiado todo. Gracias por ofrecerle a este libro un hogar maravilloso.

Un enorme agradecimiento a todas las personas de HarperCollins y William Morrow, que han convertido la publicación de este libro en una experiencia mágica. Gracias a May Chen, mi alucinante editora, por creer en este libro desde la primera página y por la orientación editorial. Sonrío cada vez que veo tu nombre en mi bandeja de entrada. Gracias a Liate Stehlik, por defender con uñas y dientes esta novela y a mí. Gracias a Jen Hart, por tus increíbles ideas e intuiciones. Muchas gracias a Kelsey Manning, Jes Lyons, Kaitlin Harri, Danielle Bartlett y Sam Fox por hacer posible que los lectores encuentren este libro: me produce una alegría inmensa trabajar con todos vosotros. Mi más sincero agradecimiento también a Hope Ellis, Jessica Rozler, Andrew DiCecco y Alessandra Roche por dejar esta historia lista para la impresión.

Muchas gracias a mis increíbles agentes cinematográficos y televisivos de la CAA, Berni Vann y Michelle Weiner, por ayudarme a hacer realidad mis sueños más descabellados. Mi agradecimiento también a Eric Greenspan, por tu apoyo incansable desde el principio. Y gracias a Denisse Montfort y a Allison Elbl, por todo lo que hacéis. Muchas gracias al resto del equipo de la Writers House, por vuestro apoyo y consejo. Gracias a Anqi Xu, por ser siempre tan organizada cuando yo no lo soy y por leerlo todo. Y vaya mi agradecimiento a Maja Nikolic, por hacer posible que *Un verano en NY* llegue al resto del mundo, y a Peggy Boulos Smith, por encontrarle un hogar en Reino Unido.

Muchas gracias a Darcy y al resto del equipo de mi editorial en Reino Unido, Bloomsbury. Es un honor trabajar con todos vosotros y estoy deseando visitaros muy pronto.

Gracias a mis amigos y familia por vuestro amor y comprensión cuando desaparezco durante meses seguidos en mi cueva de escritora. Ya sabéis quiénes sois y me siento muy afortunada de que forméis parte de mi vida.

Gracias a ti, mi amor, por tu apoyo a lo largo de una década. Tú haces que el mundo real sea mejor que cualquier ficción. Doy gracias por cada uno de los días que paso contigo. Te quiero.

Para terminar, quiero daros las gracias especialmente a vosotros, los lectores. Todo lo que escribo es para vosotros. Gracias por vuestro apoyo. Os lo agradezco infinitamente.

Este libro se terminó de imprimir
en el mes de marzo de 2025.